JN228149

Takamedou
鷹目堂
イラスト 眠介
自称悪役令嬢に殺されたラスボスのやり直し
～ぼっちな冷徹公女は、第二の人生でリア充を目指します～

シニカルな
生徒会副会長
エドガー
幼なじみの第二王子
ギルバート

お調子者な騎士
ルキウス
『ゲーム』の
ラスボス公女
ミリィ

「やっぱりゲームの知識は正しかった！
これであんたも死ねば、
ようやっとあたしはハッピーエンドに……」
ハハ、と笑い、アンジェリーナは何事かを呟いた。詠唱だ。
杖の先から閃光が走り、眩しさに思わず目を細める。
それでも口の動きをじっと見つめ、
そしてミリィはおおよそ察してしまった。自らの行く末をだ。
自称・悪役令嬢
アンジェリーナ

「〈獄炎〉」

アンジェリーナがそう唱えたと同時、
ミリィの身体が焼けるほどの熱を持った。

「がっ……!?」

「ああ、最高!

身の程知らずの馬鹿女が!」

「ね、改めて自己紹介しましょう。
私ね、ミリィ・アステアラ。
ミリィ、で良いの」

『ゲーム』の
ヒロイン
シエラ
「あ、わ、……わ、わたし、
シエラ・レストレイブ……」
ある意味吹っ切れたミリィは、
その後一〇分と少し、人気のない庭園で
シエラと他愛のない話をした。
相変わらず所作はぎこちなかったが、
シエラは優しくて面白い子だった。

CONTENTS

自称悪役令嬢に殺されたラスボスのやり直し

~ぼっちな冷徹公女は、第二の人生でリア充を目指します~

Takamedou
鷹目堂
イラスト 眠介

プロローグ　ラスボスと悪役令嬢

「ねえ、あなたってミリィ・アステアラよね？」

学園の庭園で一人本を読んでいたミリィに、そう声を掛ける者がいた。

名を呼ばれた少女――ミリィはぴくりと顔を上げ、艶やかな黒髪を耳にかける。まるで絵画をそのまま現実に持ち出したかのように美しいその横顔は些細《ささい》な違和感を覚えていた。

（……変ね。普段は人の気配に気が付かないはずがないのに……）

まさか声を掛けられるまで気が付かないとは。己の失態にため息を吐き、ミリィは鷹揚《おうよう》な動作で振り返る。そこにはやけに晴れやかな笑顔の女子生徒が立っていた。

知り合いではないが、それでも知っている顔だ。学園でも何かと話題になる生徒で、確か伯爵家の生まれだったはずである。

「……『悪役令嬢』、アンジェリーナ・グレイ……」

脳に辛うじて残っていた単語を呟《つぶや》くと、アンジェリーナはにっこりと笑みを浮かべる。

グレイ伯爵家の長女アンジェリーナは、学園に入学した当初から不可解な人物だった。

特に、自らを『悪役令嬢』と称する姿はあらゆる生徒を困惑させたことだろう。ミリィには何が何やらさっぱりだが、とにかくアンジェリーナ曰《いわ》く彼女は『悪役令嬢』で、未来を全て把握し、そして世界を思い通りにできるらしいのだ。

アンジェリーナと仲の良い――『ヒロイン』？　と呼ばれた子が、辟易《へきえき》した様子で周囲にそう語っていたのを思い出す。どうやらアンジェリーナには、仲の良い子には妄想を聞かせる癖があるらしかった。

「あら、ご存じとは光栄ですわ。アステアラ公女」

「……もう公女ではないのだけど」

わざとらしく『公女』を強調して言ったアンジェリーナは、まるで今気付いたとでも言うように口元を押さえる。……まさか知らないはずがないだろうに。

ミリィの生家――アステアラ大公家がついひと月前に爵位を剝奪《はくだつ》されたということは、今やアビリア王国中が周知する事実だ。学園でも大層話題になったのだし、アンジェリーナの公女呼びは嫌みに他ならない。

恐らくミリィがどんな反応をするか楽しみで仕方なかったのだろうが、そのミリィの反応はといえば淡々としたものだった。表情ひとつ歪《ゆが》めないミリィに、アンジェリーナは眉を寄せる。

「アステアラ大公――じゃなかった、お父様のカイル・アステアラ様はお元気？　爵位の剝奪どころか投獄までされて、随分と気を病まれていると聞いたのだけれど」

「処刑されたわ。……つい先日」

例に漏れず、これも嫌みだろう。しかしミリィの表情は変わらない。

それどころか閉じていた本をまた開いて読み始めたものだから、ミリィを無様に怒らせて馬鹿にしたいアンジェリーナには面白くないようだった。

「まあ、それはごめんなさい。でも酷《ひど》いと思わない？　処刑なんてそんな悲しいことする必要ないのに……」

「国を守るべき大公家が、アビリア王国を滅ぼすために、他国に情報を売ったのよ」

本に視線を留めたまま、ミリィは相変わらずの冷たい表情で続ける。

「……お父様があのまま突き進んでいたら、あなたも、あなたの家族もいずれ殺されていたの。『処刑なんてする必要ない』って、そんな温《ぬる》いことよく言えるわね」

ミリィは、自国を裏切り他国に寝返らんとする父親の所業に薄々勘付いてはいた。

知った上で、彼が辿《たど》る末路も何となく想像がついた。こんな売国行為に大した利益もないだろうとすら思ったが、でもそれを止めることはしなかった。ミリィにとって父親は逆らうと面倒な存在だったし、その結果どうなろうと、ミリィは特段気にしないからだ。

ミリィ・アステアラは何事にも無関心だった。周囲が何をしようとどうだって良くて、他者のことなどまるで興味がない。だからこそ、こうしてアンジェリーナのように冗談と失礼を履き違えた人間に馬鹿にされても何かを思うことはないのである。

――だが、その異様なまでの無関心さはアンジェリーナの気に召さないらしい。彼女は声に怒りを滲《にじ》ませ、辛うじて取り繕った笑みを浮かべた。

「実家が破滅したってのに、噂《うわさ》に聞く『冷徹公女』様は随分と冷静なのね……？」

その様子を横目で視認し、ミリィは小さくため息をつく。一体何が言いたいのだろう。話の意図がまるで見えやしない。

「ええ。だってどうだっていいもの。……あなたのこともね」

「……は？」

「家のこともあなたのことも、私は何一つ興味がないの。侮辱されて怒り狂う姿を期待していたなら申し訳ないけれど、人を怒らせたいだけなら別を当たってくれる？」

心からの言葉だった。もはや対応することさえ面倒臭い。

しかし、その言葉がアンジェリーナの怒りを更に刺激した。

「ひ、……人の心配も素直に受け取れないのね……？　公女様って……」

「……心配？　あなたが？」

「そうよ！　温情で処刑を免れただけのくせに、学園にまでふてぶてしく居座って――」

「ふうん……」

「所詮あんたなんて、あたしにギルバートを奪われて破滅するだけの可哀想《かわいそう》な馬鹿女でしょう！」

もう限界が来たらしい。アンジェリーナは怒りに顔を歪め、何やらきいきいと叫びながら歩み寄ってくる。

白くなるほど握られた拳が何ともアホらしい。案の定彼女は握った拳を振り上げると、令嬢らしからぬ所作でミリィに殴りかかった。

「……〈火花《ひばな》〉」

だが、その拳がミリィに届くことはない。

ミリィが杖《つえ》もなしに発動した〈火花〉の魔法が、アンジェリーナの拳をはたき落としたからである。

拳が空を切ったアンジェリーナは、信じられないものを見る目でミリィを見つめた。

「『ギルバート』だの『破滅』だの……身に覚えのないことばかり言わないで。せっかくの会話がつまらなくなるでしょう」

「は」

「……もう終わりで良いかしら、『悪役令嬢』さん。次はもっと有益なお話をしてね」

彼女との会話に、読書を中断するほどの価値はなかったと言っていい。

ミリィは興味を失ったように視線を落とし、本のページを捲《めく》った。嫌みも文句も、もっと捻《ひね》ってくれるのなら面白いのに。あんな調子ではつまらなくて仕方がない。

（……なんで今まで関わりのなかった私に急に話しかけてきたんだろう）

アンジェリーナが押し黙るばかりで去ろうともしない中、ふとそんな疑問が浮かぶ。

ミリィとアンジェリーナが顔を合わせるのはこれが初めてだ。お互いすれ違ったところで挨拶すらせず、自己紹介もしたことがない、完全な初対面である。

（……そんな人間に、わざわざ嫌みを言うためだけに来たの？）

だとしたらよっぽどミリィが哀れに見えたのか、それとも、あずかり知らぬところでミリィに恨みでも抱えていたのか。

いずれにせよ彼女が礼儀をわきまえない人物であることに変わりはない。『悪役令嬢』を自称する人間の考えはわからぬものだと、ミリィは視線を動かすことなく更にページを捲った。

「……あんたなんて、もう未来もない負け犬のくせに……」

沈黙が落ちた庭園に、アンジェリーナのそんな呟きが響く。

「あ、……あんたなんて、あんたなんて……」

「……まだ何か？」

「ゲームでも無様に死ぬだけの、ただの雑魚じゃない……！」

（……ゲーム？）

アンジェリーナの声色はこれ以上ないほどに怒気をはらんでいる。

もはや何を言っているのかさえわからない。ミリィは顔を上げ、そして目を見張った。

アンジェリーナが、杖の先をこちらに向けているのだ。

「そもそもあんたが生きてるのがおかしいのよ！　ミリィは最後に殺されるのが規定ルートでしょう⁉」

「あなた、何を──」

「雑魚が死に損ないやがって……！　シナリオは全部終わったのに、ハッピーエンドになんないのはラスボスのあんたが生き延びてるからでしょう！　さっさと死になさいよ馬鹿女！」

アンジェリーナが甲高い声で叫び、ミリィはそこで初めて眉を寄せた。

まるで理解ができなかった。当然だ。彼女の言う『規定ルート』も、ミリィのことを指すらしい『ラスボス』という単語の意味も、ミリィ本人の身には何が何やらで覚えがないのだ。

「本当に腹が立つ……とぼけたことばかり言いやがって……！」

アンジェリーナの手に力がこもり、握る杖がぷるぷると震える。

瞬間的に身の危険を感じ、ミリィは自身の魔法でその杖を弾《はじ》き飛ばそうとした。

だが、うまく魔法が発動できない。詠唱を口にできないのだ。

(……なにか、おかしい……?)

心臓がゆっくりと音を立て、ミリィの額に汗が滲む。

アンジェリーナの杖がはったりなどではなく、本当に魔法を使用せんとしているのは、ミリィも直感的に理解していた。

彼女はミリィを害そうとしている。それも理解した上で逃げろと脳が言うのに、身体がうまく動いてくれない。まるで世界にそう強制されているかのように。

「もういい。……さっさと死になさい、『ラスボス』ミリィ・アステアラ」

アンジェリーナの杖の先が鈍い光を発し始める。

「ああ、そうよね? もうあんたは大した魔法も扱えないでしょう? ………あの父親が死んで、……が失くなったのだから当然だわ」

「アンジェリーナ……?」

「やっぱりゲームの知識は正しかった! これであんたも死ねば、ようやっとあたしはハッピーエンドに……」

ハハ、と笑い、アンジェリーナは何事かを呟いた。詠唱だ。

杖の先から閃光《せんこう》が走り、眩《まぶ》しさに思わず目を細める。

それでも口の動きをじっと見つめ、そしてミリィはおおよそ察してしまった。自らの行く末をだ。

「〈獄炎《ごくえん》〉」

アンジェリーナがそう唱えたと同時、ミリィの身体が焼けるほどの熱を持った。

「がっ……!?」

「ああ、最高！　身の程知らずの馬鹿女が！」

熱が、痛みが、苦痛が瞬く間に全身に広がり、ミリィは身を捩《よじ》った。

ベンチの上で倒れ伏そうとするミリィを蹴り飛ばし、アンジェリーナが高らかに笑う。ミリィは痛みと熱さに悶絶《もんぜつ》して呻《うめ》いた。視界が赤い。もがくように差し出した手が炎に包まれているのを見て、ミリィは焼けた瞳を見開いた。

「ありがとう、ミリィ。あたし、これでハッピーエンドを迎えられるわ」

「う、あ……っ」

「素敵でしょう？　……あんたが死んで、あたしは前世から好きで好きで仕方なかったギルバート王子とやっと結婚ができるの」

アンジェリーナは汚れを落とすように靴底を地面へ擦り付けた。

そうして一度目を逸《そ》らせば、もうミリィの方は見向きもしない。

「おやすみなさい、『ラスボス』。きっと灰も残らないわ」

冷たく言ったアンジェリーナの瞳に、ミリィは映らない。

数分後。苦しみもがき、しかし物語のように誰の助けも来ないまま、ミリィは命を落とした。

薄れゆく意識の中で最後に感じたのは、身体が段々と消え失《う》せていくような、そんな気味の悪い感触だった。

◇◇◇

——目を覚ますと、視界いっぱいに見慣れたベッドの天蓋が映った。

「……は？」

慌てて身を起こし、ミリィは周囲を確認する。

しかしそこにはアンジェリーナの姿も、そしてあの庭園の景色もない。

丁寧にかけられた布団を引き剝《は》がし、ミリィは恐る恐る身体を動かしてみた。

「……何も、ない……」

ぺたぺたと触ってみたが、ミリィの身体は至って健康で、そして正常だった。

魔法も使えるようだ。思いつきで「〈水泡《すいほう》〉」と唱えてみると、瞬く間にミリィの寝巻きがぱしゃんと濡《ぬ》れる。

濡れた感覚が気持ち悪かったが、おかげでこれが夢でないことが理解できてしまった。

（……私、生きてる……？）

——さっき死んだはずなのに、一体どうして。

あの感覚は勘違いや夢なんかじゃなかった。

もしや助かったのかとも思ったが、そうだとしても自分は何故ここにいるのだろう。

ここは間違いなくアステアラ邸の二階に存在するミリィの自室だが、この屋敷は、大公の爵位を剝奪されたと同時に追い出されたのだ。

この部屋で眠ることも、もうなかったはずである。

「お嬢様、お目覚めでしょうか」

「！」

そこまで考えたところで、扉の向こうから聞き慣れた声が響き、ミリィはハッとした。

間違いない、あの声はきっとミリィの侍女のものだ。

爵位を剝奪されてからというもの会うことさえなかったが、その侍女が何故かもう公女でないミリィを『お嬢様』と呼んでいる。

（どういうこと……？）

まさか、アンジェリーナのようにからかいで呼んでいるわけではあるまい。

ひとまず「入って」といつもの癖で指示を出すと、入室した侍女は目が合うなり驚いた顔で駆け寄ってきた。

「お、お嬢様！　一体どうされたのですか、この濡れた寝巻きは……！」

「あ……」

「風邪などひかれておりませんか⁉　ああどうしましょう、今週末はめでたい入学式なのに……」

焦る侍女には、追い出されたはずのミリィがここにいることに驚いた様子はない。

それに引っかかる言葉もあった。ミリィは眉を寄せ、慌てふためく侍女を見つめた。

（……『今週末が入学式』って言った？）

何の入学式か、なんて尋ねるまでもない。きっとミリィが通い、そして先ほど命を落とした――あの学園の入学式だ。それを、確かに侍女は今週末だと言った。

（おかしい。入学式なんてもう三年前に済んだのに……）

そこまで考え、ミリィはある一つの考えに辿り着いた。

「……ねえ、ビビ」

「はい？」

「今って王国暦何年だったかしら」

突然尋ねたミリィに、侍女のビビはぱちぱちと瞳を瞬かせながら答える。

「？　一三〇〇年ですけど……」

その瞬間、ミリィは確信を得た。

――時間が巻き戻っている。

忘れもしない。アステアラ家が大公の爵位を剝奪され、父親が断頭台の上で死に、そして自らもアンジェリーナに殺されたのは、一三〇三年の出来事だった。

一三〇〇年からの三年間が夢や嘘《うそ》だったとはとても思えない。であれば何らかの要因で時間が巻き戻って、その記憶をミリィが保持していると考えるのが自然なのではないか。

「……ああ、そう。そうなの……」

もはや、それ以外に可能性はない。

そう理解した途端、ミリィは溢《あふ》れ出る笑いを堪えきれなくなった。

「……お嬢様？」

「そうなのね。ええ、よくわかった。ありがとうビビ」

「えっ？　ああいえ、どういたしまして……？」

ビビは訝《いぶか》しげに首を傾げる。

そんな侍女の横を抜けると、ミリィは濡れた寝巻き姿のまま部屋を出た。

「あっ……お、お嬢様！　一体どちらへ⁉」

「顔を洗うの！　今から調べなくちゃならないことがたくさんあるわ」

背後からビビの引き止める声がするが、ミリィの軽い足取りは止まらない。

（そう、そうなの。……そうよね、あれで終わりになんてしたくないものね）

生まれて一八年。……いや、時が戻ったこの世界では一五年か。とにかく、生まれてから今この時まで、ミリィの心がここまで昂《たかぶ》るのは初めてだった。

身体が動かない中で訳もわからず杖を向けられ、死を目の前にしたあの時。

ミリィに宿ったのは、戸惑いと憎しみの感情だった。

あの時はとにかく混乱して、そしてアンジェリーナが憎かった。訳のわからないことばかり言う口を縫い付けてやりたかったし、死の間際には呪ってやるとすら思ったのだ。

それがどうだろう。まさか時が戻って、天がやり直しの機会を与えてくれるなんて。こんな喜ば

しいこと他にない。

「『悪役令嬢』……だったかしら」

晴れやかな気持ちで廊下を歩きながら、ミリィは口元を歪めた。

通りがかったメイドが見惚《みと》れたかのようにミリィを見やる。頬を染める彼女は知らないだろう。

ミリィの脳内がこんなにも晴れやかであることに。

「……………絶対に許してあげない。次こそ好きにさせないんだから」

決意表明のように呟き、上機嫌なミリィはくるりと軽やかにターンをした。

朝陽の匂いが心地よい。まるで生きる意義を与えられたかのようで、自然と笑みが溢れる。

その笑みは、名前ばかりの『悪役令嬢』なんて目でもないような、『ラスボス』に相応《ふさわ》しい笑顔だった。

一章 ラスボス、決意する

時が巻き戻って、最初にすべきことは何か。

最適解には諸説あるが、ミリィは情報収集が先だと結論付けた。

三年前の世界を深く知り、そして今何が起きているかを調べる。それらを理解しないことには始まらない。

そんなわけで、朝の支度を終えたミリィはその足でアステアラ大公家の書庫を訪れた。

そこらの王立図書館と張るほどの蔵書数を誇るそこは、読書と勉強に明け暮れていたミリィにとって庭のような場所である。

（……うん。やっぱり、時が巻き戻る前の世界とこの世界に大きな差異はないみたい）

情報を得るにはここが一番手っ取り早い。保管してあった直近数か月分の新聞を読み終えると、ミリィは小さく息をついた。

（どの新聞も覚えのあることばかり報じているし……おかしな点も見当たらない。並行した世界に来たというよりは、やっぱり『巻き戻った』って感覚かしら）

ミリィの身の回りに限って言えば、巻き戻り後の世界は至って穏やかだ。

ミリィ以外に巻き戻りを知覚している人間も見当たらないし、本当に三年前をそっくりそのまま再現しているかのようである。

とはいえ喜ばしいことばかりではない。眉間の辺りを揉《も》み、ミリィはため息を漏らした。

（……まあ、時が巻き戻ったってことはつまり、『このまま生活していたら全く同じ最期を迎える』ってことなのだけれど……）

そう。この世界がただ時を戻しただけのものである以上、このままだとミリィは三年後にアンジェリーナの手で殺されてしまう。

それだけは防がねばならないし、時が巻き戻ったとて同じ運命を辿《たど》って無様に死んでいては意味がない。今からでも行動を起こして、未来を変えるほかないのだ。

「……って言っても、そんな簡単な話じゃないのよね」

背もたれに体重を預け、ミリィは思わず独りごちる。

一口に未来を変えると言っても課題は山積みだ。何より厄介なのは、あの庭園でアンジェリーナが使用した『何かしらの力』だろう。

庭園で殺されたあの時、ミリィはアンジェリーナに対して抵抗することができなかった。

それも魔法の発動どころか身体を動かすことさえできなかったとなると、まず間違いなく何かしらの力が働いていたと見ていい。あの意味不明な力に対抗する手段を見つけない限り、ミリィが殺される運命は変わらないのだ。

天が与えてくれたチャンスとはいえ、現実はなかなかに厳しいらしい。

ミリィは一度大きく伸びをし、凝り固まった思考をリセットした。

（とにかく、まずはあのよくわからない力に抗《あらが》う手段を探さなきゃ。私一人の力じゃどうにもならなかったわけだし……誰かの協力が必要かな）

そうぼんやりと考えたところで、書庫の扉が控えめにノックされた。

「入って」

「失礼致します。お嬢様、そろそろ昼食のお時間ですが……」

開いた扉からビビが顔を出す。

もうそんな時間だったか、とミリィは瞳を瞬かせた。

「わかった。ちょうどお腹《なか》も空《す》いたしすぐ行くわ」

「えっ、あっ……。でも、えっと——」

頷《うなず》いて椅子を立つと、ビビは何やら口元をもごもごと動かす。

ミリィがそれに目を眇《すが》めると、ビビは観念したように眉を下げた。

「い、言っても怒りませんか……？」

「場合によるわ」

「ええっ⁉」

「冗談。……それでどうしたの？　まさか私の私物でも割った？」

首を傾げて問えば、ビビは真っ青な顔をぶんぶんと横に振る。それから視線を泳がせると、小さな声で白状した。

「いや、えっと、あの……今日の昼食は、旦那様がいらっしゃるみたいで……」

ミリィは「お父様の幽霊でも出たの？」と言いかけたのを、すんでのところで押し留めた。

すっかり忘れていたが、時が巻き戻ったこの世界では、謀反の罪で処刑されたはずの父カイルも当然生きているのだ。ミリィは記憶から抜けていた父の存在をそこでやっと思い出した。

「……いや、あの人が生きているとなるとそれはそれで面倒ね」

「えっ？」

「ううん、こっちの話。……今日はお父様が家にいるのね、珍しい」

開いていた本を閉じ、ミリィは肘掛けに頬杖《ほおづえ》をつく。

ミリィの父――カイル・アステアラ大公閣下は、脳内の九割を仕事で埋めているような人間である。

その性格は冷徹かつ傍若無人。

社交界では悪魔か魔王か大公か、という扱いを受けている人物で、実を言うとミリィは、そんな父に対して良い印象がない。

家族仲も冷え切っている……というかむしろ他人より仲が悪いといった有様で、時が巻き戻る前のミリィは、カイルとの食事を意図的に避けていた。顔を合わせてもろくなことにならないからだ。

「あのう……やっぱりお食事は後にされますか？　お部屋まで運ぶこともできますが……」

ビビが困ったように眉尻を下げ、ミリィの顔色を窺《うかが》う。

もしこれが巻き戻り前のミリィであれば、当然首を縦に振っていただろう。それどころか「そんなことも言わなくちゃわからないの？」などとビビに嫌みまで言っていたかもしれない。

でも今は違う。行動しなくちゃ、三年後に殺される未来は変わらない。

ミリィは口角を緩めて首を振った。当然、横にだ。

「いいえ、大丈夫。久々にお父様の顔も見なくちゃならないからね」

「……え？」

「行きましょう、ビビ。今日はとっても気分が良いわ」

ポカンと口を開くビビにそう告げ、ミリィは軽い足取りで書庫を出た。

すると、慌てて追いかけてきたビビが「いいんですか」「本当に大丈夫ですか」としきりに尋ねる。はたから見てそこまで酷《ひど》い関係だったのか、と苦笑しつつもミリィは頷いた。

正直気は進まないが、殺されるなどという屈辱的な未来を変えるためには、細かな行動から変える必要がある。

巻き戻り前は忌避していた父との対話からも、未来を変えるヒントが眠っているかもしれないのだ。せっかく時が巻き戻ったのだから、このチャンスを無駄にするわけにはいかない。


到着した食堂の扉の前で、ミリィは一つ深呼吸をした。

何故かミリィより険しい表情を浮かべているビビが扉を開くと、だだっ広い部屋の中で一人食事をとる父カイルが視界に映る。

カイルはミリィを一瞥《いちべつ》すると、物珍しそうに目を細めた。

「——ご機嫌よう、お父様」

久しく見る父の顔に、ミリィは一瞬挨拶が遅れた。

こうして時が巻き戻った世界で会うのは初めてだ。巻き戻り前でだって、最後に見た父は首と胴体とがぱっくりと切り離されていたわけで、健康的に食事をとっている姿を見ると何とも不思議な気持ちになる。

「……お前が俺と食卓を共にするとはな」

そんな娘の心情も露知らず、カイルは早々にミリィから目を逸《そ》らした。挨拶すら返さないところが冷え切った親子関係を如実に表している。

どこか頭が冷静になるのを感じながら、ミリィは父から少し離れた椅子に腰掛けた。

「意外でしたか？」

「ああ。……今日は随分と機嫌が良いらしい」

フッと乾いた笑いを浮かべ、カイルは唇を引き結ぶ。

その横顔を眺めながら、ミリィはふと思案した。頭に浮かぶのは当然、巻き戻り前の世界で処刑された父のことだ。

（……大公の地位を得てもなお成り上がろうとするのは勝手だけど、リスクとリターンが見合ってなさすぎないかしら）

カイル・アステアラは、時が巻き戻る前の世界で、自国の情報を他国に売るなどという売国奴の真似事《まねごと》をしたがために処刑されている。

他国での地位を約束された見返りに国を裏切ったのだ。だがミリィには、それがどうも不可解だった。

カイルは、このアビリア王国で唯一『大公』の爵位を持つ人物だ。

当然のように金は腐るほどあったし、権力にも困らず、加えて一人娘のミリィは非常に優秀に育っている。

そんな紛れもない成功を得たカイルが、頓挫すれば処刑は免れないというリスクを冒してまで他国での地位を欲しがるだろうか。父の合理主義を知っているからこそ、ミリィにはそれが疑問だった。

（地位や名誉があっても国を裏切るんだもの……。本当何を考えていたんだか）

無言の食卓でミリィは小さく息をつく。

大公の権力を振りかざせば、カイルにできないことはない。

事実、時が巻き戻る前のカイルは爵位を免罪符に好き勝手やっていた。気に入らない貴族から財産を奪い、土地を奪い、時には破滅まで追い込んだこともある。他の貴族諸侯には悪魔にも見えたことだろう。

けれどもだ。それだけの力があったのにも拘わらず、それでもカイルは国を売った。

到底理解できる思考回路ではない。きっとあの時の父は随分と乱心していたのだ――とそこまで考えたところで、ミリィはふと思い至った。

（そうだわ。お父様に協力してもらえばいいじゃない……！）

先ほど思案した通り、アンジェリーナに対抗するため、ミリィには協力者の存在が必要不可欠である。

それもできることなら実力者が望ましい。その点カイルは人間性にこそ難があるものの、協力者としては非常に優秀な人材ではないか。

多少の厄介事は大公の権力で片付けられるし、加えて魔法の腕もミリィが感心する程度にはある。きっとアンジェリーナに対抗する上での強力なカードとなるに違いない。

なるほど、あまりにも冴《さ》えている。ミリィは手にしたパンを小さく千切ると、心なしか得意げな顔で口を開いた。

「ねえお父様、一つお願いがあるのですが」

ミリィがこうして父に自ら話を持ちかけるのは、およそ一〇年ぶりのことである。それを父も認識しているのだろう。カイルは訝《いぶか》しげに眉を寄せてミリィを見る。

ミリィはそれを気にも留めず、にっこりとした笑みで提案した。

「あのですね、お父様。私を守っていただけませんか？」

「……は？」

「ほら、私も週末には学園に入学するでしょう？　誰かしらに命を狙われる可能性もあると思うのです」

『誰かしら』――つまりはアンジェリーナのことを言っているわけだが、流石《さすが》に大公の庇護《ひご》下《か》にあるとなれば、アンジェリーナもミリィにおいそれと手出しはできないだろう。ミリィは笑みを崩さず続けた。

「私も魔法の鍛錬は怠っていませんけど、それでも限界がありますし……。でもお父様がついていてくだされば安心でしょう？　いかがですか？」

カイルは暫《しば》しぽかんと口を開いていたが、やがてミリィの言葉の意味を理解したらしい。

そっと目を細め、意気揚々と名案を語ったミリィを見据えた。

「……なるほどな。急に何を言い出すかと思えば、俺にお前を守れと」

「ええ。どうです?」

たとえ魔王と呼ばれる冷酷大公であろうと、流石に娘の頼みを無碍《むげ》にはできまい。

そう考えていたミリィは、続く父の言葉に目を見張ることになる。

「俺にメリットがない」

「……はい?」

表情ひとつ変えず、確かにカイルはそう言ってのけた。

ミリィが思わず顔を顰《ひそ》めると、カイルはどこかつまらなさそうに続ける。

「お前の守護とやらに魔力を割くに足る見返りがない」

「いやですから、私が——」

「お前がどうなろうと、俺の知ったことではないと言っているんだ。つまりこれ以上お前に何かを与えるつもりも、手を貸してやる義理もない。わかったか?」

そう言うなり、カイルはカトラリーを置いて席を立った。

それからひとつ咳《せき》払いをすると、一連の流れを呆《ほう》けた様子で眺めていた執事が慌てて駆け寄り、カイルに上着を着せる。

どうやらカイルはこれから出かけるらしい。言葉を失っていたミリィはハッとして顔を上げると、食堂から出て行かんとする父の背に問いかけた。

「つまりお父様は、私が命の危機に瀕《ひん》そうとどうでもよろしいと仰《おっしゃ》るのですか？」

「ああ。……そこまで理解できるなら、今後は馬鹿なことを考えないようにするんだな」

食堂の扉がバタンと閉まり、残されたミリィと使用人たちの間に、重たい空気が立ち込める。

ビビやコック、それからたまたま居合わせたメイドの気まずそうな視線が突き刺さり、ミリィは深くため息を吐いた。……まさかあああも一刀両断されるとは。

(……すっかり忘れてた。お父様ってあんな人だったわ）

久しく会っていなかったせいで忘れていたが、父は本質的に愛情の欠片《かけら》もない人間だ。

少なくともミリィは近頃の父から愛らしい愛を感じたことがないし、あの様子を見る限り、事実カイルはミリィのことを愛してなどいないのだろう。きっと家族という存在を外交の道具程度にしか思っていないのだ。

何なら、ミリィが死んでもまた新しい子どもを作れば良いとさえ思っているのではなかろうか。

我が父のことながら呆《あき》れてしまう……とため息を吐き、ミリィはもそもそとパンを口に入れた。

思い返せば、父は昔からああだった。

ミリィがまだ五歳だった頃の話である。ミリィが病で亡くなった母の亡骸《なきがら》に縋《すが》りついて泣いた時でさえ、カイルはただ一言「何をそんなに悲しむことがある」と言い放ち、妻が亡くなったことなんて全く気にしていない様子だった。

あの日からミリィは、父に期待することをやめたのだ。

将来こんな父親に頼らずとも生きていけるようにという一心で勉学に励み、その甲斐《かい》あって学園では優秀な成績を残しもした。

どうして忘れていたのだろう。ミリィはいつの間にか俯《うつむ》いていた顔を上げ、ぱちりと両手で頬を叩《たた》いた。

「……この私があのお父様を頼ろうなんて、きっと時が巻き戻って舞い上がってたんだわ。しっかりしないと」

今の一件で思い知った。父に協力を仰ぐなんて無駄なことはしない。

これからは、自分の力でどうにかしてみせる。

改めて方針を定め、ミリィはスープを一口頂いた。好みの味付けに頬を緩めるその姿は、いつ爆発するかわからない爆弾を見るような目を向けていたビビが、思わず視線を奪われるほどに美しい。

(さあ……これから忙しくなるわ)

まずは何より情報収集だ。学園の入学式が始まる前に、少しでも身の回りの状況を整理しなければならない。

時間は有限。三年後に控えるタイムリミットに向けて、やるべきことは全てやりきってしまいたい。

◇◇◇

時が巻き戻ってから数日が経過した。

人の順応とは恐ろしいもので、この頃になるとミリィも三年前の世界に随分と慣れてきていた。

巻き戻り前の世界では亡くなっていたアビリア国王を見て「死人が動いてる……⁉︎」と思うこともなくなったし、三年後には絶版になっている本を入手して小躍りし、ビビにドン引きされることもない。

そんなわけで、ミリィは今日も今日とて書庫で情報収集に励んでいた。

（……こうやって書き出してみると、やっぱりアンジェリーナの言葉には不審な点が多い気がするわね）

現在行っているのは、あの庭園でアンジェリーナが発した言葉の書き出しと、その意味の推測だ。

アンジェリーナに殺される前の出来事は、今でも鮮明に覚えている。

その中で特に印象に残ったのが、彼女が発した人名——ギルバートの名だった。ミリィも知るその名前は、アンジェリーナの思考を推測する上でかなり重要なパーツと言っていい。

（……アビリア王国第二王子、ギルバート・フリッツナー……）

もう久しく会っていないその名を心内でなぞり、ミリィは小さく息をつく。

大公家の一人娘であるミリィと、アビリア王国の第二王子であるギルバート。二人はいわゆる幼なじみだった。

とはいえ、仲良く遊んでいたのはせいぜい五歳かそこらまでだろう。母が亡くなってからというものミリィは友人より勉学を優先するようになったし、ギルバートとも自然と疎遠になっていったのだ。

だが、その名があのアンジェリーナから飛び出た。

まるで無関係だとは思えないし、「ギルバートと結ばれる」「これでハッピーエンド」と言っていたように、恐らくアンジェリーナはギルバートのことを好いていたのだろう。

その上でアンジェリーナの発言を思い返してみると、ある程度の道筋が見えてくる。

ミリィが思うにアンジェリーナは――『ギルバートと結ばれる』という『ハッピーエンド』のために、ミリィを殺しにかかったのではないだろうか。要は、ギルバートと結ばれる上でミリィが邪魔で仕方なかったのだ。

（……って言っても、それも全部憶測に過ぎないわけだけど）

何を考えようと確信的なことは言えないのがもどかしい。

ミリィはぐっと伸びをすると、机に突っ伏して「うー」と呻《うめ》き声を上げた。ビビがいればはしないと咎《とが》められていただろうが、一人きりの今なら姿勢も崩し放題である。

「……でも、ギルバートに話を聞く価値はありそう」

ぽそりと呟《つぶや》き、ミリィはひんやりとした机に頬を押し当てた。

ギルバートに話を聞くことができれば、少なくともこうして机に向かっているよりは有益な情報を得られるだろう。うまくいけば、アンジェリーナがミリィを殺害するに至った動機まで知ることができるかもしれない。

決意し、ミリィはがばっと上半身を起こした。

（うん、そうと決まればいつ会うかを決めなくちゃ。なるべく早い方が良いけれど、私とギルバートの二人が暇な日なんてあるかしら。一応公女と第二王子なわけだし――）

そう手帳を開いたところで、ミリィははたと気が付いた。

「……ま、真っ白だわ……」

そう、真っ白なのだ。

手帳の色の話じゃない。ミリィの予定表がだ。

（嘘《うそ》でしょ、社交界シーズンなのにお茶会の予定もパーティーの予定もないの……!?）

まさかと思って一度手帳を閉じ、また開いてみたが、変わらず予定表は真っ白なままである。ミリィは驚愕《きょうがく》した。見間違いではないのか。

（か、仮にも私、結婚適齢期なのに……。誰からもお誘いがないなんて普通じゃないわよね。……ま、まさかこれが『行き遅れ』……？）

思えば、母が亡くなってからこれまで、ミリィはまともに社交の場に出ていなかった。

理由は当然勉学のためである。同じく社交嫌いのカイルもそれを咎めようとしなかったし、時折付き合いで出席しても、数分と経《た》たずに親子揃《そろ》って帰宅するのがアステアラ大公家だ。むしろ、今までのことを考えたら予定表は真っ白なのが正しいとさえ言える。

「……せっかく時が巻き戻ったんだし、もう少し色んなところに顔を出してみようかな」

うう、と嘆き交じりに呟き、ミリィはもうほとんど新品と変わらない手帳を閉じた。……いや、ポジティブに考えれば、ギルバートの予定に合わせて会合をセッティングできるということだ。むしろ予定がない事実を喜ばしいと思おう。

そんな虚《むな》しい思い込みで自らを鼓舞していると、書庫の扉がノックされた。

「お嬢様、よろしいでしょうか」

ビビの声だ。

「ええ。どうしたの？」

「失礼致します。……週末の入学式について、学園からお手紙が届いておりまして」

「……ああ」

手紙を受け取ったミリィは、差出人の名を見て口を曲げる。そういえばそんなイベントも控えていたのだったっけ。

「ただの新入生にわざわざ手紙ね。……天下のグランドール魔法学園も暇なのかしら」

不満げに口を尖《とが》らせると、ビビが苦笑いを浮かべた。

「仕方ないですよ。公女様がご入学となれば学園も気を使わざるを得ませんから」

「……ふうん」

時が巻き戻る前にも通っていたグランドール魔法学園は、魔法を学ぶ場としては、国内でも随一の学園である。

その歴史は古く、卒業生には偉大な研究者も多い。そのおかげか授業のレベルも比例するように高く、勉強の虫だったミリィにとっては比較的居心地の良い場所だった。

……ただこの、あからさまな公女への媚《こ》びはどうにかならないものだろうか。

渋々手紙の封を指先で開くと、中には大量の文字が詰め込まれた便箋と、何かしらの招待状が一枚入っている。

便箋の方は一瞬で読む気をなくしたが、まさか読まずに捨てるわけにもいかない。仕方なく目を通すと、内容はどうやら学園長からの長い長い挨拶のようだった。

「……学園長、私にお父様と似た聡明《そうめい》さを感じるんですって。陰口じゃなきゃいいけれど」

さっと読んでおおよその内容を理解すると、ミリィは便箋をビビに手渡した。あまりにも早い読了にビビのぎょっとした視線が突き刺さる。

「えっ……も、もう読まれたんですか？」

「うん。もういい」

「こんなに長いお手紙なのに……これが速読……」

「そんな大層なものじゃないわ。不要な文を読み飛ばしただけ」

肘掛けに頬杖をつき、ミリィはそっと目を伏せる。

学園長の手紙には、長ったらしい褒め言葉と共にミリィへの頼み事が記されていた。

（……『生徒会』所属のお願いって、巻き戻り前にもされたけど）

——学園の自治組織である生徒会には、どうしてもあなたの力が必要だ。

学園長から届いた手紙の後半部分を要約すると、おおよそそんな内容になる。

グランドール魔法学園には、魔法を学ぶ学園には珍しく生徒会が存在する。学園の運営にも深く関わっているようで、その学内権力は相当なものであるらしい。

当然そこらの生徒がなれるものでもなく、こうして学園長から直々にお話が来て初めて権利が生じるものだ。大公家の娘であるミリィに所属のお願いが来るのは順当と言えた。

(前は面倒だからって断ったけど……どうしようかな)

もちろん時が巻き戻る前にも同じ話が来ていたわけだが、その時のミリィは即断でお断りを入れている。理由は言うまでもなく、勉学に時間を割きたかったからだ。

「お嬢様？　どうかなさいました？」

ビビの声に顔を持ち上げ、ミリィは数度瞬きをした。

「……ううん、何でもない。便箋を持ってきてくれる？　今お返事を書いてしまうから」

「かしこまりました！」

「花の香りがついた便箋があったでしょう？　あれがいいと思うの」

一礼と共に部屋を去るビビを眺めながら、ミリィはうすらぼやけた記憶を漁《あさ》った。

(……生徒会って、どんな人がいたかしら)

巻き戻り前の世界では生徒会への興味など皆無だったミリィだ。彼らがどんなことをしていたのかはもちろん、所属していたメンバーもはっきりとは覚えていない。

確か第二王子のギルバートや騎士団長の息子がいたことは覚えているが、ミリィの生徒会に関する記憶はほとんどそれだけだ。周囲への興味がなさすぎるというのも考えものだった。

(……でも、生徒会に女子生徒が少なかったことだけは記憶にあるのよね。あの時は学園長の男尊女卑を疑ったけれど)

入学してみると、むしろ女子生徒が優位とも思える校則や、いかにも年頃の女子が好みそうな行事があって驚いたものだ。

ミリィは未《いま》だに男女二人で天体観測をする行事の必要性がわかっていないし、思い返すだけでもあの行事は苦痛だった。無言のミリィに怯《おび》える男子生徒が周囲から可哀想《かわいそう》な目を向けられていたのも、今では懐かしい思い出だ。

「……話を聞くくらいならいいかな」

呟き、ミリィはもう一度封筒を手に取る。

手紙に同封されていた招待状。やけに華美なそれは、学園の中庭で行われる入学歓迎パーティーの開催を知らせるものだった。

日時は入学式の直後と記されている。文言を見るに、招待されたのは恐らく入学にあたって巨額の寄付を行った家の子どもだろう。当然集まるのは高位の貴族がほとんどだろうし、生徒会に所属しうる生徒も揃うに違いない。

（……この招待状も、前は見るなりビビに廃棄をお願いしたっけ）

だが、今は違う。

周囲への興味が芽生えた今、ミリィはこういった集いの類いにも興味が湧いている。

結局のところ、自らの何かを変えないと未来は変わらないのだ。三年後も健康に生きるためには、細かな行動から見直していくべきだろう。

であれば、巻き戻り前は見向きもしなかったパーティーにだってきっと参加してみた方が良い。と、そこまで考え、ミリィはふと思い至った。

「そうだわ。……このパーティーならギルバートとも会えるじゃない」

浮かんだのはそんな、あまりにも天才的な案である。

入学歓迎パーティーにはギルバートも来るだろうし、アンジェリーナとの関係をじっくりと聞く時間もある。何より、真っ白な予定表を埋める第一歩としてこのパーティーはちょうど良い。

(うん、それならギルバートにも手紙を送ろう。入学式の後、パーティーで会えないかって書けばきっと彼も応じてくれるだろうし――)

そうなると、ミリィは途端にパーティーが楽しみになってきた。早速手帳に日付と予定を書き込むと、大事に大事に、割れ物を扱うようそっと閉じる。

「お嬢様！　お持ちいたしました！」

潑剌《はつらつ》とした声に振り返ると、ビビが腕に抱えるほど大量の便箋を持って立っている。

その姿に苦笑いを浮かべつつ、ミリィは早速、脳内で学園長とギルバートへの手紙をしたため始めた。

◇◇◇

――アンジェリーナ・グレイはその日、この世で一番機嫌が悪かった。

(どうして、どうして、どうして、どうしてっ……！)

枕を壁に放り投げ、荒く荒く息をする。

朝の支度をするべく控えていたメイドを睨《にら》みつけると、アンジェリーナは握った拳で壁を殴った。

青ざめた顔の新人メイドが余計に腹立たしくて仕方ない。

「さっさと出ていって！」

叫ぶと、メイドが足をもつれさせながら部屋を出ていく。

そのもたつき加減に更に腹が立ち、アンジェリーナはベッドの足を蹴り付けた。愚図《ぐず》な使用人は速やかに部屋も出ていけないのか。

（なんで、なんでなの、どうして……⁉）

唇を噛《か》み、拳を握る。

（なんで時間が巻き戻ってるの……⁉）

『悪役令嬢』アンジェリーナ・グレイは、『ラスボス』のミリィ・アステアラを、確かに殺したはずだったのだ。


——この世界は乙女ゲームの中である。

そんな突飛な話をすんなりと信じることができるアンジェリーナには、前世の記憶がある。

それもまともな思い出が皆無な、どうしようもない記憶だ。

それもそのはず。アンジェリーナの前世にはまるで友人がいなかった。というか作らなかった。

周りの人間は馬鹿ばかりで、詰《なじ》ってやるならまだしも、仲良く付き合う気などさらさら起きなかったからである。

――周囲の奴らは馬鹿ばかり。

――馬鹿なりにあたしの役に立つならまだしも、不利益にしかならない。

そんなアンジェリーナが前世でのめりこめたものといえば乙女ゲームやアニメくらいで、中でも気に入っていたのが、パッケージに惹《ひ》かれて買った『花降る国のマギ』という一本だ。

中世風の異世界に現代日本の価値観をくっつけたような世界観のゲームで、ステータスの概念やちょっとしたバトル要素が存在し、プレイヤーがヒロインを成長させていくことでエンディングが変化するという特徴がある。

そのゲームの中で、アンジェリーナ・グレイはいわゆる悪役令嬢として登場していた。

嫉妬に燃えてヒロインを虐《いじ》め、時にライバルとして立ちはだかり、最後には罪を認めてヒロインと親しくなる悪役令嬢、アンジェリーナ・グレイ。

前世では攻略対象に夢中でサブキャラなどまるで眼中になかったが、こうして悪役令嬢に転生したとわかった時、アンジェリーナの頭に浮かんだのは「美味《おい》しい」の一言だった。

――これって、いわゆる乙女ゲーム転生でしょう?

――なら、あたしが攻略対象と結ばれることもできるはずじゃない……!

アンジェリーナには、前世から恋い焦がれるほど好きだったキャラクターがいる。

ギルバート・フリッツナー。アビリア王国の第二王子で、ゲームのメイン攻略対象。

見た目から性格に至るまで、アンジェリーナはこのギルバートが好きで好きで仕方なかった。

ギルバート個人はもちろん、ハイスペックな第二王子がしがない平民の自分を認め、そして選んでくれるというストーリーの展開もツボだった。選ばれなかった馬鹿どもはどんなに悔しいだろうと考えると、それだけで楽しかったからだ。

だからこそ、悪役令嬢に転生しゲームの舞台である学園に入学した時、アンジェリーナはふと見たギルバートの姿から目が離せなかった。

どうしても結ばれたいという思いが強くなった。

そしてその権利がある自分に酔いしれもした。

だって自分は悪役令嬢なのだ。転生モノなら主人公と化すこのポジションなら、必ずギルバートと結ばれるに違いない。

それが嬉《うれ》しくて嬉しくて、アンジェリーナは自分の立ち位置を見せびらかしたくなった。

周りに自分は悪役令嬢なのだと言い回ったのも懐かしい。周囲は訳がわからないといった様子だったが、攻略対象と結ばれる権利すらない馬鹿はアホ面を晒《さら》して見ているだけで良いのだ。

――ゲームの知識でこれから何が起きるのかもわかるし、選択肢も頭に入ってる。

――この世界はあたしを中心に回ってるんだわ！

ゲームのヒロインを虐めるなんて以《もっ》ての外だ。むしろ親友と呼べるほどにまで親しくなり、アンジェリーナはギルバートと会話を重ねた。もちろん彼と結ばれるためにだ。

そして迎えたエンディング。

ゲーム内の巨悪――大公カイル・アステアラをギルバートが処刑し、国には平和が訪れた。

その日アンジェリーナは、告白イベントが起こる鐘の下でギルバートを待っていた。当然、彼からの告白を受けるためにだ。

だが、待てど暮らせどギルバートが来ない。

告白スチルは夕暮れ時だったはずなのに、日が暮れてもギルバートは現れず、結局アンジェリーナはそのまま帰宅する羽目になった。

——どうして？

ヒロインが悪さをしたのかと思ったが、常にアンジェリーナが隣にいた彼女に、攻略対象との親睦を深める暇はなかったはずだ。

カイル・アステアラは死んだ。ギルバートとも親しくなった。それでも、アンジェリーナにハッピーエンドは訪れない。

——どうして？

そんな疑問が拭えないまま数日。

アンジェリーナは、予想だにしなかった事実を知った。

——ミリィ・アステアラが、死んでいない。


ミリィは、学園内で起こる様々な事件を引き起こしたラスボスだ。

父親のカイルを騙《だま》し、他国に寝返るよう唆したのもミリィである。それだけあって特にしぶとく、ゲーム中で二度あるミリィとの戦闘のうち一度は、全ての魔法を無効化する無敵のミリィにただ蹂躙《じゅうりん》されるといういわゆる『負けイベ』だった。

そんな形で危うくミリィに殺されかけたヒロインは、その時点で一番好感度の高い攻略対象に間一髪のところで救い出される。

そうしてヒロインは、ミリィに攻撃が通らない理由──『大公の加護』を知るのだ。

ミリィは、幼い頃父カイルに施された魔法によって、受けた攻撃の全てを無効化している。

その秘密が明かされてからは早い。謀反の罪で捕らえられたカイルが処刑されると、ストーリーはヒロインたちとミリィの二度目の戦いに移行する。

負けることが確定していた一度目と違い、二度目の戦いは『勝ちイベ』だ。

術者のカイルが死んだことで大公の加護は消え失《う》せ、ヒロインは攻略対象たちと力を合わせてミリィを倒す。これに絶望したミリィは父の後を追うように自ら命を絶ち、王国には温かな日々が戻るのだ。


ミリィというキャラクターを嫌っていたアンジェリーナは、この展開を気に入っていた。

ミリィはギルバートの幼なじみにあたる人物である。それだけでもギルバートを愛するアンジェリーナには腹立たしいのに、ミリィがプレイヤーにそこそこ人気のあるキャラクターだというのが余計むかついた。

そんなミリィもエンディング前に死ぬはずだったのに、現実はどうだろう。

カイルが処刑されてもミリィは何食わぬ顔で学園に通い、爵位を失ったなんて思えないような表情で本を読んでいる。

それを見たアンジェリーナは確信した。……ヒロインが、ゲームのシナリオ通りにミリィを殺さなかったのだ。だからこんなことになっている。

自分の役目を全うしないヒロインには腹が立ったが、だが考えてみると、それも仕方のないことだと思えた。なぜならこの世界のヒロインはゲームの主人公ではなく、『転生悪役令嬢』たるアンジェリーナだからだ。

これはストーリーの破綻などではなく、ミリィを殺すヒロインとしての資格がアンジェリーナにある、という神様からのお告げだろう。

――そうだ。ミリィ・アステアラを殺せば、全てがうまくいく。

ミリィが死にゆく様を見るのは最高だった。

気に食わなかった女が表情を歪《ゆが》めるのは見ていて心地よかったし、それだけで心が洗われる気さえした。

なのに、だ。

「…………どうして……」

次に目を開けた時、アンジェリーナの目に映ったのは、見慣れたベッドの天蓋だった。

時間が巻き戻っていることにはすぐ気が付いた。ゲームの進行度を確かめるために毎日付けていた日記が、三年前の日付で止まっていたからだ。

「あいつが……あいつが、何かやったんだ……」

ミリィ・アステアラ。

あいつだ。『ラスボス』のあいつが、ゲームシナリオに何か影響を起こしたに違いない。じゃなきゃこんなこと起きるはずがないのだ。

「あいつが……あいつがストーリー通りに死ななかったから……！」

そのせいに違いない。低い声で呟き、アンジェリーナはもう一度壁を殴った。

「……今度こそ、ハッピーエンドにしてやる」

今度こそ、今度こそアンジェリーナは失敗しない。

確実にミリィをあの世へ送り、そして間違いなくギルバートと結ばれる。ヒロインにだって邪魔はさせないし、世界をもう一度アンジェリーナ中心にしてみせる。

「…………あんたのもの、全部あたしが奪うんだから」

奥歯を噛み、アンジェリーナは靴の音を鳴らしながら部屋を出た。

血が上ったアンジェリーナは、まさかのことを考えもしない。

ミリィが巻き戻りに気付いていることも、復讐《ふくしゅう》を企てていることも――自分が世界の中心であるという考えが抜けきらないがために、その可能性すら浮かんでいなかったのだ。

二章　ラスボス公女は邪悪になりたい

入学式当日。ミリィは早朝に起床した。

記念すべき日とあってか、身支度を担当するメイドたちの気合いの入れようは凄《すさ》まじい。丁寧すぎる準備を終え、真新しい制服に腕を通す頃にはもう朝食の時間だ。

急いで食堂へと向かうと、ミリィは道中で家を出るカイルと偶然鉢合わせた。

「おはようございます、お父様」

形式的でかつ義務的な挨拶を並べると、カイルは返事をするでもなく、じいとミリィを見つめた。……制服姿がそこまで目新しいのだろうか。

（……それにしても、娘に挨拶のひとつも返さないなんて親としてどうなのかしら）

口から出かかった文句を、辛うじて喉の奥に押し留《とど》める。

父と会うのは巻き戻りに気付いたあの日以来だ。あれから食事の時間が被ることもなかったし、父に失望したのも遠い昔のようである。

（巻き戻り前は気にしてすらいなかったけど……とっくのとうに親子なんかじゃなかったんだわ、私たち）

思えば、巻き戻り前のミリィは周囲の人間と同じように父のやることなすことを肯定していた。

公女として平穏な生活を送るには、カイルに付き従うのが得策だったからだ。

実際、一八歳までは大公という傘に隠れて生きるのが一番勉学に集中できたし、どこに不機嫌の種が埋まっているかわからない父を怒らせぬようにと、彼の前では当たり障りない言葉を使ったものである。

だがそれも、今や過去の話だ。

(挨拶もしたし、もういいかな。……空腹で死にそうだわ)

時間の足りないミリィには父を至極丁寧にもてなす暇などないし、何よりお腹《なか》が空《す》いている。父に構っている余裕はない。

そうカイルの横を抜けようとすると、今度はそれを引き留めるように、カイルが「ミリィ」と名を呼んだ。

「……まだ何か?」

振り返ったミリィの瞳は、冷ややかで薄暗い。

それもこれも空腹が故なのだが、カイルが驚きで目を見開いたことに、ミリィは気が付かなかった。

「……お前……」

「何もないならよろしいでしょうか。お城に向かわれるのでしょう? 道中お気をつけてくださいませね」

父には期待しない。

巻き戻りに気付いたあの日に誓ったことだ。今更何をしたところで、父がミリィを道具扱いする現状は変わらないのだから。

「……ああ、そうだ。今日はパーティーに招待して頂きましたので、少し帰りが遅れることになるかと」

去り際にそう告げ、ミリィは危うく鳴りそうなお腹を押さえて場を後にした。

残されたのは、少し前まで自分の機嫌を窺《うかが》っていた娘の変貌に呆然《ぼうぜん》としたカイルと、気まずそうな使用人だけである。

カイルは驚きを隠しきれない様子で額に手を当てると、誰に尋ねるでもなく、ただぽつりと呟《つぶや》いた。

「……パーティーなんて聞いていない」

押し黙る以外の選択肢がない使用人が、この場から逃げ出したそうに目を泳がせる。

カイルの頭に浮かんだのは、幼い頃、庭園で見つけたのだという四つ葉のクローバーを笑顔で差し出すミリィの姿だった。


――一方で、朝食を終えたのちに家を出たミリィは、爽快感に満ち溢《あふ》れていた。

まっさらな気持ちで始める二度目の学生生活というのも悪くない。乗り込んだ馬車の窓から眺める景色も、そう思うと全く別物に見える気さえした。

（……いけない。こんなふうに浮かれてたらさくっと殺されちゃうわ）

慌てて両頬をぺちんと叩《たた》き、何となく姿勢を正して座り直す。

ひとまず、グランドールでは友人を作りたい。……決して浮かれているのではなく、生き残るためにどうしても交友が必要だと思ったためだ。

父カイルが頼れないとわかった以上、ミリィにはアンジェリーナに対抗するための新たな協力者候補が必要である。

とはいえ他に頼れそうな親縁《しんえん》もいないし、となればあとは学園の生徒をあてにするしかない。いずれ情報収集も必要になるだろうし、その役目なんかを『友人』に担ってもらうのだ。

(友達の在り方が未《いま》だにわかっていないのだけど、友情は助け合いって聞くし……多分友達って情報収集とかもしてくれるのよね？)

よくわからないがきっとそうに違いない。とにかくミリィには、計画を遂行してくれる友人が必要だ。

(そのためにも、グランドールでは上手く立ち回らなくちゃならないけど……)

グランドール魔法学園は、アビリア王国で最も有名な魔法の学び舎《や》である。

貴賤《きせん》問わずの平等を謳《うた》っているが、その実態は生徒の半分以上が貴族という疑いようもない貴族学校だ。実家の爵位で学内の立ち位置が決まり、下位の者は、当然上位の者に何もかもを譲らねばならない。

(……でも、何だか私あの学園では避けられていた気がするのよね)

そんな社会の縮図のような学園で、巻き戻り前のミリィは他とは一線を画す雰囲気を放っていた。国で唯一となる『大公家』の地位はもちろん、ミリィ自身が勉学や魔法実技において非常に優秀だったのも理由の一つだろう。

加えてこの馴《な》れ合わない性格だ。触れられない孤高の立ち位置を確立したミリィは、いつしか廊下を歩くだけであらゆる生徒に道を空けられるようになっていた。

ミリィが気まぐれに口を開けば周囲が会話を止め、うざったそうに目を伏せたならば、半径一〇メートルに緊張が走る。

ミリィ本人に自覚こそないが、『ラスボス』のミリィには、周囲の雰囲気を変える力のようなものがあった。

ミリィが穴場を見つけたと思って通《かよ》ったあのお気に入りの庭園は、決して生徒に不人気だったわけじゃない。ミリィが通うからこそ、誰も近寄れなかったのだ。

「もうそろそろ学園に到着いたしますよ、お嬢様」

ビビの声を受け、ミリィは馬車の窓を開けた。

煌《きら》びやかな王都の景色の向こうに、見慣れた学園の門が視界に入る。

グランドール魔法学園は、地価の高い王都に小国の城と見紛《みまご》うほど豪勢な校舎を構えている。

リフォーム費用の出所は貴族諸侯の『お気持ち』で、中でもアステアラ大公家は、緻密な装飾がなされた正門をもう一つ建てられるのではというほど多額の寄付を行っていた。

大公にしたら端金《はしたがね》なのだろうが、学園からしたらその気まぐれが生命線だ。大公の娘であるミリィが厚遇を受けるのも、そんな薄汚い大人の事情が原因だろう。

特別扱いなんてされたところで嬉《うれ》しくもなんともないのに、ミリィの周りにはいつだって媚《こ》び諂《へつら》う人間ばかりが寄ってくる。

ミリィが人付き合いを忌避している理由の半分はこれだった。何というか、ミリィ・アステアラではなく、大公カイル・アステアラの娘として見られている気がするのだ。

ミリィは風に靡《なび》く黒髪を耳にかけ、鼻腔《びこう》をくすぐる花の香りに頬を緩める。

「……ビビ、私決めたわ」

「？　何をでしょう」

「入学式後のパーティーで誰かに話しかけて、それで友達を作るの」

「えっ⁉　と、友達ですか……？」

「うん。変かしら」

「いや、ええと、いえ。少し意外で」

「そう？　でも目標は高くないと」

満足げに言い、心地よい風に目を閉じる。

やがて荘厳な正門を通ると、馬車はゆっくりと停止した。

ここからは入学式の会場まで徒歩で移動だ。

そうしてちょうど校舎を横切ったところで、ミリィにふと声がかかった。

「おお、公女様！」

振り返ると、中年の男性がやけに笑顔で立っている。記憶にある顔ではない。

「……どなた？」

「ああ、失礼。名乗っておりませんでしたな。わたくしグランドールで魔法生物学を教えている

――」

男性がそこまで言ったところで、ミリィは彼の話に興味を失った。

彼の瞳に、あからさまな媚びの色が混ざっていたからだ。

(……足を止めて損した)

そう拗《す》ねたように口を尖《とが》らせ、ミリィは続く言葉を耳に入れることなく場を去る。

背後から聞こえる戸惑いの声も、ミリィには興味のない産物でしかない。むしろ足を速める要因にしかならず、置いて行かれたビビが慌てて隣に並んだ。

「お嬢様、よろしいんですか?」

「なにが?」

「なにがって……お話の途中でしたでしょう」

不思議そうに言ったビビに、ミリィはぱちぱちと瞬《まばた》きをした。

「? ……何がいけないの?」

ミリィはただ興味のない話を打ち切っただけだ。幼い頃からそうしてきたミリィには、一体何を不安視されているのかがてんでわからなかった。

「え、ええ……? 普通お話が終わるまでは待ちませんか……?」

「……普通、そうなの?」

気に掛かった言葉を思わず拾うと、今度はビビがまずいことを言ったような表情を浮かべる。どうやら機嫌を損ねていると思われたらしい。

「あ、いや！　お嬢様はお忙しくて時間も貴重ですから、また違うと思いますけど――」

「ううん、大丈夫。……普通人の話は聞くものなのね。わかった」

「え、えっと……」

「ありがとう、友達を作る上で大事なことを知れたわ」

たとえ興味のない話であろうと、人の話は最後まで聞く。これはミリィにとって大きな収穫だ。友人作りに大きく近付いた。

「そういう……会話する上で大事なこととか、気付いたらもっと教えてちょうだい。私なにも知らないから」

「えっ、あ……は、はい！」

踵《きびす》を返して振り返ると、先ほどの教師を名乗る男性はもういない。既に消えかけていた記憶を慌てて引き戻し、ミリィは男性の顔をしっかりと頭に焼き付けた。

次に彼と会った時は、打ち切ってしまった話を聞き直すべきだろう。人の顔や名前を覚えるのはすこぶる苦手だが、克服にはちょうどいい機会だ。

（……入学式中に顔を忘れないようにしなくちゃ）

気合いを入れ、ミリィは軽く両頬を叩いた。……もう似顔絵でも描いておくべきだろうか。

◇◇◇

グランドール魔法学園の入学式は、校舎に併設された教会で行われる。

教会、といっても特に生徒に祈禱《きとう》が義務付けられているわけでもなく、こういった式典以外では聖歌隊が出入りする程度で、ミリィにはまるで縁のない場所だった。恋人との逢瀬《おうせ》なんかにも人気らしいが、そうなると余計に縁がない。

そんな教会の特徴といえば、やはりその規模だろう。

人が何百人と入りそうな広さを持つこの教会は、例に漏れず貴族諸侯の寄付で建設されたものだ。その上、巨大なパイプオルガンまで設置されているというのだから、金のかかり方が凄まじい。何でも著名な音楽家が惚《ほ》れ込むほど繊細な音が出せるらしく、その神聖な雰囲気がカップル人気に拍車をかけている、というのがビビの談だった。

「……あ」

そんな広い教会内では、小さな音さえ無限に反響してしまう。

ミリィが指定された席を目指して教会内を歩いていると、すれ違った生徒が思わずといったように声を上げた。

すると、響いた声に別の生徒が反応し、その生徒がまた「あ」と声を上げ、いつの間にかミリィに無数の視線が集まる。

(入学式といったって大層なこともしないのに、何で席が指定されているのかしら……)

当のミリィはそんな不満で視線を気にする暇もないが、逆にそういった態度が周囲には毅然《きぜん》として映るらしい。

「公女様だ……」

「あの綺麗《きれい》な黒髪……毎日シスターが祈りを捧《ささ》げているって本当なのかしら」

「流石《さすが》にデマでしょう?」

「でも、うっかり信じちゃいそうなくらいには綺麗よね」

「ええ。素敵……」

入学式には、使用人の立ち入りが禁止されている。

小さな声で話し合う生徒の前を通り過ぎ、ミリィは一人で自身の席に辿《たど》り着いた。

最前列の一番端。式で演奏されるパイプオルガンの音を是非間近で聴いてください、とでも言わんばかりの特等席だ。相変わらずの媚びられ具合だと辟易《へきえき》する。

(……あれ?)

だが、ミリィが座るはずのそこには、既に人影があった。

栗色《くりいろ》の髪の毛をひとつにまとめた、素朴な雰囲気の女子生徒だ。瞳に緊張の色を滲《にじ》ませつつ、ぴんと背筋を伸ばしてミリィが座るはずの席に腰掛けている。

その堂々たる着席ぶりに、ミリィはまさか自分が間違えているのかとも思ったが、思い返してみてもミリィの席はあそこだ。栗毛《くりげ》の彼女が勘違いをしているのだろう。

(……そういえば、巻き戻りの前もこんなことがあったっけ)

曖昧な記憶を辿り、ミリィはやっと思い出した。

確か以前にも同じことがあったはずだ。あの時は彼女に席の間違いを指摘して、それで、真っ青な顔で謝られたあと逃げられてしまったのだったっけ。

（今ならわかるけど、たぶん、あの時の私って怖かったんじゃないかしら……）

ミリィには怒る気など微塵《みじん》もなかったのだが、それ以降、彼女にはすれ違うたび萎縮されていたのを思い出す。

だからだろう。あの女子生徒の顔は今でもやけに覚えているし、彼女が話していたことも、ミリィには珍しく耳に入ったのだ。

（彼女、アンジェリーナに『ヒロイン』って呼ばれていた子じゃない。……記憶だともう少し髪が短かった気もするのだけど、切ったのかしら）

栗毛の女子生徒は、ミリィの仇敵《きゅうてき》たるアンジェリーナと親しかった一人だった。

といっても、実際はただ一方的にアンジェリーナが絡んでいただけである。『ヒロイン』にとってはありがた迷惑だったようで、彼女は度々アンジェリーナに対する不満らしきものをこぼしていた。

アンジェリーナは時々、『ヒロイン』に対して世迷《よま》い言《ごと》を述べていたらしい。

それも『私には未来を見通す力がある』だの『私が世界を操っている』だの、信じ難いどころか鼻で笑ってしまうようなものばかりで、あの気の優しそうな子が愚痴《ぐち》を言うくらいなのだから、相当面倒だったのだろう。

（……友達、ねえ）

だがそんなアンジェリーナも、友人を作ることに関してはミリィの上をいっていた。

あの積極性はミリィも見習わねばならぬところだ。友人に妄想を聞かせたいとは思わないが、ミリィも友人は喉から手が出るほど欲しい。

（……あの子と親しくなれるかは別だけど、でも今後萎縮されて過ごすのは嫌だし）

とにかく、今のミリィには行動あるのみだ。

勇気を出して足を一歩踏み出すと、ミリィは僅かに震える声で告げた。

「ねえ。……あの、席を間違ってはいないかしら」

「……え？」

まさか自分に話しかけているとは思わなかったのだろう。栗毛の女子生徒は、ミリィの言葉に遅れて振り返った。

「せ、席……？」

「そう。そこ、二五番でしょう？　私の席が二五番で……」

「えっ、入学式って席が指定されてるんですか⁉」

慌てて立ち上がり、女子生徒は大きな目を更に見開く。

冷えた室内ながら、その額にはうっすら緊張の汗が浮かんでいた。彼女の身分には詳しくないが、この戸惑いようはあまり家格の高くない家の出身なのだろうか。

「あ、……ええ。受付で自分の名前を言って、それで教えてもらうのだけど」

「そ、そうなんですか⁉　すみません、私慣れてなくて……！」

「あ……いや、別に私は」

「ごめんなさい、ごめんなさいっ！　大公家の愛娘《まなむすめ》様に私は何を……！」

どうやらミリィのことを知っていたらしい。余計に焦ったのか、ぺこぺこと謝り倒す女子生徒の瞳に水滴のようなものが滲む。ミリィは焦った。

（ど、……どうしよう。別に席の間違いなんて気にしてないのに……！）

努めて柔らかな口調で話しかけたはずなのだが、結果的に萎縮させてしまっている。なぜこうなるのだろうか。

「だ、……大丈夫だから。私はただ、あの」

「ごめんなさいっ！　あ、謝りますから、どうか退学だけは……！」

「退学……⁉」

ただでさえ焦っているのに、そう縋《すが》るような目を向けられては、コミュニケーションの経験が薄いミリィはもうパニックだった。何を伝えるべきなのかが全くわからない。

（えと、えっと、どう言うのがいいの……⁉　た、助けてビビ……！）

口を開けば女子生徒が悲鳴を上げ、黙ってみれば謝罪の嵐で打つ手がない。

しかも周囲の生徒の視線まで集まり始め、いよいよパニックでめげそうになっていると、ミリィの肩にぽんと誰かの手が載った。

反射的に振り返り、ミリィは一瞬言葉を失う。

視線の先。目線より少し高い位置で、きらきらとした金髪が煌めいていた。

「……さっきから何をしているんだ、お前は」

呆《あき》れたような口調で言ったその人物に、ミリィは覚えがある。

「ギルバート……」

――ギルバート・フリッツナー。

アビリア王国の第二王子で、久しく会っていなかったミリィの幼なじみ。

まさかこんなところで会うとは思っていなかった。あまりの驚きに挨拶すら出て来ず、ミリィが口をぽかんと開いていると、今度は先ほどまで涙を滲ませていた『ヒロイン』が「あ」と声を上げた。

「あなた、もしかしてさっき助けてくれた……」

「……えっ？」

ミリィが思わず首を傾げると、次いでギルバートが「ああ」と納得したように頷《うなず》く。

「鳥にスカーフをさらわれていた令嬢か。無事辿り着けたんだな、よかった」

「え、え……？」

「あ、いえ。その節はありがとうございました」

ミリィだけが取り残されているが、どうやら二人は知り合いだったらしい。

視線で説明を求めると、ギルバートは女子生徒を顎で示して言った。

「彼女、さっき外で鳥にスカーフを取られて困ってたんだ。魔法で助けてやったんだよ」

「スカーフ……？」

耳に入れた単語を繰り返し、ミリィは女子生徒の方を見やる。

彼女は相変わらず萎縮してはいたものの、ギルバートが現れたことで少しは緊張も解けたようだ。

もうこの場は彼に任せて、ミリィは黙っていた方が良いだろう。

深く深く息を吐き、ミリィはちらと隣のギルバートを見上げた。

「ねえギルバート、彼女をお願いできない？」

「えっ？」

栗毛の女子生徒と、それからギルバートが揃《そろ》って瞳を瞬かせる。ミリィは続けた。

「彼女、自分の席がわからないみたいなの。久々に会ったところでこんなことを頼むのも悪いのだけど……受付まで案内してあげて」

第二王子を小間使いにするのはきっとミリィの他にいない。ともすれば怒られてしまいそうなものだが、ギルバートは僅かに逡巡《しゅんじゅん》した後、仕方ないといったように頷いてくれた。もう一〇年近く話してすらいなかったが、彼の優しさは健在らしい。

「ありがとう。……あなたもごめんなさいね、怖がらせちゃって」

「ぁえっ、あ、いや、こ、こちらこそ……」

九〇度に腰を曲げて謝罪し、女子生徒はどこか不安げな顔でギルバートを見上げる。彼はそんな『ヒロイン』を手招きして呼び寄せると、自然とエスコートした。

それが何だかやけに様になっていて、ミリィが『お似合いだなあ』とぼんやり二人の姿を眺めていると、去り際にギルバートがこちらを振り返った。

「あ、あの、ミリィ？」

「？　……何かしら」

「あ、いや、……見たよ。お前からの手紙」

手紙。それが何を指すかなど、もはや考えるまでもない。

きっと、この間送った『入学歓迎パーティーで話せないか』という内容のそれだ。アンジェリーナと彼との関係を問いただす目的で送ったものである。

「返事が出せなくて悪かった。忙しくて……」

「いいえ。急に送ったのはこっちだもの」

「あ、ああ。……それで、あの、その手紙の返事なんだが」

ギルバートの声がやけに上擦り、面白いくらいに瞳が泳ぐ。

まさか緊張でもしているのだろうか。ミリィが首を傾げると、彼は一世一代の決心をしたかのような表情で言った。

「だ、……大丈夫、だから。また、その……パーティーで話そう」

そう言うなり、ギルバートは照れくさそうに踵を返すと、『ヒロイン』を伴って歩き出した。残されたミリィはその後ろ姿を見送りつつ、不審な幼なじみの様子に疑問符を浮かべる。

（ギルバートってあんなしどろもどろに喋《しゃべ》る子だったかしら……）

ミリィの記憶の中の彼はもう少しはっきりと喋っていたような気もするが、まさか奥歯の間に何か詰まっていたりしたのだろうか。今度会ったら爪楊枝《つまようじ》の存在を教えてあげよう……と思案しつつ、ミリィはやっと空いた自身の席に腰掛ける。何はともあれ、とにかく丸く収まってくれてよかった。

自分のコミュニケーション能力の低さには自覚を持っていたつもりだったが、まさかあそこまで

役に立たないものだとは。ギルバートのおかげでどうにかなったとはいえ、何から何まで反省すべきだろう。

(慣れないことして空回りしちゃった。だめだなあ本当……)

ポジティブに捉えれば成長の余地しかないということだが、それにしたってコミュニケーション能力が足りない。ビビに対人関係における基礎を教わるべきだろう。

(……きっとお父様からの遺伝だわ)

そんな責任転嫁で自らを慰め、ミリィは背筋を伸ばして前を見た。

教会内は式に向けて慌ただしくなり始めている。

この後には入学歓迎パーティーもあるのだし、殊更気合を入れなくてはならない。

◇◇◇

そんな意気込みで臨んだ入学式は、至って特筆することもないまま終わった。

強いて言うなら、学園長の話がやけに恋や出会いの話題に偏っていたり、記念としてパイプオルガンで演奏された曲が奇妙なメロディーだったりしただけで、他は面白みのない普通の入学式だ。あくびをしなかっただけ褒められるべきだろう。

「お帰りなさい、お嬢様!」

式を終えたミリィが教会を出ると、探すまでもなくビビが駆け寄ってきた。

その腕には周辺の露店の名物らしいメロンパンの袋が抱えられている。待たせたかと心配したが、ビビもビビで一人の時間を満喫していたようだ。

「あれ、お疲れですか？　ならどこかで休憩をとっても……」

「ああ……いや、ちょっと退屈だっただけ。このままパーティーに向かうわ」

二度目なのも相俟《あいま》ってか、入学式は本当に退屈だった。

周りに知っている生徒もいなかったし、一応の目的としているアンジェリーナも見当たらない。ただ人の話を聞くだけと言うのも暇で暇で仕方がなかった。

（でもようやっとパーティーだわ。どうにかしてここで友達を作ってやるんだから……）

静かに闘志を燃やし、ミリィはふんすと意気込む。実は、退屈だった入学式の間じゅう同年代の話のタネをこれでもかというほど考えておいたのだ。準備は万全と言っていい。

あとは一応ギルバートと会う約束もあるのだし、疲れたなどと甘いことを言っている場合ではないだろう。早速ミリィはきょろきょろと辺りを見回した。

「パーティー会場は向こうの中庭だったかしら」

「はい。ちょっと偵察しましたけど、もう上級生と教師陣は集まっているみたいでしたよ」

「そう……」

入学歓迎パーティーに招待されているのは、入学にあたってそれなりの寄付を行った家の子息令嬢だ。

きっと招待客のほとんどは貴族だろうし、中には学園の自治組織である生徒会に所属しうる生徒もいるだろう。会場へと足を進めつつ、ミリィはふと思案した。……そういえば、生徒会はどうしよう。

学園長からの手紙には『是非とも生徒会に所属を』という文言が二行に一度のペースで使われていたが、ミリィは今に至るまで、それに対する明確な答えを出せていない。

興味はあるしせっかくならやってみたい気持ちも強いが、どうしても踏み切れないのだ。ミリィ自身、そういった組織に所属した経験がないからである。

（どうしようかな、生徒会。……学園長はああ言ってたけど、私が入ったら迷惑にならないかしら）

グランドール魔法学園でもとりわけ強い学内権力を持つ存在、生徒会。

生徒をとりまとめる彼らの役目は、学内の自治だ。問題があれば都度生徒会が出向いて対処し、そこで下した判断が、学園内では絶対となる。

学園長がミリィに生徒会入りを懇願するのは、『大公家の娘が自治組織に所属している』という名目のためだろう。その言い分はミリィにもわかる。

一人家格の高い人間がいるだけで組織が締まるし、何より生徒会の絶対性が跳ね上がるのだ。ミリィが生徒会にいることは、学園にとってメリットでしかない。

（……でも、萎縮されたら嫌だな。あの栗毛の子にだって怯《おび》えられていたし……）

そうして思い返すのは、先ほどの教会での出来事である。あんな反応を生徒会の面々にまでされようものなら、ミリィは今度こそ泣き出してしまうだろう。

「……お嬢様？　会場の入り口はここですよ」

うーんと思い悩んでいると、いつの間にかあらぬ方向に進んでいたらしい。

ミリィは慌てて逸《そ》れていた道を戻り、ぶんぶんと首を振った。いけない、今考えるべきはこのパーティーで如何《いか》に友人を作るかだ。

「お嬢様、本当に大丈夫ですか……？　私パーティー会場にはご一緒できませんよ」

あからさまに上の空なミリィを心配してか、ビビが訝《いぶか》しげに尋ねる。ミリィはむっとして口を尖らせた。

「大丈夫よ。ビビは安心して露店を巡ってくるといいわ」

「本当ですか……？」

「本当！　帰る頃には友人に埋もれているんだから！」

そう虚勢を張って主張し、ミリィは未だ疑問の目を向けてくるビビの背をぐいぐいと押して無理やり見送った。別に一人でだって問題ない。公女を侮ってもらっては困る。

（よし。……頑張ろう。まずはギルバートを探してアンジェリーナの話を聞いて、残りの時間は友達作りよ。一瞬たりとも気は抜けないわ）

入り口の前ですうはあと深呼吸をし、制服の皺《しわ》をぴっちりと伸ばす。

よし、と覚悟を決め、ミリィは煌びやかに飾り付けられた入学歓迎パーティーの会場に足を踏み入れた。

会場内は、既にたくさんの子息令嬢でいっぱいになっていた。

その誰もが歓談に興じ、何やら楽しげに盛り上がったり、あるいは隅でひそひそと話し合ったりしている。その間をずんずんと躊躇《ためら》いのない足取りで進み、ミリィは辺りを見回した。探すのは当然幼なじみの姿である。

時間を節約するためにも早めに見つけたいところだが、この人数じゃそう見つかりそうにない。

溢れんばかりの人の波にミリィが思わず顔を顰《ひそ》めると、歓談に励んでいたうちの一人がふと呟いた。

「……えっ、公女様?」

どうやらミリィの来訪に気付いたらしい。

すると、それを皮切りに庭園内がざわつきを見せた。

「わ、本当……。公女様だわ」

「今年入学なさるって本当だったんだな。俺初めてお目にかかるよ」

「私も……。もしかして迷われたのかしら」

「流石にそうでしょう?　公女様が自ら社交の場にいらっしゃるはずがないわ」

……れっきとした参加者なのだが、なぜか迷子扱いされている。

ミリィはそれに眉を寄せ、自身を参加者だと示すようにテーブルの上のフルーツをつまんだ。冷徹の代名詞たるアステアラ大公家も、入学歓迎パーティーに参加くらいするのだ。

(……うーん、ギルバートはいないみたい。まだ来ていないのかしら)

知り合いでもいれば彼の居所を尋ねられるのだが、会場内を見渡してみても見知った顔はない。

見知った顔の母数が極端に少ないのはともかくとして、こうなると自分から積極的に話しかけなければならないだろう。コミュニケーション初心者にはハードなミッションだ。

そんな緊張を滲ませつつ拳を握った、その時だ。

「おっ。お久しぶりですねえ、公女様」

背後から声を掛けられ、ミリィは踏み出しかけた足でたたらを踏んだ。

振り返れば、やはり知らない顔の青年が立っている。……久しぶりと言うには会ったことがあるのだろうが、全くもって記憶にない。ミリィの顔が気まずそうに歪《ゆが》んだ。

「あれ、……その顔、もしかして俺覚えられてません？」

それを彼の方も察したらしい。図星を突かれ、ミリィはうっと言葉を詰まらせる。

「……そんなことないわ。久しぶりね」

「いやぜってえ知らないでしょ。俺の名前わかります？」

「わかるわよ！　あの、えっと、ル、ル……」

「えっ、すげえ。合ってる」

「ル、ル、……ル、イ……？」

「違うなあ。それ、一文字ずつ当ててくつもりだったんですか？」

一か八か、ヤマカンで当てに行く作戦は失敗に終わった。項垂《うなだ》れ、ミリィは遠慮がちにやはり知らない顔の青年を見る。

「ご、……ごめんなさい」

「え～、マジかあ。俺結構公女様と仲良くなった自信あったのにな～」

「名前を聞けば思い出すと思うの。たぶん……」

あまりというかほとんど自信はないが、目の前の彼に失望されるのは避けたい。

そんな決死の思いで口にすると、青年は訝しげに目を細めた。もう隠す気がないくらいに疑われている。

「ほんとにぃ？」

「ほ、……ほんとに思い出す！」

「へえ。じゃあ信じてもう一度名乗らせてもらいますけど」

青年は丁寧に腰を曲げると、騎士のように恭しい仕草で礼をした。

「ルキウス・ヘンリエックです。以後どうかお見知りおきを、公女様？」

きっとミリィの虚勢に気付いているのだろう。『どうか』の部分により力を込め、青年は意地悪そうに笑う。

（……ヘンリエック……）

一方のミリィは、案の定というかファーストネームには聞き覚えがなかった。

だが、ファミリーネームの方には耳馴染《なじ》みがある。暫し考え、既視感の正体を思い出すと、ミリィは両手をぱちりと叩いた。

「ヘンリエックって、あなたジョゼフ様のご子息？　アビリア王国騎士団長の」

この国の騎士団で団長を務める男性が、確かジョゼフ・ヘンリエックといったはずだ。大公家の娘であるミリィとも少なからず関わりのある人である。

確か新米騎士である子どもがミリィと同じ年齢だと聞いたことがあるし、青年にもどことなく面影がある気がしないでもない。きっと青年は彼の息子なのだろう。

（危ない……。危うく失望されるところだったわ）

土壇場で思い出せたのは成長に他ならない。そう表情を明るくするミリィとは対照的に、青年――ルキウスの方は苦笑いを浮かべた。

「や、そうですけど……公女様、俺より親父《おやじ》の方を覚えてるんですか？　なんか複雑だなあ……」

どうやら当たりだったらしい。微妙な表情を浮かべるルキウスとは対照的に、ミリィはぱっと顔を輝かせる。

「もちろん、あなたのお父様にはお世話になっているもの。ヘンリエック様はお元気？」

「あー、まあ……。元気すぎて困るくらいですねえ」

「そう、ならよかった。最近お会いできていなかったし……」

そう途端にルキウスの歯切れが悪くなったところで、ミリィははたと思い出した。

（……そういえば、ルキウスって生徒会に所属するんじゃなかったかしら）

ミリィのあやふやな記憶の限りでは、確か騎士団長の息子は生徒会役員になっていたはずだ。選ばれし者だけが参加できるこのパーティーにもいるのだし、きっと時が巻き戻った今回もそうなるに違いない。

となるとここで出会えたのはかなりの幸運ではなかろうか。ミリィが生徒会に所属するか否かはともかくとして、彼と交流を持てたのはそれなりの収穫だろう。

「で、公女様はなんでパーティーに参加してるんです？　こんなとこ、公女様のお気には召さないもんだと思ってましたけど」

ミリィがひっそりと自らの幸運を誇らしく思っていると、ルキウスが個包装のチョコレートに手を伸ばしながら尋ねる。

彼からしてもミリィが社交の場にいるのは違和感があるらしい。ミリィは僅かに言い淀《よど》むと、ゆるゆると首を横に振った。

「あ……いや、大した理由はないの。ただ興味があって」

「興味？　公女様って、パーティーより勉強のが好きってタイプだと思ってましたけど」

「……まあ確かにそうだけれど」

「でしょ？　どういう風の吹き回しなんです？」

全くもってその通りだが、ミリィはそんな現状を変えるためにここに来たのである。

巻き戻り前と同じ行動をとっていては同じ運命を辿るだけだし、それに今のミリィには協力者の存在が必要不可欠。生死がかかったこの状況で人付き合いが難しいなどと言うわけにはいかないのだ。

ミリィはそっとルキウスの顔を見上げ、内緒話でもするように、口元へ手を添える。

「あのね。……これは秘密の話なのだけれど」

「？　ええ」

「……私ね、友達が欲しいの」

「………………はい？」

改めて言葉にすると恥ずかしくて声を潜めると、ルキウスが信じられないものを見たかのように目を見開く。柄にもないことを言った自覚があるぶん、そんな反応をされると余計に恥ずかしい。

「と、友達……？」

「そう。だからね、こういう場にも出てみようと思って」

そしてゆくゆくはアンジェリーナに復讐《ふくしゅう》を、とは流石に口に出せないが、目指すべきところはそこだ。いわば命懸けの友人作りと言ってもいい。

「なんであんたがまたそんなこと……」

「込み入った事情があるのよ。あなたも私を応援するといいわ」

「しかもすっげえ上から目線……」

ルキウスはどこか脱力した様子を見せると、一度小さくため息を吐く。

それからもう一つ個包装のチョコレートをつまむと、そっとミリィに差し出した。「美味《おい》しいですよ、それ」と言う彼につられてありがたく頂けば、控えめな甘さが口内に広がる。

「まあよくわかりませんけど、いいんじゃないです？　そうやって精力的に動くのも。いつもみたいにつまんなそうに魔法書と睨《にら》めっこしてるのよりかは随分と健康的ですし」

「……あなたはもうちょっと言葉を選ぶべきだと思うのだけど」

「いやいや、そんなんじゃないですって！　公女様、小さい頃はかなり明るくて元気な感じだったでしょ？　あの時みたいで俺は結構好きですよ」

取ってつけたような誤魔化しだが、そう柔らかな笑顔を向けられては何も言えない。ミリィは口を尖らせ、じとりとした視線でルキウスを見る。

「……あなた、言葉が上手いのね。詐欺師向きなんだわ」

「それ褒められてます……？」

最大限の褒め言葉だ。ミリィは嘆息した。自分とあまりにも差がある。

きっと彼は、ミリィなどと違って人当たりが良いのだ。騎士という身分にありながら貴族の巣窟たる生徒会で上手くやっていたのも頷けるし、冷徹公女とはまるで格が違う。

（……私もこういうふうになれると良いのだけど）

ぼんやりとそんなことを思い、ミリィは琥珀色《こはくいろ》に煌《きら》めく彼の瞳を見つめた。

ルキウスが僅かに首を傾げ、「ん？」と微笑《ほほえ》む。付近から令嬢の黄色い声がしたのは、きっと聞き間違いなどではない。

「……ううん。羨ましいなと思って」

「え、俺が？」

「そう。私、あなたみたいに朗らかに笑えないから」

ミリィは思わず手を伸ばし、高い位置にあるルキウスの頬に触れた。

「えっ」というルキウスの声が響き、琥珀色の瞳が見開かれる。ミリィは考えた。恐らく彼は表情筋が柔らかいのだ。無口で表情に乏しいミリィとは比べ物にならないくらい表情が豊かで、それに、人を惹《ひ》きつける愛嬌《あいきょう》もある。

「いいなあ……」

ぽそりと呟いたミリィの手が、彼の柔らかな頬を撫《な》でた。

途端に時が止まったかのような沈黙が落ち、心なしか周囲のざわめきまでもが消え去る。

（鉄アレイ……スクワット……いや、頬を洗濯バサミで挟んでみる……？）

そう大真面目に表情筋の鍛え方を考えるミリィは、触れたルキウスの頬が熱を持っていることにまるで気付いていていない。

そのまま何秒が経《た》っただろう。暫《しば》し言葉を失っていたルキウスが何かを言おうとした、その時だった。

「――ちょっと、待てっ！」

突然何かが突っ込んできたと思ったら、ミリィは思い切り腕を引っ張られた。

驚いて見やると、そこにはなぜかゼエゼエと息を切らせたギルバートが立っている。ミリィはブンっと残像が見える速さで彼の手を振り解《ほど》くと、「痛いわ」と呑気《のんき》に文句をつけた。

「ご機嫌よう、ギルバート。一体どこにいたの？　随分探したのだけど」

「そうじゃないだろ……！　お前たち、こ、公衆の面前で何をしてたんだ！」

「何って……お話よ。ねえ」

そう言ってミリィがルキウスに話を振ると、ぼーっとしていた彼は慌てて顔を上げる。

「えっ？　あ、ああ……そう、かも……？」

「『かも』……!?」

「ああもう、ややこしくしないで。もういいから早く行きましょう」

ルキウスとの出会いですっかり頭から抜けていたが、ミリィの元々の目的は、ギルバートと話すことだ。

鬼の形相でルキウスに詰め寄る幼なじみの服を引っ張り、ミリィははあとため息を吐く。

「ごめんなさいルキウス、私もう行かなくちゃ」

「あ……」

「お話に付き合ってくれてありがとう。今度こそ名前を覚えておくから」

どこか上の空な彼の耳にこの声が届いているかはさておき、これだけ話して顔もしっかり目に焼き付けたのだ。もうミリィはルキウスのことを忘れなどしない。

友達とは言えずとも、せめて自信を持って知り合いと言っていい間柄にはなれただろう。風紀の乱れがどうこうと呟くギルバートを引っ張りながら、ミリィは満足げに笑った。

「なあミリィ、ほ、本当にルキウスとは話していただけなのか……?」

「だからそうと言っているでしょう。それより、あなたも彼と知り合いなの？」

「え？　……あ、ああ」

「そう、やっぱり彼って顔が広いのね、羨ましい。……あ、ところであなた爪楊枝って知ってる？」

「は？」

そんな会話を繰り広げながら、ミリィとギルバートはその場を去っていく、
残されたルキウスは頬に手を当てながら、そんな二人の背を呆《ほう》けたように眺めていた。

◇◇◇

ルキウスと別れたあと、ミリィとギルバートの二人は会場内でも人気《ひとけ》の少ないベンチに腰掛けた。ここならゆっくり話せるだろう。ミリィは付近のテーブルに置かれていた個包装の大玉キャンディーを手に取ると、早速話を切り出した。

「それで、良いかしら。手紙で話した件なのだけれど」

「えっ？　あ、……ああ」

緊張でもしているのか、ギルバートの動きはやけに硬い。

心なしか頬も赤く見える。そこだけ切り取るとまるで恥じらう乙女のようだが、相対するミリィがゴリッガギッとまともじゃない音を立ててキャンディーを噛《か》み砕いているせいか、この場にムードというものはないに等しかった。

「えっと、……お、俺に話があるんだったか……？」

「ええ。わざわざごめんなさいね、手紙で済ませればよかったのだけど、ちょっと事情があったから」

事情。つまり、第三者に手紙の内容を見られてしまう可能性。ミリィはこれを危惧していた。

当然のように、ミリィはアンジェリーナとの因縁や時の巻き戻りに関することを誰かに伝えるつもりはない。

アンジェリーナ本人に警戒されては元も子もないからだ。そのため、自称『悪役令嬢』関連の話をする相手は必要最低限に留めておく必要があった。

（私の手紙を勝手に開けるような命知らずもいないでしょうけど、念には念を入れるべきだもの……）

そう新たなキャンディーに手を伸ばし、ミリィは相変わらず表情の硬いギルバートに向き直る。

こうして顔を合わせてしっかりと話すのは実に一〇年ぶりだろうか。

「それでね、ギルバート。素直に答えてほしいのだけど」

「っ、……あ、ああ」

一呼吸置くと、ギルバートの表情がいよいよ緊張に染まる。

ミリィは満を持して問うた。

「………あなた、アンジェリーナ・グレイとはどんな関係なの？」

そう尋ねるや否や、二人の間に沈黙が落ちる。

ギルバートも、そしてやけに真剣な顔をしたミリィも何も言わない。

やがてミリィが新たなキャンディーの包装の両端をぴーんと引っ張ったあたりで、ギルバートが顔をじわじわと赤く染めながら口を開いた。

「グ、……グレイ、伯爵令嬢……？」

「ええ。知ってる？」

「そりゃまあ、うん。……えっ、ま、まさか、それがお前の言っていた『話』か……？」

まさかも何も、それ以外の何物でもない。

ミリィがキャンディーを口に放り込みつつ頷くと、途端にギルバートは、両手で顔を覆って大きな大きなため息を吐いた。

「は〜〜……。いやそうだよな、お前はそういうやつだったな……。期待した俺が馬鹿だったよ……」

「……？」

「いやいいんだ、俺がただ浮かれていただけで……あーくそ……」

一体何を言っているのだろう。それを尋ねようとまたガリッバキッとキャンディーを噛み砕き、そこでミリィはハッとした。慌てて口内の残骸たちを飲み込み、興奮気味に身を乗り出す。

「ギルバート、これすごいわ……！」

「えっ？」

「さっきのキャンディー！　噛むとシュワシュワが出てくるの！」

「…………」

口が飽きないという感動を伝えたかったのだが、ギルバートはなぜか思い切り肩を落としてしまった。……まさかキャンディーが嫌いなのだろうか。珍しい人もいたものである。

「あー……それで、なんだ？　グレイ伯爵令嬢だったか？」

露骨に会話を軌道修正された。ミリィは素直に頷く。

「関係って……、なんでそんなこと聞くんだ。別に知り合いってわけでもないだろ？」

「そうだけど……少し気になることがあったから。言いにくい関係なら話さなくっても良いのだけど」

「いや、そんなんじゃない。別に普通だよ……社交場で会ったら話す程度だ」

「……普通？」

彼の言葉を復唱し、ミリィは思わず眉を寄せた。

あのアンジェリーナが『結婚する』とまで言っていたのだ。婚約関係まではないにしろ、少なくとも彼らは今親密な仲にあるのだろうと踏んでいたのだが――どうやらそうではないらしい。

ギルバートに後ろめたいことを隠している様子はないし、嘘《うそ》をついているような雰囲気でもない。

ミリィは頭を捻《ひね》った。ではなぜアンジェリーナは彼と結婚するとまで宣言したのだろう。

（……うーん、わからないことだらけだわ。ギルバートとの関係性がわかれば、アンジェリーナが私を殺した理由にも見当がつくと思ったのだけど……）

結局、求めていた答えは得られなかったということになる。要は収穫がなかったわけだが――まあ、一〇年ぶりに幼なじみと話せた、という事実でプラマイゼロだろう。吐きかけたため息を飲み込み、ミリィは立ち上がってスカートの皺を伸ばした。

「そう……よくわかったわ。ありがとう」

「はっ⁉　ほ、本当にそれだけ聞きにきたのか……⁉」

「ええ。時間を取らせてしまってごめんなさい。それじゃあまた学園でね」

「え、あっ！　おい――」

となるともう、これ以上忙しい第二王子を拘束するわけにはいかない。手早く礼を言うと、ミリィはくるりと踵を返す。

そうして場を去ろうとしたその時だ。前方に設置されたトピアリーの影から、突然人が飛び出してきた。

それを避けようとしたミリィはバランスを崩して後方によろめき、そのままぽすんという軽い音と共に尻餅をつく。

ぶつかりかけた人影はそんなミリィには目も暮れずに横を抜けると、ギルバートの前で急ブレーキをかけて立ち止まった。

「まあっ、ギルバート様……！　こんなところにいらしたのですか！」

そう背後で響く声には、どこか聞き覚えがある。

ミリィがつられて振り向くと、そこでは数少ない見知った顔が、やけに紅潮した表情でギルバートと向かい合っていた。

「……グレイ伯爵令嬢」

――自称『悪役令嬢』、アンジェリーナ・グレイ。

時が巻き戻る前の世界でミリィを殺した張本人。

ギルバートから名を呼ばれて頬を染めるアンジェリーナは、たった今転ばせた相手がミリィだということに気付いていないらしい。

恥じらうように笑うと、上機嫌が透けて見える様子で口を開いた。

「ふふ、ギルバート様をお見かけしてつい走ってきちゃいました。はしたなくてごめんなさい」

「ああいや、それは――」

「こんな人気のないところにいらっしゃると思わなくて驚きましたのよ。向こうで探し回ってもなかなか見つからなくって……」

ギルバートはどこか不安げにちらちらとミリィを見ているが、アンジェリーナの方はまるでミリィの存在を認識していない。

ミリィはそこでやっと立ち上がり、「〈浄化《じょうか》〉」と唱えて制服の汚れを取り除いた。鈍い痛みを感じると思ったら、転んだ拍子に怪我をしたのか、左手が切れて血が出ている。

痛み自体は大したことないが、大袈裟《おおげさ》に血が出ているぶん見た目が酷《ひど》い。ミリィはほんの僅かだけ眉を寄せた。制服の土汚れはどうにかなっても、流石に傷は魔法じゃ癒やせない。

(……結構早い再会だったな)

痛みを誤魔化すように手を握り、ミリィはじっと二人を見つめた。

こうしてアンジェリーナの姿を見るのはあの庭園以来である。時が巻き戻ったとはいえ殺されたのだし、彼女を前にしたら我を忘れて殴りかかってしまうのではと危惧したこともあったが、いざその時を迎えてみるとミリィの心は思った以上に冷静だった。

きっとギルバートという第三者がいたからだろう、と思う。アンジェリーナとて第二王子の前では下手なこともできないだろうし、やはり持つべきものは王族の幼なじみだ。

(まあでも、別に話すこともないし……さっさと戻ろう)

下手に関わってアンジェリーナに警戒されたら意味がない。ミリィは先ほどから心配そうにこちらを見ているギルバートに左手を振り、一礼と共に場を去ろうとした。

……去ろうとした、ということは、できなかったということである。

「おい——ちょっと待て、ミリィ!」

ギルバートにそう引き留められたのだ。

渋々足を止めて振り返ると、やけに真剣な表情の幼なじみと、やっとミリィの存在に気が付いたらしいアンジェリーナが目に入る。

そのうちアンジェリーナの方はミリィと目が合うなり口角を引き攣《つ》らせ、ミリィはその露骨な差にもはや感心してしまった。……対ギルバートの時のように恥じらって笑えとまでは言わないが、ミリィにもせめて笑顔くらい向けられないものだろうか。

「何かしら。まだご用？」

「『ご用？』じゃないだろ……。左手、怪我したんじゃないのか。血が出てる」

「別に大したものじゃないわ。見た目がちょっと酷いだけだもの」

「程度の問題じゃないんだよ。すぐに校医を呼ばせろ。あと」

そこで一度区切ると、ギルバートは目の前のアンジェリーナに視線をやった。

アンジェリーナは冷徹公女の雰囲気に気圧《けお》されたのかはたまたそれも演技か、ともかく縋るようにしてギルバートの制服の裾を摘《つま》んでいる。ミリィは『そういう戦略か』とまたも感心したが、当のギルバートは少し顔を顰《しか》めて続けた。

「……君もだ、グレイ伯爵令嬢。いきなり飛び出してきた挙げ句人を——それもアステアラ公女を転ばせておいて謝罪もなしとは、はしたない以前に貴族としての礼儀がなっていない」

「……えっ？」

「確かにグランドールは貴賤問わずの平等を謳ってはいるが、それはつまり、貴族間の関わりに礼んじゃないのか」

儀が不要というわけではないだろう。君も貴族なら、俺に駆け寄る前にすべきことを理解している
――要は、ミリィに謝罪せよというお達しだ。

まさかギルバートがそんなことを言うとは思わず、ミリィはアンジェリーナと揃って目を見開いた。あのギルバートが面と向かって人を叱るとは。

幼い頃、ボードゲームでこてんぱんにやられて泣いていたギルバートしか知らないミリィにはなかなかの衝撃である。世間で評判の第二王子は、知らないうちに随分と逞《たくま》しく成長したらしい。

ミリィは目を眇《すが》め、気付かれないよう小さく息を吐いた。

（……何だか、一瞬でもアンジェリーナとの繋《つな》がりを疑ったのが申し訳なくなるわね）

そのアンジェリーナはといえば、何やら信じられないものを見る目で口をはくはくと動かしている。

「え、あっ、わ、わたくし、わざとそうしたわけじゃ……」

「故意か過失かの問題じゃない。……これ以上は王子として見過ごせなくなるが」

「っ……！」

好意を寄せるギルバートに振る舞いを咎《とが》められたのがよほどショックだったのだろうか。動かなくなってしまったアンジェリーナにミリィが首を傾げると、彼女は途端に顔を真っ赤に染めて奥歯を噛む。

「も、……申し訳、ありませんでした。以後気をつけます」

そうして雑に腰を折り曲げると、早歩きでさっさとどこかへ去ってしまった。

その背をぼーっと見送るミリィとは対照的に、ギルバートは深くため息を吐く。

「いくら一〇代とはいえ公女への礼儀がなってないな。すまなかった」

「……何であなたが謝るの?」

「気を悪くしただろ。それより怪我、大丈夫か?」

別に気分は少しも悪くなっていないのだが、彼の気遣いを無碍《むげ》にするのも気が引ける。

ミリィは傷口から零れる血を見つめて頷いた。思えば、昔から彼の前では怪我をしてばかりだった気がする。

「……そういえばあなた、小さい頃から私が怪我をしたら大慌てだったわよね。ただの擦り傷なのに致命傷を負ったみたいに騒ぐから、お城の人がいつも真っ青だった」

「何で今それを思い出したんだよ……」

「思い出話よ。それで、何でそこまで大騒ぎするのって私が聞いたら、あなた『だってミリィが怪我したら僕が大公閣下に叱られる!』ってお父様の心配するんだもの。怪我で痛かったのに笑っちゃったわ」

「も、……もういいだろその話は! 早く校医を呼んで手当てしろ!」

それまで一貫して無表情だったミリィは、慌てる幼なじみを見て僅かに眉尻を下げた。

こうして彼と話す時間が懐かしく、そして心地よかったのだ。思わず、ほとんど忘れかけた一〇年前の記憶が蘇《よみがえ》ってしまう。

あの頃——母が生きていた頃のミリィは、今とは比べ物にならないほど活発で明るい子どもだった。

身分では上にあたるはずのギルバートを連れ回しては無茶な遊びをして泣かせていたし、関節技を極めては泣かせていたし、彼がまだ使えなかった魔法を見せびらかして泣かせてもいた。

ミリィはその度母に怒られて泣いたが、でも、あの頃のミリィは幸せだった。

あの頃のミリィには全てがあったからだ。友人がいて、新しいことには何だって挑戦する勇気があって、母がくれた家族の愛もある。

現在の、勉強ばかりで『冷徹公女』なんて呼ばれるミリィとは大違いだ。もうほとんど記憶には残っていないが、それでもミリィは、時折あの頃の自分が羨ましくなる。

(……新しいこと、ね)

ミリィは、羞恥を誤魔化すようにぶつぶつと文句を呟くギルバートの瞳を見つめた。

国民曰《いわ》く『完璧な第二王子』らしい彼には、泣き虫だったあの頃の面影はない。

でも、その瞳の奥には確かに一〇年前ミリィが見た優しさがある。ふっと笑い、ミリィは「決めた」と呟いた。

「ねえ、ギルバート」

「うん?」

「私ね、生徒会に入ってみようと思う」

脈絡も、突拍子もなく言ったミリィに、ギルバートは目を瞬かせる。

「……は？」

あの頃の、一〇年前のミリィには全てがあった。

友人も、新しいことに挑戦する勇気も、それから家族の愛もだ。……家族の愛に関しては母が亡くなった今もうどうしようもないが、それでも友人と勇気なら、今のミリィにだって取り戻すことができるのではないだろうか。

「ええ、学園長からお誘いが来ていたからやってみようと思って。何たって今の私には勇気があるんだもの」

「せ、生徒会……？　ミリィがか？」

「や、その言い分は知らんが……で、でもお前がいきなり生徒会って」

途端にギルバートが表情を歪める。ミリィは口を尖らせた。

「でも何もないの。何、あなたは反対？」

「は、反対ってほどでもないが……」

「そう、じゃあ決定ね」

「や、いやいやいや！　でも生徒会にはミリィに合わないような人間が山ほどいるんだぞ！　辺境伯の息子のアイクなんてデリカシーがないし、ヘンリエック団長のとこのルキウスも放蕩《ほうとう》息子で……」

「だから大丈夫だってば」

おろおろと引き止めにかかるギルバートの言葉を制し、ミリィは空を見上げた。

「私、変わるの。今のままじゃダメなんだから」

そうだ、今のままではいけない。このまま無惨に死ぬなんて、ミリィはまっぴらごめんだ。

（せっかく時が巻き戻ったんだもの。……どうせなら楽しく過ごさなくちゃ損だわ）

ミリィは思う。これはきっと、神様がくれたチャンスなのだ。

母が亡くなってからというもの、誰にも心を開かず一人で過ごしてきたミリィに、天が全てをやり直す機会をくれた。あのままじゃ真っ当な人間になれていなかったであろうミリィに慈悲をくださった。

こんなの、ありがたく享受しなきゃバチがあたる。怯えられたらどうしよう、なんて考える暇はないのだ。

（ふふ……全く今考えると恐ろしいことだわ。あのまま、時が巻き戻ることなくあの人生を生き続けていたらきっと私は――）

ありえたかもしれない未来を想像し、ミリィはほんの一瞬目を伏せる。

あのまま、アンジェリーナに殺されることなく世界が続いていたならば。ミリィは家族も爵位も財産もない中たった一人で生きて、そうしていつかはきっと世界を憎んでいただろう。

魔法と勉強にだけは自信があったから、もしかしたら、恨みを発散するかのように世界を攻撃していたかもしれない。そう、それこそ、物語に出てくるような『ラス――

（……ラスボス？）

突然そんな単語が脳をよぎり、それと同時に、ミリィはアンジェリーナの叫びを思い出した。

――「シナリオは全部終わったのに、ハッピーエンドになんないのはラスボスのあんたが生き延びてるからじゃないの⁉」

「…………」

「……ミリィ？　どうした？」

思わず押し黙ると、ギルバートがひょこっと顔を覗《のぞ》き込んでくる。

ラスボス。庭園でそう呼ばれた時から、ミリィはその意味をずっと考えていた。

ビビ曰く、『ラスボス』とは物語の最後に待ち受ける敵を表すらしい。

つまりハッピーエンドを迎えるために必要な悪が『ラスボス』ということだ。アンジェリーナはあの庭園で、ミリィをなぜかそう呼んだ。

アンジェリーナの敵になった覚えもないのに、さもそれが当然だとでも言うようにラスボスと叫んだ。ミリィを物語における最後の巨悪なのだと、そう言った。

ミリィにはその意味が未だによくわかっていないが、でも今なら思う。あれはあれで、案外的を射ているのではないだろうか。

何せ、今のミリィは、友人を利用してまで生き残ってやろうというあくどい思考の持ち主だ。

当然自称『悪役令嬢』のアンジェリーナには復讐を果たすつもりだし、そのために必要とあらば誰だって利用する。客観視してみれば、これ以上敵役に最適な人材もいない。

（ふふ。……うん、そう言われると私は確かに『ラスボス』だわ。復讐を理由に生きるなんてまさに悪役だものね）

ミリィは小さく笑うと、怪訝《けげん》そうな表情を浮かべるギルバートを放って歩を進めた。こんなにも思考が晴れやかなのは初めてだ。

その心象を表すかのように、和やかな春風が頬を撫でる。

ミリィが風に靡く髪を耳にかけると、乾き切っていなかった血液が頬に掠《かす》れて付着した。ギルバートが「おい」とハンカチを差し出そうとしたが、でも、そんなこと今のミリィにはどうでもいい。

ミリィは一人静かに決意した。

（ええ、わかった。——あなたがそう言うのなら、お望み通り邪悪な『ラスボス』になってあげる）

他者を利用して、なんとしてでもアンジェリーナに目にものを見せてやる。

そして、ラスボスとして堂々と『悪役令嬢』アンジェリーナ・グレイを打破する。——きっとそれが、アンジェリーナにとって一番の屈辱なのだから。

「うん、そうと決まれば早速友達作りだわ。ねえギルバート、入学式であなたに預けた『ヒロイン』——じゃなかった、栗毛の子はなんて名前なの？」

「え？　……シエラ・レストレイブ」

「シエラね、覚えるわ。次こそ仲良くなってやるんだから……」

そう斜め上の方向に闘志を燃やすミリィの頭には、既に数年後の想像図が描かれている。

想像の中の自分は、物語の最後にお目見えするラスボスらしく高笑いし、周囲に友人という名の協力者を引き連れ、そうしてアンジェリーナへの復讐を果たしている。素晴らしい光景だ。

イメージトレーニングは十分。あとはもう、ミリィの手で実現するだけだ。

◇◇◇

（どうして、どうしてどうしてどうしてどうして……！）

入学記念パーティーを終えたあと、悪役令嬢アンジェリーナ・グレイは馬車の中でそう答えの出ない問いかけを続けていた。

（どうしてミリィがギルバートと一緒にいたの？　あの二人は疎遠だったはずなのに、どうして、何であんなこと――）

そうして思い返すのは数十分前のこと。

入学記念のパーティーに参加したアンジェリーナは、会場でギルバートの姿をただひたすらに探し、そうしてようやく人気のない場所で愛しの彼を見つけた。

なのにだ。その隣には、なぜかあの忌々しきミリィ・アステアラがいた。

それだけでも意味がわからなかったのに、あろうことかギルバートに叱られたのだから更に最悪だ。何が起きているのかまるでわからない。

（だって、時が巻き戻る前はこんなことなかったのに……！）

制服のスカートをぐしゃりと握り、アンジェリーナは心内で呪詛《じゅそ》を吐く。

（そもそも今日は一日中おかしかった……！　ゲームのシナリオにないことばかり起きてる！）

無意識に歯軋《はぎし》りをしていたらしい。ギチギチと歯が鳴り、口内に唾が溜《た》まる。

それさえも鬱陶しくて、アンジェリーナは力任せに馬車の椅子を殴った。侍女の怯えた視線もうざったい。どうしてこうもシナリオ通りに事が進まないのだろう。

——そもそもとしてアンジェリーナは、時が巻き戻ってからの数日間、ただひたすら自室にこもっていた。

その姿は周囲には異様に映ったことだろう。まともに食事すらとらず、空腹で部屋を出たかと思えば、パンを数個手にしてさっさと戻ってしまう。

心配した両親の呼びかけに応じることもなく、結局アンジェリーナが姿を現したのは、グランドール魔法学園の入学式が行われる日の朝だった。

グレイ伯爵家に勤めるメイドたちはまず、一週間近く身体を拭くことすらなかったアンジェリーナを風呂で磨くことに苦労した。引きこもり生活で髪や肌にこびりついたにおいを入学式が始まるまでにどうにかせねばならなかったのだが、いかんせん時間がない。

周囲が大騒ぎしながら準備を進める中で、ただ一人、アンジェリーナだけは焦ることもなく手元のノートを見ていた。

（……入学式は、『ヒロイン』のシエラとギルバートが出会うイベントがある……）

悪役令嬢アンジェリーナ・グレイは、この世界の行く末を知っている。

なぜなら、ここが前世でプレイした乙女ゲームの世界であるからだ。スチルやイベントの回収のため何度もギルバートのルートをプレイしたアンジェリーナには、この世界で生きていく上でのアドバンテージがある。

(やっぱり、時系列順にイベントをまとめておいたのは正解だわ。計画が立てやすくなる)

自室に引きこもる中で、アンジェリーナはそんなゲームの記憶を全てノートに書き込んでいた。

起こるイベントはもちろん、攻略対象のプロフィールや交友関係、好感度を上下する選択肢の正解も、覚えている限り全てノートに記した。

これがあれば、アンジェリーナが失敗することはまずないだろう。巻き戻り前でだってギルバートとは結ばれてもおかしくないほど親密になったのだから、あとはもう同じようにうまくやれば、今度こそハッピーエンドを迎えられるに違いない。

(……念には念を入れるべきかしら。シエラとギルバートの出会いイベントを潰せたら最高よね)

これから行われる入学式では、ヒロインのシエラと、ゲームの攻略対象であるギルバートの出会いイベントが発生する。

場所は学園の裏庭だ。鳥にスカーフをさらわれたシエラをギルバートが魔法で助けるという内容で、ゲームでも特に気合いの入ったスチルが用意されていたシーンだった。

(何かの間違いでシエラがギルバートと結ばれたら最悪だし……。イベントの類いは潰せるなら潰しておきたいけど)

そこまで考えて時計を見やり、アンジェリーナは舌を打った。

あのイベントが行われるのは入学式前なのに、メイドがのろのろと準備をしているせいでまず間に合いそうにないのだ。

「ねえ、もっと早く手を動かせないの？　待ちくたびれたわ」

「も、申し訳ございません……」

「本当使えない……」

出会いイベントを潰すのは諦めた方が良いだろう。奥歯を噛み、アンジェリーナは思考を切り替えた。

大丈夫、まだ猶予はある。

前世の記憶とこのノートがある限り、世界はアンジェリーナの思い通りに進むのだ。ラスボスのミリィにも、そしてヒロインたるシエラにも後れを取ることはない。

――そう、思っていたのに。

「……は？」

入学式が行われる教会に足を踏み入れたアンジェリーナは、目にするはずがなかったものを前に絶句した。

（なんで、シエラとギルバートが一緒にいるの……⁉）

出会いのイベントを終えたはずの二人が、何故か教会内を一緒に歩いているのだ。

（ありえない！　だって、出会いイベントのあと二人が再会するのは学園の授業が始まってからで……）

ゲームを繰り返しプレイしたアンジェリーナの記憶は絶対だ。なのに、今一緒にいるはずのない二人が、楽しげに並んで歩いている。

（何が起こってるの……？）

背に冷や汗が流れるのを感じ、アンジェリーナはわなわなと震えた。

おかしい。何か、自分の知らないところでイレギュラーが起きている。

（……シエラにギルバートを取られるのだけは阻止しなくちゃいけないわ。これから起こるイベントを頭に入れておかないと……）

拳をきつく握り、アンジェリーナは唇を噛んだ。

ギルバートと結ばれるのは自分だ。ヒロインに掻《か》っ攫《さら》われるわけにはいかない。

故にアンジェリーナは、何度も聞いた乙女ゲームの主題歌がパイプオルガンで演奏される中でも、またゲームで何百回も聞いた学園長のスピーチが行われる中でもひたすらにこれからのゲームの展開を思い出していた。

今日の入学式のあと、直近で起こるイベントは、およそ二週間後に行われるティーパーティーだ。

そこでシエラは一学年上の攻略対象——公爵家の長男で生徒会長のニコラスと出会う。

（そこでニコラスに気に入られたシエラは、生徒会に勧誘されて他の攻略対象と出会うわけだけど……）

ゲームでのシナリオと違って、時が巻き戻る前のシエラは生徒会に所属しなかった。

そもそもニコラスと出会うことがなかったからだ。ティーパーティー中、アンジェリーナはシエラと共に行動し、彼との出会いイベントそのものを回避させたのである。

（……今回もティーパーティーでは一緒に行動した方が良さそう。生徒会なんてものに参加させたら、それこそシエラとギルバートが親密になるし……)

とにかく一番避けたいのは、ゲームのヒロインたるシエラにギルバートを掠め取られることである。そのルートさえ回避すれば、あとはもうヒロインに用はない。

(ミリィ・アステアラの出番は最終盤だし、とりあえず今年中は放っておいていいはず……)

そう目星をつけ、アンジェリーナは小さく息をついた——はずだったのに。

「……あの、女……」

恨み言を呟くと、侍女がまた怯えたように肩を揺らす。

そうだ、あの女が何もかも悪い。『ラスボス』ミリィ・アステアラ。あの顔がとぼけたように首を傾げる様を思い返すと、アンジェリーナは今でも吐き出してしまいそうになる。

それに今日一日で痛いほどわかった。時が巻き戻ったこの世界では、どうしてかゲームのシナリオが捻じ曲がっているのだ。

とはいえ、何もかもが違うというわけではない。シエラやミリィがギルバートと一緒にいたのも、考えてみれば誤差の範囲だし、これからいくらでも巻き返しが利くだろう。アンジェリーナが憂慮すべきは別のことだ。

まずはヒロインのシエラが攻略対象と結ばれぬよう手を回す。ゲームでも終盤まで出番のなかったミリィは放っておいて、後で必ず殺す。今はそれだけでいい。

何せ今の自分は悪役令嬢のアンジェリーナだ。有象無象のプレイヤーたちと違って、攻略対象たちと『本当に』結ばれる権利がある。

（そうよ。……幸せになるのは、ヒロインのシエラでもラスボスのミリィでもない）

沸々と湧く決意を更に固め、アンジェリーナは口元に笑みを浮かべた。

（『悪役令嬢』のあたしが幸せになるのが、転生もののお約束でしょう。誰にも邪魔させない……）

三章

二度目の学園生活は、少し不器用に

「おはようございます、お父様」

入学式の翌朝。制服を身に纏《まと》って食卓に現れたミリィは、ひと足先に朝食をとっていた父親に淡白な挨拶をした。

「ああ」

「本日もお天気が良くて素晴らしいですね」

「ああ」

アステアラ大公家には、温かな家族の会話というものが存在しない。

あるのは義務的な挨拶と形式的な会話だけだ。ミリィもそれには慣れていたし、特段改善しようという気にもならない。そんなことより今は考えるべきことが山ほどあるのだ。

パンにチーズとベーコンを載せつつ、ミリィはぼんやりと思考する。

（……そういえば、ラスボスって具体的にはどんなことをするのかしら。小説の類いはあまり読まないから詳しくないのよね）

アンジェリーナに復讐《ふくしゅう》を果たすべくラスボスになってやろうと意気込んだは良いものの、実のところミリィにはその手の知識がない。

とにかく必要なのは誰にも負けない強さ、そして他者を利用できるようなあくどさだろう。協力者――つまり学園で作った友人を利用し、そしてアンジェリーナを圧倒的な強さでねじ伏せる。ミリィが目指すべき『邪悪なラスボス』像はこれで間違いない。

だが、これにも問題は山積みだった。魔法や腕力といった強さはともかく、他者を利用し意のままに操れるようなあくどさがミリィには欠片《かけら》もないのだ。

(うーん……腕っぷしならそこそこ自信があるんだけどなあ)

嘆息し、ミリィはパンを飲み込む。

母が亡くなってからおよそ一〇年。これまでの日々を勉強や魔法の修練に費やしてきたミリィは、同年代と比較すると飛び抜けた魔法の実力を持っている。

その練習の過程で自然と握力も身に付き、今のミリィは本気を出せば右ストレートで厚い木の板を粉砕できる程度のパワーを有していた。それゆえ強さの方面に心配はないのだが、反面コミュニケーション能力には難がある。

(なんかこう……『ラスボス』って大体他の人を弄んで味方に引き込んでいるイメージよね？　私もあれになりたいのだけど……)

どれだけの色眼鏡で見ても、今現在のミリィに他者を弄べるようなずる賢さはない。ラスボスを目指すミリィにとってこれは由々《ゆゆ》しき事態だが、こういうのはとにかく経験あるのみだ。

何より三年後に向けて友人も欲しいいし、学園では真っ先に友人作りに励むべきだろう。巻き戻り前のミリィは控えめに言っても浮いていたし、まずはクラスに馴染《なじ》むことから始めなければならない。

そうしてクラス全員と友人になれたら次は学年全員だ。幸いにも、昨日のパーティーのため大量に考えた話のタネは一つも消費することなく残っている。

つまり昨日のパーティーではほとんど壁の花だったわけだが――まあそれはそれだ。ミリィの予想では今日中に一〇人は友人ができる予定だし、場合によっては至急予備の話題を用意せねばならないだろう。これから忙しくなるに違いない。

（ふふ……そう思うとラスボスって結構楽しいのね。やっぱり私ラスボス向きなんだわ）

そうご機嫌で海鮮スープを口にすると、突然カイルが口を開いた。

「……侍女から聞いたが、生徒会に所属したのか」

「はい？」

ぱちりと瞬《まばた》きをし、ミリィは眉を寄せた。

カイルはじっとこちらを見ている。至って普段と変わらない、どこか虚《うつ》ろな瞳だ。

「ええ、まあ……」

「なぜ俺に報告しない」

ギルバートに宣言した通り、ミリィは生徒会への所属を決めた。

報告した時の学園長の嬉《うれ》しそうな顔ったらない。ミリィはただ単に新しいことに挑戦したかっただけなのだが、あそこまで泣きそうな目をされては、何だか良いことをした気になるというものだ。

それもあって、自慢も兼ねてビビには生徒会所属の報告をしたものの、そういえばカイルには何も言っていなかったと気付く。ミリィは首を傾げて答えた。

「なぜって……お父様に報告する必要性を感じませんでしたので」

学園内での決定権を持っているとはいえ、言ってしまえば生徒会なんてただの学内組織だ。娘に一切の興味を持たないカイルには不要な情報だと思ったのだが。

「……必要性、だと？」

「ええ、お父様もお忙しいでしょうし」

「違う。パーティーの件もそうだが、俺は父親に黙って勝手な行動をとるなと――」

「まあ」

珍しく熱の入ったカイルの言葉を断ち切り、ミリィは口元に手を当てた。

「私の父親であるという自覚がおありになったのですか」

心からの驚きの言葉だった。まさか、あの人道と倫理をかなぐり捨てたカイルに父親の自覚があろうとは。

「珍しいこともありますのね。明日は杖《つえ》が降るわ」

重い沈黙が落ちる室内でただ一人、ミリィは無邪気に笑う。

「……自覚も何も、お前は俺の娘だろう」

「ええ、そうですね」

顔を顰《ひそ》めたカイルに淡々と答えを述べ、ミリィはスープを口にした。

さっぱりとした塩味が、ミリィの好みにぴったりだった。

◇◇◇

グランドール魔法学園では、学年毎《ごと》に生徒を三つのクラスに分けている。

貴賤《きせん》問わずの平等を謳《うた》うだけあって、クラス分けは無作為に行っているというのが学園側の主張だが、何かしらの政治的意図があるに違いない、というのが生徒の間での常識だった。対立が噂《うわさ》されている家の子どもがクラスを分けられ、反対に、蜜月とされる家の子どもが不自然に引っ付けられてはそうもなるだろう。

そんなわけで、実家の派閥や親の意向諸々《もろもろ》が重なり、ミリィは無事一年C組に組み分けられた。

「大公家の娘と第二王子を同じ組に振り分けないって、学園は何を考えているんだ……？」

そうぶつぶつと呟《つぶや》くギルバートはA組に組み分けられたらしい。自称『悪役令嬢』ことアンジェリーナと『ヒロイン』のシエラもA組だそうで、シエラと友人になることを狙っていたミリィとしては羨ましい限りだった。

とはいえ、クラス分けは友人を作る絶好のチャンスだ。新学期はみんな不安になるものだとビビが言っていたし、ここで積極的に話しかけでもすれば、友人も入れ食い状態となるに違いない。そうなればコミュニケーション能力はぐんぐんと成長し、他者を意のままに操る邪悪なラスボスにも近付くだろう。ミリィは根拠のない自信を得るのが得意である。

ということで、ミリィが鼻息荒く意気込みながらC組の戸を開くと、それまで賑《にぎ》やかだった室内が一瞬静まり返った。

（？　……変なの。何かしら）

心なしかクラスメイトの表情が硬い気もする。……まさか顔に何かついているのだろうか。洗顔は念入りにしたはずなのだが。

そう首を捻《ひね》っていると、やけに軽やかな声で話しかけられた。

「おっ。おはようございます、公女様」

ルキウス・ヘンリエック。昨日のパーティーでも話した、軽薄な印象を受ける騎士団長の息子だ。彼もC組に組み分けられたらしい。

「おはようルキウス。ねえ、私の顔にエビとか付いてる？」

「えっ、エビ……？」

「うん。今朝海鮮スープを食べたの」

「いやスープ食ったからってエビが顔に付くわけねえと思いますけど……一応大丈夫です」

「そう……」

じゃあなぜこうも静かなのだろう。ネガティブな理由でなければ良いのだが。

「……ああ、そういえば公女様」

そんなクラスの雰囲気も意に介さず、ルキウスはごく自然な動作でミリィの椅子を引いた。

「あんた、生徒会に入るんですって？　ギルバート様が嘆いてましたよ」

「うん。友達が欲しくて」

「またそれですか……。まさか本気なんです？」

本気も何も、そうでもしないと三年後に殺されてしまうのだから当然だ。ミリィはどうにかして三年後までに友人にまみれた生活を送っていなければならない。

「もちろん。あなた知ってる？　日々が充実している人のことを、古語で『リア充』って言うらしいの。私それになるわ」

「『リア充』……？」

「うん。あなたも生徒会に入るんでしょう？　暇なら私と一緒にリア充を目指せばいいわ」

「……前向きに検討しておきます」

そう言いつつ、ルキウスの眉間には思い切り皺《しわ》が寄っている。言葉と表情があまりにも噛《か》み合っていない。

（でも、ルキウスが巻き戻り前の世界と同じように生徒会入りしているのは良い傾向だわ）

鞄《かばん》の中から筆記具を取り出しつつ、ミリィはそう思案する。

時が巻き戻ったこの世界において一番厄介なのは、必ずしも巻き戻り前と同じことが起こるわけではない、という点だ。

カイルの処刑やミリィの死といった大枠が変わることはそうないだろうが、その他の細々した出来事などは、ミリィの行動次第で簡単に変わってしまう可能性が高い。

例えば、ミリィが生徒会入りを決断したことでルキウスが生徒会に所属しなくなる――なんてことも十分に考えられるわけで、多少不安にも思ったがどうやら杞憂《きゆう》に終わったらしい。この調子なら巻き戻り前の記憶も役に立つだろう。

「……あ」

そう考え事をしていたミリィは、付近を女子生徒が通ったことに気が付かなかった。

不意に椅子を下げたところで背もたれがぶつかり、通りがかった青い髪の女子生徒が短い悲鳴をあげながら倒れ込む。

次いでその髪に挿していた髪飾りが高い音を立てながら床に落ち、そこでミリィはハッとして立ち上がった。

「あ、ごめんなさい……！　大丈夫？」

「あっ、あ、す、すみませ……」

いくら邪悪なラスボスを目指すといったって、流石《さすが》に人にぶつかったら謝らなくてはならない。

ミリィはひとまず女子生徒を助け起こし、制服の汚れを簡単に払った。

見たところ大きな怪我《けが》はないようだが、女子生徒はぶつかった相手がミリィとわかるや否や顔をさあっと青ざめさせる。過失があったのは間違いなくミリィの方なのだが、更に彼女が肩をガタガタと震えさせたところで、今度はルキウスが声を上げた。

「あ～……、ダメですねえ。割れてる」

その手には、先ほど床に落ちた髪飾り——の残骸が載せられている。

ベルガモットの装飾がついたそれは、見るも無惨な形でぱっくりと割れてしまっていた。

「しかもこれ、彼女の家がやってる雑貨屋の売りもんですよ。それも流行りのティアラ型飾り……。

結構高そうじゃないですか、かわいそー」

「うっ……」

「自慢の商品割られちゃって可哀想《かわいそう》に……。弁償もんですよ弁償もん。ねえ？」

そう野次《やじ》を飛ばし、ルキウスはどこか窺《うかが》うようにして女子生徒を見やる。

つられてミリィがおずおずと彼女に視線を寄せると、女子生徒は、浅い呼吸を繰り返した後でやっと口を開いた。

「ごご、……ご……」

「えっ？」

「ごっ……ごめんっ、なさい！」

そう叫ぶや否や、女子生徒はルキウスの手から髪飾りの残骸をひったくり、走って教室を出ていってしまった。

引き留めることも叶《かな》わないスピードだった。その速さは駆け抜けた場に一陣の風が吹くほどで、彼女の後ろ姿を呆然《ぼうぜん》と見届けた後、ミリィとルキウスは自然と顔を見合わせる。

「……ねえルキウス」

「はい」

「……私って、逃げ出すほど怖い顔してるかしら」

一応、最低限人前に出られる愛想はあると思っていたのだが。

尋ねると、ルキウスはやけに真剣な顔で答えた。

「怖い顔ではないです」

「そう……」

「でもぶっちゃけいつ殺されてもおかしくねえなとは思ってます」

「…………」

「痛って！」

ぶっちゃけすぎだ。肘鉄を喰《く》らって悶絶《もんぜつ》するルキウスを尻目に、ミリィは小さくため息をついた。……新学期なら友人も入れ食い状態だと思ったのだが、現実はどうも厳しい。策を練り直す必要がありそうだ。

◇◇◇

グランドール魔法学園には、本校舎から渡り廊下を介して繋《つな》がる別棟がいくつかある。そのうち生徒がよく利用するのが通称『フクロウ塔』だ。ここには大きな食堂があり、昼休みを迎えると、大半の生徒がここで昼食をとる。

貴族からの援助を受けているだけあって、食堂の内装は非常に豪勢だった。特に、革張りのソファや光沢感のあるテーブルが設置された二階席には予算が惜しみなく使用されており、このゴテゴテ感が高位貴族の子息令嬢たちに大好評らしい。

となれば当然、平民の生徒や下位貴族出身のものたちは二階席の使用を渋るわけで、そんな事情もあって、二階席は実質的に高位貴族専用のプレミアムシートと化しているそうだ。まったくくだらない金の使い道である。

「は～…………」

そんな二階席で、ミリィはルキウスと、それから食事のお誘いをしてくれたギルバートと一緒に昼食をとっていた。ため息を吐きつつ、目の前のサラダにぶすりとフォークを刺すと、向かいのギルバートが訝《いぶか》しげな表情を浮かべる。

「……こいつさっきからどうしたんだ？」

「拗《す》ねてんですよ。この人初日からC組でクッソ浮いてるから」

拗ねている、という表現には一言物申したかったが、ミリィが友人作りに苦戦しているのは本当だ。もう全くと言っていいほど成果が出ていないし、そのせいかサラダも何だか味気ない。

「別に浮いてないわ。……ちょっと馴染めていないだけよ」

「いや一緒でしょ。挨拶してもまともに返してもらえてなかったじゃないですか」

「…………」

「しまいにはぶつかったこと謝っただけで逃げられてたし……。可哀想すぎて俺普通に泣いちゃいそうでしたもん」

ルキウスが「オヨヨ」と泣き真似《まね》をしながら言う。そんな彼を咎《とが》めてやる元気もなく、ミリィはぼんやりと朝の出来事を思い出していた。

髪飾りを壊してしまったあの女子生徒は、一時限目の開始と共に教室へ戻ってきた。

その髪にはもう、あの煌《きら》びやかな髪飾りはない。当然ミリィは謝ろうとしたがうまく逃げられてはそれもできず、タイミングを見計らっていたらいつの間にか昼休みだ。とてもじゃないが友人作りどころの話じゃなかった。

「……なあ、別にそこまで気合いを入れなくてもいいんじゃないか？　そこまでして無理をする必要もないだろ」

不安げなギルバートにそう眉を寄せられ、拗ねたミリィはそっぽを向く。こっちは命がかかっているのだ。そんな甘いこと言っていられない。

（……やっぱりお父様のせいだわ。あの人のせいで、私まで気難しい人だって印象がついてるのよ）

ミリィの父であるカイル・アステアラ大公閣下は、社交界でもまるで魔王のような扱いを受けている。

あの性格なのだから当然といえば当然だが、何でも社交界でのカイルはとにかく傍若無人であるらしいのだ。加えて些細《ささい》なことでも一度怒らせると相応の誠意を見せるまで見逃してはくれず、その様からついたあだ名は『冷酷大公』。

故に貴族の間では『大公家に触れるべからず』の掟《おきて》が常識と化しており、ミリィはそれが娘である自分にも影響を及ぼしているのではと睨《にら》んでいた。全く迷惑な話だ。

「ふん、きっとみんな怯《おび》えてるんだわ。……別に何かしたからってお父様に告げ口するわけでもないのに」

「まあそれもそうですけど」

「第一、何かを告げ口するほどお父様と仲良くないもの。そんな暇あったら嫌な奴くらい私が直接殴ってるわよ」

「……多分そういうとこじゃねえかなって思いますけど」

ルキウスが視線を泳がせながら言う。……何だか殴られた覚えがありそうな言い方だ。

ミリィがじとりとした視線でルキウスを睨むと、今度はギルバートが口元を拭いつつ苦笑した。

「まあでも、お前が人と関わり始めようとしたのは喜ばしいことなんじゃないか？」

「……まともに社交の場に出ない公女で悪かったわね」

「や、そういうことじゃなくて安心したんだよ。……見た目は様変わりしているように見えても、根が優しいのは変わらないんだなと思って」

「……えっ」

柄にもないことを言った自負があるのか、ギルバートが照れたようにはにかむ。

そんな彼とは対照的に、ミリィは戦慄してフォークを取り落とした。

（や、優しい……？　私が……？）

ミリィが目指すラスボスとは、その圧倒的な強さで敵を薙《な》ぎ倒し、そして稀代《きだい》のあくどさで他者を意のままに操る邪悪な存在だ。

当然優しさなんてものは捨て去るべきだろうし、そんなラスボスが『優しい』と評価されるなど絶対にあってはならないことである。これはまずい。ミリィは真っ青な顔でわたわたと口を開いた。

「わ、私、別に優しくなんてないわ……！　今朝だってお父様に『いってらっしゃい』を言わなかったし、ルキウスのあばらに肘鉄を入れたし、あとあの、いつもは自分でやってる観葉植物の水やりも今日はビビに任せたし……！」

「？　……何を言い訳してるんだお前は」

「とにかく私は優しくなんてないの！　そうでしょうルキウス！」

「いや確かに肘鉄はマジで普通に痛かったです」

思い出して痛んできたのか、ルキウスが遠い目であばらのあたりをさする。ミリィはほっと息を吐いた。……危ない、目指すべきはラスボスなのに、うっかり良い人になるところだった。

「まあ、どちらにせよ友達云々《うんぬん》は自分のペースで良いだろ。どうせこれからは生徒会の方が忙しくなるんだし」

ギルバートが物憂げに嘆息して言う。そういえば、すっかり忘れていたが明日には生徒会の顔合わせもあったのだったっけ。

「あ～……、そうっすねえ。確かティーパーティーの準備もあるんでしたっけ？」

「ああ。仕事とはいえ気が重くなるな」

そう明日のことを考えていたミリィは、飛び出た単語に首を傾げた。

「……今度ティーパーティーがあるの？」

「えっ、そこからですか？」

「え？」

心からの疑問だったのだが、ルキウスは信じられないといった様子でミリィを見る。ミリィも信じられないのはこっちだというように彼を見つめ、場に数秒の沈黙が落ちた。

一応巻き戻り前に三年ほど学園生活を送ったはずのミリィだが、学校でティーパーティーをした記憶など一切ない。……しかもこの口ぶりだとまさか恒例行事なのだろうか。

「え、マジで言ってます？　一年の教室なんてどこもその話題で持ちきりですよ」

「持ちきりなの……？」

「そうですよ。えっ公女様ってどんだけ周りに興味ないの？」

ルキウスはまるで非国民を見たかのような反応で後退る。

すると、それを責めるようにしてギルバートが彼を小突いた。

「こら、あまり言ってやるな。ミリィが知らないのも無理はないだろう」

「や、だってグランドール生でティーパーティーを知らないってのは流石に……」

「馬鹿お前、ミリィの引きこもり具合を甘く見るなよ。こいつは爵位の序列を答えられるかも怪しいくらいなんだぞ」

「えっ」

ルキウスがドン引きを隠さない視線でミリィを見る。

それが、大変ミリィの癪《しゃく》に障った。

「……べつにいいわ。ティーパーティーのことくらい知らなくたって」

「あー拗ねないでくださいって！　ごめんなさい遊びすぎました！」

思わず口を尖《とが》らせると、ルキウスが身を乗り出してそう謝罪する。別に周りに興味がないわけじゃない。ただミリィには情報が入ってこないだけだ。

「全く、本当だぞルキウス。公女を馬鹿にするのもよせ」

「……言っておくけど原因の九割はあなたよ」

「えっ」

フォローするような口ぶりで散々なことを言っていたのはギルバートだ。むしろルキウスより悪質かもしれない。

「……ちなみに公女様、爵位の序列が言えねえってのは……」

「嘘《うそ》よ！　大公家の娘を何だと思ってるの」

「ですよね～。流石にマジだったら俺公女様に忠誠を誓うのやめますよ」

なんて言って、今でさえ彼は忠誠心など欠片もないだろうに。あの生真面目なジョゼフが見たら泡を吹いて倒れてしまいそうだ。

「……それで、結局ティーパーティーってなあに？　行事なの？」

だが、そんなことよりミリィの興味はこっちにある。

尋ねると、二人は懇切丁寧に説明してくれた。

何でもティーパーティーは毎年行われる恒例行事で、新入生の入学記念を兼ねているものらしい。

その内容はといえば紅茶とケーキを囲んでお喋《しゃべ》りをするだけなのだが、上級生と関わる初めての機会とあって、新入生はそれぞれ期待に胸を膨らませているそうだ。何とも微笑《ほほえ》ましい行事である。

「……で、その運営を生徒会が主導でやるんだよ。二週間後の本番までに会場の設営指示から出すケーキの選定までしなきゃならないらしい」

「へえ……」

「ほら、明日は生徒会の集まりがあるでしょ？　絶対ティーパーティーの会議ですよ。あ〜やだやだ」

なるほど、ティーパーティーの会議。

どこか面倒臭そうに言う二人とは対照的に、ミリィは瞳を輝かせた。

「楽しそうじゃない。つまりは生徒会の共同作業ってことでしょ？」

「ええ……？」

「私そういうの憧れてたの。今夜にもティーパーティー用のケーキを探さないとだわ」

「そのモチベーションはどっから湧いてくるんですか……」

無論、友達が欲しいという思いからだ。何なら、ミリィの脳内では既に提案したお菓子が大絶賛される図が描かれている。

（ふふ。『さすが公女様は選ばれるお菓子も一流』とか言われちゃうんじゃないかしら……。『こんな人と友達になりたい』とか思われたらどうしよう。友達になりたい人が殺到して家がいっぱいになったら困るなあ）

ミリィ自身甘いものの類いにあまり興味はないが、このチャンスを逃すわけにはいかない。

そうと決まれば市場調査に乗り出さねば。今日の夕飯はスイーツだ。

「ありがとう二人とも。早速家の増築も考えておくわ」

「今の話でどうやったらそこまで思考が飛躍するんだ……？」

「この人の前でそういうこと考えた方が負けですよ」

そんな二人の会話を耳に入れることすらなく、ミリィは上機嫌に昼食を再開する。

先ほどは不機嫌そうだったにも拘わらず、今や鼻歌まじりに食事だ。その変わりようがおかしくて、ギルバートとルキウスは、どちらからともなく顔を見合わせて笑った。

◇◇◇

「えっ……ケーキ？　今すぐに欲しいんですか？」

その日、帰宅するなり、ミリィは侍女のビビに王都中のケーキを集めるよう頼んだ。

こんなまたとない友人ゲットチャンスを逃すわけにはいかない。生徒会での信用を得るためにもとにかく必要なのは調査なのだ。

「ええ、学校のティーパーティーで出す用のケーキを調査したいの。王都中のをお願いね」

「や、そう言われましても……。具体的な指定がないと流石に無理ですよ」

「指定？　……ああ、それもそうね」

できることなら美味《おい》しいものを片っ端から買ってきてほしいのだが、どうやらそうもいかないらしい。暫《しば》し考え込み、ミリィはピンと人差し指を立てた。

「とりあえず、味は美味しいのがいいわ。あと見た目がいいとポイントが高いかしら。なんかこう……ピンクとか白だといいんじゃない？　多分みんな好きよねピンクと白」

「……そんなケーキ王都に一〇〇万個はあるかと」

「じゃあ一〇〇万個でいいわ」

「何もよくないです」

あまりの無茶振りに頭を抱えていたビビだったが、しかし大公家の侍女は非常に優秀である。ビビはものの数時間でミリィの前に数々の甘味を並べて見せた。

「すごーい！　流石ビビだわ、ありがとう！」

「いえいえそんな。給金アップの件を旦那様に打診していただけたら私はそれで……」

「早速頂きましょう。もたもたしている時間はないわ」

ビビの言葉をフルシカトして気合いを入れ、ミリィはフォークを手に取った。

友人ができる特大チャンスとあって、この味見にかけるミリィの熱量は凄《すさ》まじい。

自作したチェックシートに評価を記入し、味見し、記入し、ケーキを三つほど食べ、そうして『なんかもう今日は甘いものはいいかなあ』『生クリームで気持ち悪いし続きは明日にしようかなあ』と思ったところで、ミリィははたと気付いた。

「……あれ、ねえビビ」

「はい？」

「生物《なまもの》って腐るわよね」

傍らに立つビビが頷《うなず》いた。

フォークを持つミリィの背に、冷や汗が伝った。

◇◇◇

迎えた翌朝。

一年生の教室が立ち並ぶ廊下は、微《かす》かにざわめいていた。

「……ねえ見て、公女様よ」

「本当。……でも何か顔色が悪くない？」

「きっと機嫌が悪いのよ。今目を合わせたら何をされるか……」

そのざわめきの中心にいるのは、アビリア王国の貴族階級であれば知らない者はいないアステアラ公女、ミリィ・アステアラ。

『冷酷大公』カイル・アステアラの実の娘である彼女がのろのろと歩く周囲には、生徒はおろか教師でさえ近寄れない。誰もが大公家を恐れ、そして、できることなら関わりを持ちたくないと思っているからである。

（……ま、まずいわ……）

——そんなミリィ・アステアラは今、ぐぎゅるるると嫌な音を立てる胃と戦っていた。

（まずいわ、本当にまずいわ……。気を抜いたら吐いちゃいそう……）

ミリィがこうして顔色を悪くしながら歩いている原因は、昨日にまで遡る。

昨日、ビビにケーキを山ほど用意してもらったミリィは、それらを食べすすめたところで恐ろしいことに気が付いた。生物は腐る、という自然の摂理にだ。

特にケーキは傷むのが早い。つまりは無数にあるケーキを一日で消費しなければならないわけだが、当然ながら胃袋は有限である。

量を考えたら家にいるメイドに協力してもらっても完食は難しいだろう。いよいよ廃棄も視野に入ってくる中で、ミリィは決断した。完食する道をだ。

(だ、だって、お母様が食べ物は粗末にするなって言ってたし……)

——とまあ、こんな事情があって、現在のミリィは生クリームと砂糖の暴力にやられているわけである。ちょんと小突かれでもしたら吐き戻しそうなくらいにだ。

(……やっぱり、昨日食べきれなかった分を今朝の朝食にしたのは悪手だったわ。ただでさえ私は消化が遅いのに……)

このぶんだと、放課後に予定されている生徒会の会議に万全な体調で臨めるかどうかも怪しいだろう。ミリィはため息を吐き、その勢いで吐き出しそうになった何かを慌てて押し留めた。

(今日の一限目は何だったかしら。……座学なら胃に優しくて良いのだけど)

なんてことを考えながら廊下を半分ほど進み終えた、その時だ。

ミリィは前方からざわざわとした声を聞き取り、俯《うつむ》きかけていた顔を上げた。

(?　……何かしら、あれ)

見やると、ちょうど一年A組の教室があるあたりで人だかりができている。

教室の中で何か揉《も》め事でも起きているのか、ギャラリーの生徒たちは一様に不安げだ。ミリィが吸い寄せられるように近付くと、何やら怒声のようなものまで聞こえてきた。

「全く一体どれだけ馬鹿なのかしら！　お母様が知ったらなんて言うか！」

そんな甲高い声が、教室の外にまで漏れ出ている。

ミリィは目を凝らし、人だかりの隙間から教室の内部を覗《のぞ》いた。極端に人の少ないA組の教室内には、数人の取り巻きを連れた女子生徒と、その前で必死に頭を下げる女子生徒の姿がある。

「ごっ、ごめ、ごめんなさい……」

「謝って済む問題じゃないでしょう！　あたしの肌を切り付けるなんて……どうしようもない男爵家の娘は本当に愚図《ぐず》なのね！」

「ちがっ、こ、転んじゃっただけで、わざとじゃ……！」

（……あれ、あの子……昨日の髪飾りの子じゃない）

そのうちの一人――頭を下げている方の女子生徒には、ミリィにも見覚えがあった。

昨日の朝、ミリィとぶつかってしまったあのクラスメイトだ。

（あの子、なんでA組にいるのかしら。それに『肌を切り付けた』って……）

二人の付近には、何やら金属の欠片のようなものが散らばっている。目を凝らすと付近にベルガモットの飾りも見え、ミリィはそれが昨日ぶつかった拍子に壊してしまった髪飾りなのだと認識した。

もしや、転んだ拍子にあれで誤って切り付けてしまったのだろうか。そう考えたミリィは何の気無しに取り巻きを連れている方の女子生徒へと目をやり――そこで両の目を僅かに見開く。ミリィはその顔を知っていたのだ。

（アンジェリーナ・グレイ……）

自称『悪役令嬢』アンジェリーナ・グレイ。

頰に小さな切り傷を作りながら怒鳴っていた女子生徒は、そのアンジェリーナだった。

こうして顔を見るのは入学記念のパーティー以来である。ミリィは目を眇《すが》め、アンジェリーナとクラスメイトの女子生徒とを交互に見やった。

ミリィの視線の先では、未《いま》だにアンジェリーナがクラスメイトの彼女を怒鳴っている。

その罵声は、ほとんどが彼女の人格を否定するようなものだ。彼女の生家と思《おぼ》しき男爵家を非難する内容まで盛り込まれている。

「それで、あんたの貧乏親父《おやじ》は慰謝料を出してくれるんでしょうね？」

「えっ、ぁ、えと、でも、その、私は……」

「まさかできないなんて言わないでしょう？　……きっかり金貨一〇枚分、この学園で穏やかに過ごしたければ早く支払っていただける？」

「っ……！」

嘲笑し、アンジェリーナは高く高く舌を打つ。その様子を眺めながら、ミリィは眉間に皺を寄せた。

（金貨一〇枚って……。王都の郊外に家が買える金額じゃない。小さな切り傷一つにそんなお金払うわけがないでしょう）

だが、少なからず状況は見えてきた。

昨日ミリィとぶつかった女子生徒。彼女はどうやら、転んだ拍子に何かしらの要因でアンジェリーナの肌を切り付けてしまったらしい。

見る限りアンジェリーナの傷はほんの小さなものだが、あんなもの一つで怒り狂うのがアンジェリーナ・グレイだ。慰謝料だなんだと言い出しているあたり、そのがめつさは巻き戻りの前と変わっていないらしい。全く馬鹿馬鹿しい話だ。

そこまで考えたところで、途端に背後のギャラリーがわっとざわめいた。

「あーはいはい、ちょっと通るね〜。野次馬の皆さんはどいたどいた〜」

反射的にそちらを見やると、二人の男子生徒が、人混みをかき分けながらずんずんとこちらに向かって歩みを進めている。付近の女子生徒が黄色い声を上げ、ミリィは思わず耳を塞いだ。

「ウッ……エ、エドガー、僕もう無理……人酔いする……」

「はあ？　貧弱にも程があるでしょ、馬鹿なの？」

「シ、シヌ……朝ご飯喉から出る……」

「はいはい、弱音吐かない。ほら、学園の揉め事は生徒会が解決するんでしょ。行くよ」

そう言って、二人組のうち一人——エドガーと呼ばれた男子生徒が眼鏡をかけている方の襟首を摑《つか》んで引っ張ると、またもや女子生徒たちがキャアと悲鳴を上げる。

どうやらこのゴタゴタを解決するために来たらしい二人組はそのまま一年A組の教室に押し入り、ピシャリと戸を閉めた。

(……生徒会?)

その背をぼんやりと眺めながら、ミリィは引っかかった単語に首を傾げる。

生徒会って、まさか彼らがそうなのだろうか。そういえば今日は顔合わせの予定があったが——。

「……うっ」

すると、そこで思い出したかのようにお腹《なか》がぐぎゅるるると嫌な音を立て、ミリィは口を押さえた。

まずい、これは経験した中でもかなり緊急性が高い気持ち悪さだ。

(せ、せめて、お手洗い……!)

まさかこの場で全てをぶちまけるわけにはいかない。慌ててその場から離れ、ミリィはダッシュでトイレに急行した。

◇◇◇

結局ことなきを得たミリィが教室の戸を開くと、ちょうど近くでクラスメイトと談笑していたルキウスが、ぎょっとした顔でこちらを見た。

「えっ……、何ですかその顔。青すぎません?」

隠す間もなくばれた。ミリィはそろっと視線を泳がせ、後ろめたそうに両手の人差し指をつんと突き合わせる。

「……ご機嫌よう、ルキウス」

「いやご機嫌ようじゃなくて。何です、まさか風邪ですか？」

「い、いや……」

当然風邪などではない。ただ何となく言い出しづらくて押し黙っていると、何やら空気を察したらしいルキウスが眉を寄せる。

その顔が呆《あき》れに満ちるのを感じて、ミリィは顔から湯気が出るかと思った。

「……何ですか。言ってくださいよ」

「え、ええっと……」

「早く。大公閣下にチクりますよ」

それは本当に困る。何せあのケーキ代は大公家の資金から無断で出しているのだ。

意を決し、ミリィは渋々口を開いた。

「……あ、あのね……」

ミリィは全て白状した。生徒会でティーパーティーに出すケーキを選定する会議が行われると聞いて、昨日侍女に大量のケーキを用意させたこと。

だがあまりの量に食べきれず、しかし廃棄するわけにもいかなくて無理に食べたこと。……そのせいで体調が悪いこと。

そんな改めて話すと馬鹿馬鹿しいにも程がある説明を聞くと、ルキウスは大きなため息を吐いた。

案の定の反応だ。

「……公女様って馬鹿なの？」

そしてとどめの一言である。ミリィは慌てて反論した。

「違うわよ！　ケーキとかあまり食べないし、ティーパーティーには本当に美味しいものを出したいなと思って……」

「いや何も違わねえし。結局ケーキ食いすぎて気持ち悪いって話でしょ？」

「ぐっ……」

「は～～……。何で変なとこでポンコツになんのかなあ、公女様って」

……全くもって言い返すことができない。それで体調を崩しているのだから尚更《なおさら》だと、ミリィは視線を伏せた。

（こんなのだから、あの子にも声をかけただけで逃げられるんだわ……）

そうして思い出すのは先ほどのこと。あの子――A組の教室でアンジェリーナに怒鳴られていた女子生徒は、未だC組の教室には帰ってきていない。

きっとまだ向こうにいるのだろう。慰謝料だなんていう馬鹿馬鹿しい文句もうまく収まっていると良いが、あのアンジェリーナのことだ。金貨一〇枚なんて無理な請求を、本当にやる気かもしれない。

（私も何か力になれたら良いのだけど……）

それに、アンジェリーナのことに関してはミリィも無関心ではいられない。

「……ねえ、ルキウス」

「はい？」

「昨日の……私がぶつかっちゃった子。彼女の名前、わかる？」

そう思って尋ねると、ルキウスは物珍しそうな表情でミリィを見た。

「ぶつかっちゃった子って……公女様の顔見るなり逃げ出した子？」

「……言い方に悪意があると思うのだけど」

「でも事実じゃないですか」

「それは……そうだけど」

事実は時として凶器にもなるのだ。ミリィが言葉を詰まらせると、ルキウスがため息を吐く。

「彼女、ビッケル男爵のとこのブリマさんですよ。家は確か農業と雑貨屋やってるーって感じの家ですけど、知りません？」

「……ブリマ・ビッケル……」

教わった名をなぞるように呟き、そこでミリィはふと思い出す。

「ビッケル領って、綿が取れるところ？　聞いたことがあるわ」

「いやそれは知りませんけど。そうなんですか？」

「うん。お父様が話しているのを聞いたことがあるわ」

といっても執事との会話を盗み聞きしたに過ぎないのだが。

思案していると、ルキウスが眉を寄せて言った。

「や、そんなことより、あんた体調は大丈夫なんです？　もう今日の生徒会の集まりも欠席した方がいいんじゃないですか？」

「えっ、それは嫌！」

反射的にぶんぶんと首を振り、「うえっぷ」と危うく出かかった何かを押し留《とど》める。ルキウスは『ほら見ろ』とでも言わんばかりの目を向けてきたが、こんなのあれだ、しゃっくりとかと同じようなものだ。役員会議を欠席するほどのものでもない。

「大丈夫よ。お昼まで安静にしてたら治るし……」

「はあ。……まことに信じられませんが」

「本当だってば！」

「ええ〜……？」

いかにもな疑いの目を、ミリィは確かな意思を持って見つめ返す。

そんな熱意に負けたのだろう。ルキウスは手を伸ばし、首を振ったことで乱れたミリィの前髪を軽く整えた。

「……じゃあ、せめて吐き戻したりしないでくださいよ」

「当然よ。そんなはしたない真似しないわ」

「今日は一限から飛行術ですけど」

「……問題ないわ」

僅かに言葉に詰まったが、それもこれも生徒会の集まりに参加するためだ。

これも試練だろうと頷き、ミリィは決意を固めた顔で自らの席に向かって歩き出した。

◇◇◇

そんなわけで始まったミリィと胃の戦いは、それはもう壮絶なものだった。

一限目の飛行術では少しでも動けば吐き戻しそうな中で神がかったバランス感覚を披露し、薬品の匂いが吐き気を刺激する魔法薬学では洗濯バサミで鼻をつまむことで鼻呼吸を封印。

昼食も水一杯で済ませてとにかく安静に努め、そうした努力の甲斐《かい》あって、ミリィはこの日の授業を平穏無事に終えることができたのだった。

（友達……！　仲間……！　尊敬の眼差し……！）

未だにお腹の中でクリームは荒ぶっているが、これで生徒会の集まりに参加できる。

（生徒会室は三階だったかしら。早く行かなきゃ――）

そう脳内の地図を広げたところで、一人廊下を歩いていたミリィは、予備動作なく突然右手を背後に伸ばした。

「は」

「……あ、なんだ。ギルバート」

振り返ったミリィの右手には、たった今自分の肩を叩《たた》こうとしていたギルバートの手が握られている。

その手を離すと、ミリィは不満げに言った。

「用があるなら、叩くんじゃなくて声をかけてくれる？」

「あ、……ああ。……なんで声をかけてもないのに気付いたんだ？」

「気配がしたから」

シンプルな答えに、ギルバートが納得したように目を細める。

ミリィの特技のようなものだ。ミリィは何故か、幼少期から他者の気配に敏感だった。

おかげでかくれんぼで鬼になろうものなら無双状態で、そのあまりの強さに、何度かギルバートを泣かせたものである。流石に背後から迫り来る人影には気が付くのだ。

「それで、なんの用？」

「あ、……いや、一緒に行こうと思って。生徒会室に向かうんだろ？」

そう言うと、ギルバートはかくれんぼで泣かされていたとは思えないスマートさでミリィを壁際に導く。

断る理由もないと頷き、二人は再び歩き出した。

「ルキウスはいないのか？　あいつも生徒会役員だろう」

「先生からお呼び出しですって。彼、授業中に眠りこけて随分怒られていたから」

「……あいつ大丈夫なのか……？」

ギルバートが訝しげな顔で言う。多分大丈夫じゃない、とミリィは思った。

「さあね。本人的には『退学にならなきゃ勝ち』なんだって」

「……お前、もうちょっと付き合う人間を考えたほうが良いぞ」

ルキウスもあれで結構面倒見がよかったりするのだが、彼の主君たる第二王子からの評価は散々らしい。ギルバートはやけに熱を入れて続けた。

「良いかミリィ、あいつに騙《だま》されるなよ」

「はあ……？」

「あいつに甘いことを言われてもほいほい乗っちゃだめだ。それが手口なんだぞ」

「甘いことって？」

まるで防犯講習でも受けているような気分だ。

尋ねると、ギルバートは「え？」とあからさまにたじろぐ。

「あ、あー……それはあれだ、お前の髪がどうだとか、何とかって妖精みたいだとか……」

「ふうん。他には？」

「えっ⁉　あ、に、匂いが素敵だとか、し、詩を贈ってみたりとか……？」

あまりにも古典的なロマンスだ。ミリィは口の端を歪《ゆが》めて笑った。

「ふ。……ギルバートの口説き文句はそれなのね」

「はあっ⁉」

途端にギルバートの顔が真っ赤に染まり、ミリィは堪えきれず吹き出した。

からかわれていたことに気付いたのか、ギルバートは目をつり上げて捲《まく》し立てる。

「人がせっかく心配してやってるのに……！」

「ふふ、ごめんなさい。わかってるわよ」

「っ、とにかく！　ルキウスと関わるなら気をつけろって話で――」

「はいはい。うっかり詩を贈られないように気をつけるから」

「ミリィ！」

懇願するように名を呼ばれ、ミリィは今度こそ声を上げて笑った。

ギルバートのからかいやすさは一〇年前と全く変わっていない。世間では素敵だなんだと評判の第二王子も、ミリィにとってはまだ泣き虫な少年のままだ。

（……よかった、ギルバートが生徒会にいてくれて）

数年ぶりに会話をしたあの日から過保護ぎみなのは気になるところだが、彼がいれば、とりあえず肩身の狭い思いはしないで済みそうだ。感謝を込めて、ギルバートには必殺の話題として温めてある王都で一番美味しいスイーツのお店の情報を教えてあげてもいいくらいである。

「ねえギルバート、あなたプリンタルトに興味はある？」

「は、はあ……？　何だ急に」

そう脈絡のない話を切り出したところで、二人はちょうど生徒会室の前に到着した。

重厚な茶色の扉に『生徒会室』と書かれたプレートがかけられたそこは、もう明らかに他の部屋とかかっている値段が違う。成金趣味みたいだと眉を寄せ、ミリィはギルバートの方を見上げた。

「……ここなの？」

「ああ。……話し声がするな。もう誰かがいるらしい」

頷いたミリィが両開きの扉を躊躇《ちゅうちょ》なく開くと、大きな窓から差す陽射《ひざ》しが瞳を焼く。

やけに高価な調度品が目を引く室内には、既に二つの人影があった。

そのうちの一人、眼鏡をかけた男子生徒が、ミリィを見て僅かに目を見開く。

(……あれ)

ミリィは、その二人組にちょっとした既視感を覚えた。

学年毎に色の違うスカーフが青い色をしているということは、つまり二年生だ。上級生に知り合いはいないはずだが、どこかで見たことがある。

ミリィがその正体を思い出すより先に、眼鏡の彼がやや気だるそうに口を開いた。

「……公女様が生徒会に入るって話、本当だったんだ。またエドガーがデマ喋ってるもんだとばかり」

「だから言ったでしょ。会長、これからサボれなくなるね？」

輪郭が細い男子生徒がからからと笑う。そこでミリィははたと思い出した。

(A組で見た人たちだわ。……彼ら本当に生徒会役員だったのね)

確か今朝、アンジェリーナとブリマの一件で見た二人組である。

納得し、ミリィは小さく安堵《あんど》の息をついた。

(輪郭細男に、眼鏡男ね……。うん、仲間のことはよく覚えておかないとだわ)

たった今つけた安直なあだ名を頭でなぞる。人の顔と名前を覚えるのが極端に苦手なミリィにとって、二人もの人間を一度に覚えるのはやや根気がいるのだ。

「ニコラス、エドガー。もう来てたのか」

「えっ」

そう一人奮闘していたミリィは、親しげに挨拶をしたギルバートに思わず声を上げた。

「？　どうしたミリィ」

「いや、……役員の方々と知り合いなの？」

「ああ。というか、お前もパーティーで会ったことくらいあるだろ。まさか忘れたのか？」

ギルバートはぽかんとした表情で言う。

まるでそれが当然だとでも言わんばかりの反応だ。衝撃を受けたミリィは暫し立ち尽くし、それからあまりの悔しさに奥歯を噛んだ。

「……私より優位に立ったなんて思わないことね」

「は？」

まさか幼なじみに先を越されるとは思わなかった。……これは早急に友人を作らなければミリィの尊厳に関わるやもしれない。

そう闘争心を燃やしつつ眼鏡男の右隣に腰掛けると、向かいの輪郭細男が、待ってましたとばかりに口を開く。

「やあ公女様、ご入学おめでとうございます。お久しぶり……って言っても、俺のことなんて覚えてないかな」

柔和な雰囲気が滲《にじ》み出る、穏やかな声だ。

ミリィはにこやかに笑う彼を見やると、表情ひとつ変えず頷いた。

「うん、知らないわ。私たち面識があるの？」

「……そんな堂々と覚えてない宣言されるとは思わなかったな」

「あ、……傷付けたならごめんなさい。人の名前と顔がいつまで経《た》っても覚えられなくて」

今まで勉強漬けだったせいか、ミリィの頭は寝て起きたら勉強以外のことを忘れるようにできてしまっている。『ヒロイン』ことシエラの名前だって、寝る前に一〇回は唱えてやっと覚えたくらいだ。

「いやいいよ、面識って言っても挨拶程度だし。俺、生徒会副会長のエドガー・フランスタです。覚えてね」

輪郭細男がウインクと共に名乗り、視界の隅でギルバートが顔を顰《しか》める。

（……フランスタ？）

それらを全く気にせず数秒押し黙ったミリィは、やがて「ああ」と声を上げた。

「フランスタって、魔法伯の？」

「あれ、知ってる？」

「うん。……この間の、ニール様のことは残念だったわ。病だったとはいえ、あとひと月で一〇〇歳だったと聞いたし……」

「……祖父のことを覚えてるなら俺のことも覚えておいてほしかったけどな」

エドガーが苦笑いを浮かべて言う。そうは言っても記憶にないのだから仕方ない。

国で唯一『魔法伯』の爵位を持つフランスタ伯爵家は、魔法が跋扈《ばっこ》するアビリア王国を支える立役者として重宝されている家だ。魔法と勉学に全てを割いてきたミリィにとっては、憧れにも等しい存在と言っていい。

（せめて、大魔法士と名高いニール様が生きているうちに直接お会いしたかったわ……。どうせ時が巻き戻るならそのくらい考慮してくれても良いのに）

なんて巻き戻りに文句をつけていると、今度は眼鏡男がおずおずと口を開いた。

「えっ、……じゃあ、もしかして僕も覚えられてない……？」

ぼそぼそと喋る声がどうも聞き取りづらい。ミリィは数秒彼の顔を見つめ、躊躇《ためら》いなく頷いた。

「うん、ちょっと記憶にないわ」

「ええ、マジか〜……。僕、二年くらい前のパーティーで結構勇気出してきみに挨拶したんだけど……」

「ごめんなさいね。よければもう一度勇気を出して頂ける？」

「……可愛《かわい》い顔ですごいこと言うなあ」

改めて眼鏡男の顔をまじまじと見てみるが、やはりその姿に見覚えはない。

何なら首元まで伸びる髪が野暮《やぼ》ったいし、フレームの細い眼鏡や長い前髪も、陰鬱さを加速させていて鬱陶しいなあという印象しか湧かなかった。見た目にうるさいカイルなどが彼を見たら、甲高い声を上げながらハサミでじょきじょきと髪を切り落としたかもしれない。

そんな評価をされているとも露知らず、眼鏡男はまたぼそぼそと口を開いた。

「あの、……二年A組の、ニコラス・アインツドール。一応生徒会長なんだけど、……ほぼお飾りだから。仲良くしてね」

アインツドール。聞き覚えがあるようにも思えなくない。

ミリィが頭を捻ると、ミリィの隣に腰掛けたギルバートがすかさず補足した。

「ニコラスは公爵家の長男だ。俺の遠い親戚にあたる」

「……ああ、なるほど……？」

「絶対ピンと来てないよねこの子」

確かにピンとは来ていないが、来ていたとて彼のことは知らないのだから同じようなものだ。ポジティブ思考がミリィの取り柄である。

（生徒会は私含めて六人って話だったかしら。ニコラスとエドガー、それにギルバート、今はいないルキウスと私がいて、あとは……）

指折り数え、ミリィはふむと頷いた。

ここにいるのは四人。ルキウスをプラスすれば五人。他に誰か、知らない生徒会役員がいるはずだ。

（できれば同級生だと嬉しいのだけど。……それは望みすぎかしら）

なんて、三人の他愛ない会話を耳にしつつ考えた、そんな時だ。

生徒会室の重たい扉が音を立てて開き、ミリィは反射的にそちらへ目をやる。そして――扉の隙間から覗いた美しい髪に、ほんの一瞬思考を奪われた。

現れた男子生徒は、それほどまでに透き通るような白髪をしていたのだ。

（……この人が、生徒会の最後のメンバー？）

スカーフが赤い色をしている、ということはつまり同級生だろう。

相変わらず顔に見覚えはなかったが、彼の名は、会長のニコラスが教えてくれた。

「アイク。遅刻だよ」

アイクと呼ばれた男子生徒は、伏せていた瞳を上げ、生徒会室内をゆっくりと見渡す。

上座に腰掛けるニコラス。

つまらなさそうな顔のエドガー。

何だかやけに不安げな顔をしたギルバート。

最後にその赤い双眸《そうぼう》がミリィを映したところで、アイクは眉間にぐっと皺を寄せた。

「…………なんで、この女がここにいんだ？」

幻想的な容姿に見合わない、低い低い声だった。

「……え？」

一瞬理解が及ばず、ミリィを含め室内に存在する全員の反応が遅れる。

この室内にいる女性はミリィただ一人だけだ。つまり自分に対して言ったのだ、とミリィが認識する前に、隣のギルバートが勢いよく立ち上がった。

「お前……！　大公家の娘に対してなんだその呼び方は！」

「先に答えろよ。こいつがここにいるのは何でだ」

「その前に言葉遣いを改めろと――」

「聞こえねえのか？」

アイクは食い気味にギルバートの言葉を遮り、ミリィを睨みつけた。

「大公家の女が、ここにいる理由を答えろ」

生徒会室に静寂が落ち、重い沈黙が広がる。

アイクの真っ赤な瞳に睨まれながら、ミリィは戸惑っていた。名前を出されている当事者なはずなのに、状況が一切把握できていないからだ。

(なんでこんなに怒ってるんだろう。……まさか知り合いなの?)

でもミリィはアイクのことを知らない。当然のように、ここまで敵意を向けられている理由もわからない。

そう誰もが戸惑い、発言を躊躇う中で、口を開いたのはニコラスだった。

「『こいつ』じゃなくてミリィ様だよ。……公女様は、今年から生徒会役員になったんだ」

「は……?」

「別に彼女がここにいるのは何ら不思議じゃないし、不審者でもないんだけど……。何か驚くことでもあった?」

端的かつ正しい答えに、アイクは呆然とした様子だった。

燃えるように赤い瞳をこれでもかというほど見開き、ただミリィを見ている。

「……あの」

その様子がなんだか気になって、ミリィはぽそりと声を発した。

隣のギルバートが不安げにミリィを見る。

彼に大丈夫だと目で合図を送ったミリィは、今度ははっきりとした声で続けた。

「ごめんなさい。私、あなたのことをよく知らないのだけど……」

「……は？」

「もしかして何かしてしまったのかしら。それで怒っているの？」

人付き合いの下手なミリィなりに、問題点を洗い出すべく紡いだ言葉だった。

彼のことや事情はわからないが、それでもミリィに何かしらの敵意を抱いていることだけは確かな事実だ。アイクは生徒会のメンバーでもあるのだし、どうにか原因だけでも探りたい。

「………」

「……アイク？」

静まり返った室内で、ミリィの問いかけだけが響く。

原因がわかれば、せめて改善の余地があるかもしれない。

そんなミリィの願いを、アイクは一言で薙ぎ倒した。

「ふ、……ざけたことぬかしてんじゃねえぞ、バカ女……！」

震えた怒声が、ミリィの耳を揺らす。

面食らったミリィより先に、隣のギルバートが叫んだ。

「アイク！　お前良い加減にしないか！」

「黙れ！　何が『よく知らない』だ、もういっぺん言ってみろ！」

「誰に向かって口を聞いてるんだ！　いくらお前が――」

「だからうるさいんだよ！　ゴミ大公家の娘が生徒会だ……!?　ふざけんな！」

アイクは激昂《げっこう》し、肩を震わせながらミリィに詰め寄らんとする。

ミリィは身の危険を感じて思わず立ち上がり、しかし隣のギルバートがそれを制した。それから「お前は下がっていろ」と一言口にすると、守るようにしてミリィの肩をぐっと押す。

ミリィはその勢いでふらりとよろめき――途端に嫌な予感がして、二人の争う声を耳に入れながら「う」と小さな呻《うめ》き声を上げた。

お腹がぎゅるぎゅると音を立て、ミリィの額に冷や汗が浮かぶ。

まずい、と脳内で危険信号が鳴った。このぞわぞわする感覚には覚えがある。

「……ハッ、なんだよ。まさかお前、人の家族めちゃくちゃにしといて一丁前に傷付いてんのか？」

そんなミリィの様子に気が付いたのか、アイクの声に更に怒気がこもる。

ギルバート含む三人の視線も突き刺さる中で、ミリィは静かに立ち上がってお腹を押さえて言った。

「き、………きもちわるい」

「は？」

アイクがぽかんとした表情を浮かべる前に、ミリィは駆け足で生徒会室を出ていた。

間違いない、この気持ち悪さはケーキのクリームだ。忘れかけていたアレがお腹のちょうど嫌なところを揺らされたことで、今まさに胃の中で最悪なマリアージュを醸し出している。

（ま、まずいわ……！　流石に学校で吐くわけにはいかない……！　水、水はどこなの！）

口元を押さえ、スカートを翻しながらひとまず食堂の方角を目指す。

その頃の生徒会室が異様な空気に包まれていたことも知らず、ミリィはただただ、ひたすらに駆けた。

◇◇◇

ミリィはその後、駆け込んだ先の食堂で水分にありついた。

それだけで体調はだいぶ落ち着いたのだが、血相を変えて走ってきた公女を目撃した食堂のコックは、何かしらの事件性を感じたらしい。

直ちに食堂から医務室へと連絡が行き、三〇秒もしないうちにやって来た校医は、ミリィの顔色を見るなり開口一番に帰宅を告げた。

当然生徒会室に戻る気満々だったミリィは全力で抵抗したのだが、大公家の使用人総動員で正門まで引きずられては為《な》す術もない。

結局ぶすくれたまま馬車に乗り込み、その日ミリィは寝るまで頬を膨らませたまま過ごすこととなった。あまりの理不尽さに屋敷中で暴れ散らかしてやろうかと思ったくらいだ。

そんなわけで、ミリィが生徒会室のその後を知ったのは翌日の正午のことである。

同じクラスのルキウスから昼食に誘われたミリィは、相変わらずゴテゴテした食堂の二階席でグラタンを食していた。

「ええ……？　いねえなと思ったら、昨日は体調が悪くて帰っちゃってたんですか？」

肘をついたままパスタを巻くルキウスに昨日の顚末《てんまつ》を聞かせてやれば、そう呆れたような声が返ってくる。何だか馬鹿にされているような気がして、ミリィは不満げな表情を浮かべた。

「違うわ、校医に帰らされたの。私は戻るって言ったのに……」

「そりゃそうでしょうよ。公女様が吐きでもしたら学校が一番困るんですから」

「でも私は生徒会役員だもの」

つんとそっぽを向き、グラタンの最後の一口を飲み込む。そんな子どもらしい所作でさえも、絢爛《けんらん》に飾られた二階席ではやけに様になっていた。

「おいルキウス。食事中に肘をつくなと言っただろう」

「……ていうか何でギルバート様までいるんですか。俺が誘ったのは公女様だけなんですけど」

ルキウスが疎ましげに目を細め、渋々といったように手をおさめる。

ギルバートが昼食にはだいぶ重そうな肉料理と共に現れ、有無を言わさず「ここで俺も食べる」と宣言したのは、つい一〇分ほど前のことだった。

「何でも何もあるか。お前とミリィが二人でいると危ないからだ」

「いや俺のこと何だと思ってんですか。まさか俺が公女様に手を出すとでも？」

「ああ。違うのか？」

「こんなおっかない人にそんなこと考えませんよ……」

そうルキウスが辟易《へきえき》したようにため息を吐くと、ギルバートの表情に険しさが増す。まったく仲が良くて誠に羨ましいことだ。

「……ねえ、ところで聞いても良いかしら。あの後はどうなったの？」

そんな友人同士の掛け合いは後で存分にやってもらうとして、今はとにかく本題だ。会議に参加できなかった者として、あの後何が話されたかは知っておく必要がある。

尋ねると、どこか気まずそうにルキウスが頬を掻《か》いた。

「何って……、なんもしてませんよ。俺が来た時には、アイクも『帰る』って言って出て行った後でしたし。そんなんじゃ会議もできねえからって解散になったんです」

「……あの人も出て行っちゃったの？」

「ああ、すぐ後にな。……アイクの奴、どうもお前が気に入らないらしい」

「…………」

はっきりと口にしたギルバートに、ミリィは顔を俯かせた。

わかっていたこととはいえ、いざ嫌われていると聞くとどうしても落ち込んでしまう。ティーパーティーのことであれだけ浮かれていたのが嘘みたいだった。

「そう……。やっぱり好かれてはいないわよね。私が優秀だからかしら」

「……その自己肯定感があるなら心配しなくてよさそうですね」

ルキウスが大きなため息を吐く。一応こっちは本気で悩んでいるのだが。

「今までも似たようなことがあったもの。可愛くて優秀だと困りごとも多いわ」

「……事実なんでしょうけど一回パンチしていいですか？」

いいわけがない。途端にギルバートの鋭い眼光に睨まれ、ルキウスは肩を竦《すく》めた。

「まあ、公女様も薄々わかってはいるんでしょうけど……。あいつ、アステアラ大公家にちょっとよくない印象持ってるんですよね」

「……よくない印象というか、私はほとんど憎しみのように感じたけれど」

「わざわざぼかしたんだから言わなくていいのに……」

思ってしまったのだから仕方ない。アイクがミリィに向けるあれはなんというか、殺意にも似た何かだ。邪悪なラスボスを目指しているとはいえ、アンジェリーナ以外の人間に嫌われるのは本意ではない。

「でも別に、アイクは公女様が嫌いなわけじゃないですよ」

「……あんなに怒鳴ってたのに？」

「や、その現場は見てないんで知らないですけど……。でも、あいつが恨んでるのは公女様じゃなくて大公閣下の方です。それが肥大化して、娘のあんたにも変な飛び火してるっていうか」

そう言ったルキウスを、ギルバートがまたもじとりと睨む。

「『あんた』じゃなくて『公女様』だ」

「……スミマセン」

ルキウスは咳《せき》払いをして続けた。

「公女様は知らないかもしれないですけど、あいつ、イブライン辺境伯の養子なんです」

飛び出た名に、ミリィは僅かに目を見開いた。

イブライン伯爵家。

社交界事情に疎いミリィでも知っているその名は、国の最東端で隣国との境界を守る、壁の役割を果たしている家だ。

保有する武力はニコラスの実家であるアインツドール公爵家と張るともされ、アビリア王国内でも存在感が強い。長男は養子だと聞いたこともあるが、それがアイクなのだろう。

「元は別の――子爵家の生まれなんですけどね。その生まれの家の方が、一〇年くらい前に大公閣下と政治面で対立してから随分と評判を落としちゃって」

「閣下って……お父様と？」

「ええ。閣下も随分怒って、各所に根回ししたらしいですよ。長男のアイクが遠縁のイブライン伯爵家の養子に出されたのも、大公閣下の機嫌をとるためじゃないですかねえ」

いかにも父のやりそうなことだ、とミリィの表情が歪む。

カイルは、社交界でも『魔王』と呼ばれる暴君だ。自らは礼儀やマナーをかなぐり捨てたような振る舞いをしているのに、他者から歯向かわれると露骨に機嫌を悪くする。

おおよそ、その子爵家との一件でも下位貴族に意見されて腹を立てたのだろう。そんなことばかりしているから人が離れ、巻き戻り前のように正しい道を見失うのだ。

（……お父様がもっと人の話を聞くような人だったら、きっと売国なんて馬鹿な真似しなかったんでしょうけど）

なんて、ありえないことを考えても意味はないのだが。

俯き、ミリィは何度目かわからないため息を吐いた。

「……あなた、アイクの家の事情に随分詳しいのね」

「まあね。幼なじみですから」

どこか疲れたような、諦めたようなルキウスの表情がやけに目に焼き付く。

ミリィには友人がいないが、それでもルキウスの気持ちを想像するには易かった。きっと周囲に振り回されるアイクが可哀想でならないのだろう。ギルバートが同じような状況になったら、ミリィも似たことを考えると思う。

「アイクはあれでも家族想いでしたから、子爵家と自分を引き離した大公家に恨みがあるんです」

「…………」

「それで公女様に当たるのは馬鹿ですけどね。本当」

呟かれた言葉を最後に、テーブルに沈黙が落ちる。

アイクの気持ちは、わからないでもなかった。

ミリィと父との間に家族の愛なんてものはないが、それでもミリィには愛する母がいた。

母が病で亡くなった時、ミリィは深い悲しみを味わったのだ。状況は違うとはいえアイクも同じような気持ちを感じただろうし、彼がカイルを恨むのも、大公家を忌み嫌うのも理解ができる。

（……でも、そんなのどうしたらいいんだろう）

同じ経験をしたミリィにはわかる。彼が大公家を、ミリィを受け入れてくれるとは到底思えない。

でもそれじゃダメなのだ。

思案し、ミリィはやるせなさできゅっと拳を握る。

テーブルを取り巻く重い空気が一変したのは、そんな時だった。

「全く……だから一階で昼食なんてとりたくなかったのよ！　あの平民の家はどこ⁉　クリーニング代を請求してやるんだから……！」

そう突如として二階席を賑わせた声に、ミリィはふと顔を上げる。

螺旋《らせん》階段を上り終え、やっと姿を現した声の主は、ミリィもよく知る人物だった。

（……………アンジェリーナに、ブリマ……）

――自称『悪役令嬢』、アンジェリーナ・グレイ。

姿を見るのは昨日ぶりだ。その背後にぴったりとくっつく取り巻きの中には、A組での揉め事以降、クラスで全く口を開かなくなってしまったブリマ・ビッケルの姿もある。何だか浮かない顔だが体調でも悪いのだろうか。

なんて、そんなことを考えながらぼーっと一行を眺めていたからだろう。席を探しているらしいアンジェリーナとミリィの視線がかち合い、その瞬間、アンジェリーナがこれでもかというほど目を見開いた。

それから数秒の間呆然とこちらを見つめると、自称『悪役令嬢』はか細い声で呟く。

「ギルバートに、ルキウス……？」

ミリィの異様に良い耳は、アンジェリーナの小さな声をそれでも拾った。

思わず眉を寄せると、隣のギルバートがミリィの視線を追う。その先にクラスメイトの姿を見つけると、彼は「ああ」と声を上げた。

「グレイ伯爵令嬢。これから昼食か？」

「あ、……あ、は、はい。あの、なぜ……」

「そうか。なら、もうすぐ時間だから急ぐと良い。……ほらルキウスも。早く食べないか」

ギルバートに急かされ、ルキウスは文句を呟きながらパスタをフォークに巻く。

その様子を黙って見つめるミリィは、どこか些細な違和感を覚えていた。

(前は気付かなかったけど——彼女、何だかやつれたかしら。髪質も悪くなったように見えるし……眉間の皺も深いわ)

そう、やつれている。

少なくとも、あの庭園で相対したアンジェリーナは、伯爵令嬢として最低限の身だしなみを整えていたはずだ。それが今じゃ、なぜか制服に付着する液体のシミも相俟《あいま》って何だか滑稽な印象が強い。

「……グレイ伯爵令嬢？　昼食は良いのか？」

彼女がその場からぴたりとも動かないのを気にしてか、ギルバートが不思議そうに名前を呼ぶ。

アンジェリーナはハッとして言った。

「あっ、あ……えと、すみません。そうですわね、どこか席を……」

「うちのクラスは次魔法生物学だったか？　遅れないようにな」

それっきりギルバートはアンジェリーナから目を逸《そ》らし、のろのろとパスタを食べるルキウスにまた小言を言った。

(……何だか、動揺しすぎじゃない？　隠し事があるって言ってるようなものじゃない)

ミリィも彼女から視線を外し、不自然さを出さぬようつまらなさそうな表情を貼り付ける。

すると、席に移動したアンジェリーナがぼそりとまた何事かを呟いた。

「……あの女が、なんで攻略対象二人と……？　あいつはルキウスとは関わりがなかったはずじゃ……」

（……攻略対象？）

恐らく彼女の呟きを聞いたのは耳の良いミリィただ一人だろう。ブリマを含む数人の取り巻きでさえ、近くにいる第二王子と公女に緊張した様子でまともに聞こえている素振りさえない。

横目でその姿を観察しつつ、ミリィは眉間の皺を深くした。

（なんか違和感があるのよね。瞬きの数が異様で動揺しきっているし、私のことを見る時、やけに早く目線を切る……）

そこまで考え、ミリィの脳内にある仮説が浮かんだ。

可能性は低いが、試してみる価値は十分にある説だ。

数秒思案したのち、ミリィは口を開いた。

「ねえギルバート、来週のことなのだけど」

「ん？」

わざとらしく幼なじみの名を呼べば、視界の隅でアンジェリーナが肩を震わせる。

どうやら聞こえてはいるらしい。それで良い。

「来週、また生徒会の会議があるでしょう。ティーパーティーの件で」

「？　ああ」

「当日、私の教室まで迎えにきてくれないかしら。こうして話すのも久々だし、あなたと一緒が良いの」

ギルバートが言葉を失うと同時に、ルキウスがパスタを噴き出した。

「おまっ……！　汚いぞルキウス！　良い加減にしろ！」

「えっこれ俺のせいですか⁉」

「お前だ！　さっさと拭けさっさと！」

「いやだって公女様が急に変なこと言うから――」

ルキウスが慌てて布巾でテーブルを拭き、ギルバートも落ち着かない様子で顔を赤く染める。そんな喜劇のような状況の中、ミリィはただ一人、アンジェリーナのテーブルに神経を集中させていた。

（……やっぱり。九分九厘そうね）

ミリィがギルバートに「あなたと一緒が良い」と言った時。アンジェリーナは、あからさまに動揺してミリィたちのテーブルを見た。それも驚愕《きょうがく》に満ちた表情でだ。

ミリィたちのそれは、幼なじみの会話としては何ら不自然ではない。

むしろパスタを噴き出したルキウスに目がいってもおかしくないものを、アンジェリーナはミリィに視線を留めて動かさなかったのである。

諸々の情報を総合し、ミリィは結論付けた。

（汗も滲んでるし、呼吸の頻度も異常。……アンジェリーナ、やっぱりあなた、『前』の記憶があるのね）

――アンジェリーナ・グレイは、恐らく時が巻き戻る前の記憶を保持している。

彼女の所作全てが、それを如実に表していた。

（でもって、きっと私の記憶があることには気付いていない……）

でなきゃこうも隠す気のない反応はしないだろう。ミリィにとっては都合が良い。

「あら、もうこんな時間。……じゃあ私、先に戻るから」

そうとなれば、彼女を打破せんとする『ラスボス』としてこれからの行動を考えなくてはならない。

さっさと立ち上がり、ミリィは手早く食器をまとめた。

「えっ、ミ、ミリィ……？」

「あ、来週の迎えは本当に来てちょうだい。良い？　待ってるから」

「あ……」

「あとルキウス」

混乱するギルバートにそう注文をつけたかと思いきや、ミリィは去り際、布巾を手にしたルキウスに向き直る。

それからしっかりとその目を見据えると、よく通る声で告げた。

「私、ちゃんとあなたの幼なじみとは向き合うから。……その結果どうなるかはわからないけど、できるだけ歩み寄れるよう頑張ってみる」

「……は」

そうだ。アンジェリーナとの再会で話が逸れたが、元々の議題は、アイクとミリィの今後についてだった。

アイクと幼なじみのルキウスも、きっと大公家を快くは思っていないのだろう。言わないだけで恨んでさえいるかもしれない。

でも、それでも彼はミリィに気安く接してくれたのだ。

ミリィにはその恩に報いる義務がある。

「それじゃあまた後で。……魔法史の授業が退屈なのはわかるけど、次は眠らないようにね」

そう言い残し、ミリィは絢爛に飾られた食堂を出た。

残された二人は暫しぽかんとし、やや間を空けて、どちらからともなく顔を見合わせる。

二人とも考えることは同じだった。

「……何というか、敵《かな》わないな。色々と」

ギルバートが苦笑いを浮かべ、ルキウスが頷く。

「…………だめ、だめよ、こんなの。……早くどうにかしないと…………」

そんな中、『悪役令嬢』アンジェリーナ・グレイがただ一人呆然としていたことに、二人は気が付かなかった。

四章　ラスボスとヒロイン

方針を決めてからというもの、ミリィは今すぐにでもアイクと話をつけたい気持ちでいっぱいだったが、そうもしていられないのが現状である。

何せあの嫌われようだ。直接会いに行ってもまともに取り合ってはくれないだろうし、となれば確実に彼と会うことのできる翌週の生徒会会議まで、ミリィにできるのは真面目に授業を受けて待つことだけだった。

（もどかしいけど、焦ってもいいことなんてないし……。ゆっくり待たなくちゃね）

そう小さく息を吐くミリィは、昼休みも終わりかけの現在、飛行術の授業へ向かうべく一人中庭を歩いている。

飛行術はその名の通り、専用の箒《ほうき》を用いて空を飛ぶ術を学ぶ授業だ。その開放感ゆえ生徒からの人気も高く、ミリィもまた飛行術が好きな生徒の一人である。何より、体力のないミリィでも箒にさえ乗れば楽に移動できる、という点が素晴らしい。

ミリィはこれまで、公女として比較的動かない生活を送ってきた生粋の出不精だ。

おかげでパワーや魔法には自信があっても体力に関しては幼児と張るかそれ以下かという有様で、風系統の魔法を足元に行使してちょっとだけ移動を楽にする……などという魔力の無駄遣いを日々真面目に行っているほど体力がない。

だからこそ、この間初めて飛行術の授業を受けた時はかなりの衝撃を受けたものだった。

時が巻き戻る前は『空なんて飛べたところでどうしようもない』などと言ってまともに出席すらしていなかったが、あれは大きな間違いだと過去の自分を殴りたくもなった。飛行術とは革命。まさに文明の利器なのである。

（何よりこのウェアが可愛《かわい》いわよね。パンツスタイルは慣れないけど動きやすいし……）

カジュアルで色味の落ち着いた飛行術専用のウェアは貴族令嬢からすこぶる不評だと聞くが、ミリィからしてみればやたら華美な制服よりこちらの方が好ましい。

そんなわけで上機嫌に更衣室を出たミリィは、授業が行われる中庭に差し掛かったあたりで、どこからか小さな悲鳴を聞いた。

（？　……なんだろう）

長い箒を引きずりながら声の方向を覗《のぞ》いてみると、制服姿の女子生徒が何やらうずくまって肩を震わせている。

スカーフの色が赤、ということはつまりは同級生だろう。ミリィは箒を手にしつつ女子生徒に近付き、そこで一瞬息を呑《の》んだ。女子生徒の栗毛《くりげ》に見覚えがあったのだ。

「……シエラ？」

シエラ・レストレイブ。

時が巻き戻る前、アンジェリーナに『ヒロイン』と呼ばれ付き纏《まと》われていた子。

時が巻き戻ったこの世界では僅かながら関わりを持った彼女が、うずくまって震えている。

ミリィは慌てて駆け寄り、そしてそこで気が付いた。

うずくまるシエラの周囲に、彼女のものと思《おぼ》しき栗色《くりいろ》の髪の毛が散らばっていたのだ。

途端にミリィの心臓がばくりと大きく跳ねる。察しの悪いミリィでも、シエラが誰かに髪を切られて泣いている、と察するには易い。

ミリィは震えるシエラの隣に膝をついた。

「ちょっと、何があったの……⁉　大丈夫⁉」

シエラの小さな背はぶるぶると震え、小さな泣き声まで聞こえてくる。

きっと怯《おび》えているのだ。ミリィは彼女の背を可能な限り優しく撫《な》でた。

一つに結べるほど長かったあの栗毛は、今や顎先のあたりまで短くなってしまっている。

切り口もやけに綺麗《きれい》だし、刃物で切られたというよりは、風系統の魔法か何かを使われたのだろう。

何にせよ、故意の犯行だということに間違いはなかった。

（誰がこんなこと……）

髪は女性にとって命に等しいものだと聞く。本当なら今すぐにでも犯人を探し出してやりたいところだが、シエラをここに放置するわけにもいかない。

暫くそうしていると、シエラも段々と落ち着きを取り戻したらしい。

彼女はゆっくりと顔を持ち上げ、ミリィと目が合うと、大きな瞳を思い切り見開いた。

「えっ、ぁ、えっ⁉　こ、公女様っ……⁉」

「ご機嫌よう、シエラ。もう落ち着いたかしら」

「あっはい――あっいえ、えっと、ごっ、ごめんなさいぃっ！」

「？　……何であなたが謝るのかしら」

この状況においてシエラが謝罪すべきことなど一つも存在しない。

ミリィはシエラの細い髪に指を通すと、あまりの惨状にそっと眉を下げた。

「ああ、かなり切られてる……。きっと魔法でやられたのね。怪我《けが》はない？」

そこで被害を思い出したのか、シエラは目を伏せて頷《うなず》く。

「あ、えっと……は、はい。大丈夫です」

「そう、良かった。ところで犯人は見た？　いつやられたの？　こんな人気のないところでやるのだから随分と計画的ね。見つけ次第私がぼこぼこにして――」

「あ、う、あの、えっと……」

ミリィが捲《まく》し立てるようにして言うと、シエラは視線を彷徨《さまよ》わせて押し黙る。

その表情は沈痛だ。やはりどこか怪我でもしているのだろうか、と彼女の顔を覗き込むと、シエラは唇を引き結び、ミリィの服の裾を弱々しい力で掴《つか》んだ。

「……シエラ？」

「ご、ごめんなさい。でも、あの、私……」

「ええ。どうしたの、どこか痛い？」

「ち……違うんです。ただ、その……怖くて、あんまり言葉が出てこなくて」

シエラの声は震え、瞳にはじんわりと水滴が滲《にじ》んでいる。

それがあまりにも痛々しくて、ミリィは自分の行いを反省した。

恐怖に震える彼女を無理に問いただすなんて、この状況下じゃあまりにも不躾《ぶしつけ》だ。

「……ごめんなさい、そうよね。一番怖い思いをしたのはあなただもの」

まずは何よりシエラのケアが先決だ。でも、何をすれば良いのかが全くわからない。

とりあえずお喋《しゃべ》りでもして彼女の気を紛らわせてやるべきだろうか。

ミリィはシエラの隣に腰を下ろすと、じっと彼女の顔を見つめた。

（私、お喋りって一番苦手なのよね。何を話せば笑ってくれるかしら……）

シエラは不思議そうな顔でミリィを見ている。

その澄んだ瞳に映る自分は、悔しいほど父に似た仏頂面だ。とてもではないが人を慰めて良い表情ではない。

こういう時はとにかく笑顔だ。笑ってさえいればなんとかなる。

そう結論付けたミリィは努めて笑顔で、しかし実際は普段の無表情とさほど変わらない顔で続けた。

「ええと……ごめんなさい、こういうの慣れていないのだけど、でも許してね」

「……えっ？」

「私、誰かを慰めるなんてしたことないから。……ねえ、こういった時の話題は何がいいのかな。あなたケーキには興味ある？」

ミリィの中で特別自信のある話題といえば、王都の美味《おい》しいケーキ屋さんの情報と、月の満ち欠けと魔力の因果関係についての話くらいだ。

後者はビビに力説して随分と困った表情をされた覚えがあるから、きっと同年代の女の子との話には向かないのだろう、とミリィは認識している。

となればケーキの話をするしかない。ミリィが首を傾げると、シエラは困ったように視線を泳がせた。

「……ケーキ、あまり好きじゃないの？」

「えっ⁉　あっ、いえ、そうじゃなくって！　あ、甘いものとかあまり詳しくないので、私に話しても面白くないかなって……」

「そう……。じゃあシエラは何が好き？　歌？　動物？　アクセサリー？」

とりあえず年頃の女子が好みそうな話題を並べてみたが、シエラの反応は芳しくない。

まさかこれも外れか。いよいよ話題のストックがないミリィが困ったように眉を下げると、シエラは申し訳なさそうな表情でぽそりと呟《つぶや》いた。

「え、えーっと……し、強いて言うなら、魔法の勉強……」

「えっ！」

ミリィは『魔法』の単語に食い気味に反応すると、ずいっとシエラとの距離を詰めた。

その表情はきらきらと輝いている。信じられなかったのだ。まさか、抽象的でわかりづらいと愚痴《ぐち》をこぼす生徒が大半の中で、魔法が好きだという子がいようとは！

このチャンスを逃すわけにはいかない。ミリィが更に詰め寄ると、シエラは慌てて首を振る。

「あっ、いえ！　その、好きっていうだけで得意とかでは全くなくって、むしろ公女様には遠く及ばないくらいですし……」

「出来不出来なんてさして問題じゃないわ……！　ねえシエラ、知ってる？　実は月の満ち欠けと人間の魔力にはちょっとした関連性があって――」

きっと、突然饒舌《じょうぜつ》になったミリィは随分と不気味に見えたことだろう。でもそれくらい嬉《うれ》しかったのだから仕方ない。

これまでミリィは、一人で魔法の勉強に打ち込んできた。

教科書を読み、参考書を読み、それでも足らずに論文を読み、今ではそこらの研究者と張るほどの知識を得ていたが、ただミリィには、それを語れるだけの相手がいなかった。

革命的な新説が発表されようと、ミリィの周囲にはその興奮を共有できる人間がいない。

だが目の前のシエラはどうだろう。彼女は魔法が好きだと言って、今でさえミリィの話に戸惑いながらも頷いてくれる。

（きっと、友達ってこういう――）

――存在のことを言うのかもしれない。

そう頬を緩めた、次の瞬間だ。

背後で何かがヒュッと音を立てるのを聞き、ミリィは考えるより先に、隣のシエラに覆い被さった。

「きゃあっ⁉」

（っ、風魔法……⁉）

途端にシエラが悲鳴を上げ、ミリィは瞬時に悟った。誰かに狙われている。

目測を誤ったのか、こちらへ放たれた魔法は別方向へ弾《はじ》かれたように飛んでいったが、恐らくはシエラの髪を切った犯人と同一人物だろう。近くで様子を見ていたに違いない。

（きっとまだこの辺りにいる……！）

ミリィはシエラの腰を抱き、周囲に目を配った。

すると、背後の曲がり角を大慌てで去っていく人影が見える。ズボン姿だ。男子生徒か。

「ごめんシエラ、ちょっと我慢して」

「は、はいぃっ⁉」

ミリィは傍に置いた箒を手に取ると、シエラを抱えたままひらりとそれに飛び乗った。

犯人の仲間がいるかもしれないこの場にシエラを置いていくわけにはいかないし、かといって彼女に防御魔法を施したりしていれば犯人を見失う。

となると、少々手荒ではあるが一緒に連れていくしか方法はない。

「ひゃああっ⁉　ど、どうなってるんですかこれっ⁉」

「ごめんなさい！　でもあなたも連れて行くしかなくって！」

悲鳴を上げるシエラにそう謝罪しつつ、ミリィは中庭を猛スピードの箒で駆け抜けた。

ポニーテールに結った髪が風に靡《なび》く。後ろに乗せたシエラがしっかりと腰に摑まっているのを確認し、ミリィは更にスピードを上げた。

（いた……！　あそこ！）

逃げ惑うズボン姿の生徒は、案外早くに見つかった。

後ろ姿を見失わぬよう、ミリィはじっと目を凝らす。それから小さな声で呪文の詠唱を始め、狙いもドンピシャのタイミングで、はっきりと詠唱の最後を口にした。

「――〈蔓《つる》〉」

瞬間、付近に自生する植物の蔓が一気に伸び、逃げる生徒の身体に絡みつく。

生徒はその場で動きを封じられ、荒く呼吸をした後でがっくりと脱力した。逃げられないことを悟ったのだろう。

（はあ、手間がかかった……）

箒のスピードを落とし、ミリィはシエラの背を撫でながらゆっくりと生徒に近付く。

そこでミリィは、生徒が着ているものがグランドールの制服でないことに気が付いた。

あれは、今ミリィが着ているのと同じ飛行術専用のウェアだ。

そしてミリィは知っている。次の時間に飛行術の授業があるのは一年C組の生徒だけ。

もしやクラスメイトがこんなことをしでかしたのだろうか。ミリィは顔を顰《しか》め、そして蔓に絡まれた生徒の顔を確認し、ぽかんと口を開いた。

「………ブリマ？」

ブリマ・ビッケル。

ついこの間髪飾りを壊してしまった、アンジェリーナの知り合いと思しき男爵令嬢。

真っ青な顔で蔓の檻《おり》に囚われていたのは、そのブリマだったのだ。

「……あなたがシエラの髪を切ったの？」

半ば信じられない気持ちで尋ねる。

ブリマはやや間を置いたあと、諦めたような表情で数度頷いた。

◇◇◇

「シエラは帰宅するんですって」

それから数十分後のこと。

結果的に飛行術の授業を欠席することになったミリィは、医務室の一角で、同じく授業を欠席したブリマの向かいに腰掛けた。

シエラの髪を魔法で切り落とした犯人――ブリマ・ビッケルは、小さくなって浅く椅子に腰掛けている。

視線が忙しなく動いているあたり動揺しているのだろう。その姿とあの酷《ひど》い手口がどうも結び付かず、ミリィは脚を組んでブリマを見据えた。たったそれだけでブリマの肩が大きく跳ねる。

「あの子、髪まで切られたのに『大事にしたくない』って言ってたわ。素晴らしいんだかお人好しなんだかわからないわね」

「…………」

「あと、明日までに髪を整えてくるんですって。何でもお母様が美容師らしくて。……でもあの子、髪が短くなった理由をどう説明するのかしら。お母様はいじめられたと思うわよね」

シエラが怯える様を間近で見ているせいか、どうしても言い方がきつくなってしまう。

その怒りは表情にも出ているのだろう。ブリマはミリィと目を合わせようとせず、そして何を話そうともしない。

やがて重い沈黙が場を支配したところで、ミリィは小さくため息を吐いた。

(……シエラは、大丈夫だとは言いつつショックだっただろうな)

先ほど、念のため校医にシエラを引き渡した時、シエラは「本当に大丈夫なの?」と尋ねるミリィに向かって「ちょうどイメチェンしたかったんです」と笑った。

あれがミリィに気を遣っての言葉だということは、コミュニケーションの経験に乏しいミリィでもわかる。勝手に髪を切られて喜ぶ人間なんていない。

それでも彼女は、ミリィを思って大丈夫だと笑った。

きっとあの時、ミリィがかける言葉はあれじゃなかったはずだ。大丈夫かと問われれば頷くしかないだろうに、それを強制してしまった。大丈夫じゃない人に大丈夫だと言わせてしまった。

(……だからこそ、私がここで代わりにブリマを問いただしてあげないと)

いくらシエラが大事にしたくないと言ったって、ブリマがシエラの髪を切るに至った理由や、その手段を全て内密にさせるわけにはいかない。

二度目があってからでは遅いのだ。きっと部外者のミリィは関わるべきではないのだろうが、でも、それだとミリィの中の腹の虫が治らない。

(――それに、私は『ラスボス』だもの)

ミリィが目指す邪悪なラスボスなら、仲間が被害を受けたとなれば、きっと何があろうと真っ先に犯人を問い詰めにいく。

そんな理由を得たミリィは、ソファの肘掛けに頬杖《ほおづえ》をつき、じっとブリマを見つめた。

彼女は何も言わない。ただ怯えて口も開けないというよりは、口を開く気がなさそう、といった方が正しいだろうか。

「それで、あなたはどうしてシエラの髪なんて切ったの?」

「…………」

「……答える気がないの?」

「…………」

「……せめて首を振ったりしてもらえるとありがたいのだけど」

ブリマは何かを答える素振りも、そして首を振る気配もない。

だが身体だけは小刻みに震えていて、そのちぐはぐさにミリィは目を眇《すが》めた。……髪飾りの一件といい、どうやらブリマはミリィを極端に怖がっているらしいが、そんな相手を前にしても無言を貫こうとは。

度胸があるんだかただ頑固なんだかわからない。しかもよく見れば、うっかり口を開かないようになのか、ブリマは唇をギュッと噛《か》んでいる。

それも、強く噛みすぎて唇に血が滲むほどにだ。どうも並大抵の覚悟ではない。

（いや……これは答える気がないっていうより、どちらかと言うと――）

「……答えられない事情があるの？」

ふと思い至った可能性を口にすると、ブリマは身体の震えを大きくさせた。

どうやら当たりだったらしい。ブリマには、何かミリィには話せない事情がある。

「そう……、ならその事情って何かしら。家の存続に関わることとか……あとは他に協力者がいて、その協力者に迷惑がかかるから話せない、とか」

窺《うかが》うようにして言うと、ブリマの瞳が大きく揺れた。これも当たりだ。

ミリィが「じゃあ……」と更に言葉を続けようとすると、たまらずブリマも口を開く。

「こっ……公女様……！　ま、待ってください！」

「よかった、やっと話してくれる気になったのね。ところでどっちが当たり？　家の存続の方？　協力者の線かしら」

「違っ、違うんです、私は……」

「まさか『どっちも』とか言わないわよね」

「違うんですっ！」

医務室にブリマの叫び声が響き、室内に一瞬静寂が落ちた。

ブリマは相変わらず荒く息を吐き、椅子から身を乗り出して震えている。

まるで縋《すが》られているかのような視線だ。ブリマは悲痛な声で続けた。

「ご、ごめんなさい、許してくださいあ、謝りますから！」

「……ブリマ？」

「今回だけは、ダメなんです。こ、このイベントに失敗したら、私の家が本当に……」

「落ち着いて、ブリマ。イベントって何を――」

「許して、お願い許して！　わ、私は、アンジェリーナ様をあの子の『親友』にしないと……！」

そこまで叫んだところで、ブリマの身体がガクッと崩れ落ちる。

その口からゼェゼェという呼吸音が聞こえ、ミリィは瞬時にその症状が過呼吸だと理解した。きっと極度の緊張状態だったせいだろう。

ミリィは駆け寄り、苦しそうに呼吸を繰り返すブリマの身体を支えた。その脳内は数多くの疑問で埋め尽くされている。

（どういうこと、イベントって何……？　シエラの髪を切るのと、アンジェリーナが親友になることに何の意味があるっていうの）

ブリマとアンジェリーナといえば、Ａ組の教室で怒鳴りつけられていた件が記憶に新しいが、かといってこの一件とアンジェリーナの関係性もわからない。

今のアンジェリーナは巻き戻り前の記憶を保持している。まさかそれも関係しているのか、と考えると頭がこんがらがりそうで、ミリィはじっと眉を寄せた。

（……アンジェリーナ、余計なことを考えていないと良いけれど）

ひとまず今ミリィにできるのは、このただならぬ状態のブリマをどうにかすることだけである。

シエラを見送りに出た校医が帰るまで、ミリィはいよいよ泣き始めてしまったブリマの背をさすることに注力した。

ブリマはそれから数十分、誰に宛てたかもわからない謝罪を繰り返しながら、さめざめと涙を流し続けていた。

◇◇◇

翌週の会議まで、ミリィはティーパーティーに出すケーキや茶葉の調査をして過ごした。

それも『本気』の調査をだ。会議を一度お流れにした責任のあるミリィの熱意は凄《すさ》まじく、自ら王都を練り歩いて調査し、メイドを集めて品評会を開催したりもした。

太ってしまうと嘆くメイドに喝を入れ、一〇〇項目を超えるチェックシートに評価を記載しながらスイーツを食したこの一週間をミリィは忘れないだろう。涙ながらに太りたくないと訴えるメイドと熱い対話を交わし、あわや摑み合いの喧嘩《けんか》に発展しそうにもなった。

二時間を超える話し合いの末、太るのは嫌だからみんなでエクササイズをするという結論に落ち着いた後は、全員の絆《きずな》が深まったというものだ。

おかげで調査は捗《はかど》ったし、何よりみんなでやるエクササイズが結構楽しくて驚いた。

使っていない部屋を全面鏡張りにして無断でエクササイズ室を作った時は流石《さすが》にカイルに怒られたが、今後は器具の導入も検討したいところである。

とはいえ、そんな喜ばしいことばかりではない。

あの日シエラの髪を切ったブリマは、本格的にミリィから距離を置くようになってしまった。

その上教室でも常に表情が暗く、かと思えば休み時間にはふらふらとどこかへ行ってしまう。

大事にしたくないというシエラの言葉通り、彼女に明確な罰は与えられなかったようだが、ミリィが話しかけようとしても逃げられてしまう有様で、アンジェリーナについての話を聞こうにも難しい状況が続いていた。

「ご機嫌よう」

そんな中で迎えた、二度目の生徒会会議の日。

ミリィとルキウス、それに有言実行して教室まで迎えに来てくれたギルバートが生徒会室を訪れると、既に他の三人は席に着いていた。

(……よかった、アイクも来てるのね)

あれだけのことをしたのだ。会議自体を休んでしまわないか心配だったが、アイクは生徒会役員の義務を守ったらしい。ぶすっとした顔で本を読んでいる。

ミリィは先週と同じ席に腰掛け、ギルバートはミリィの隣に、ルキウスはアイクの隣に腰を下ろした。

「あ……えっと、体調はもう大丈夫なの？　僕結構心配してたんだけど」

するど、こちらも先週と変わらないぼそぼそ声でニコラスが尋ねる。……やけにびくびくしているのは何故だろう。まさかアイクと殴り合いの喧嘩でもおっ始めると思われているのだろうか。

「先週はなんか、急な体調不良だったんだっけ……？」

「ええ、まあね。ギリギリ喉奥で押し留《とど》めたの」

「押し留めた……？」

「壮絶な戦いだったわ。あとで聞かせてあげる。……でも、その前にちょっといいかしら」

ミリィは一呼吸置き、本から顔を上げようとしないアイクを見やった。

全員、おおよその目的を察したのだろう。室内に沈黙が落ちる。

「アイク・イブライン」

ぴくりと肩を揺らし、アイクは静かに顔を上げる。

燃えるように赤い瞳が、侮蔑や嫌悪を纏ってミリィを見ていた。怒りは時間が解決してくれるとはよく言うが、彼の中の憎悪はまだ収まっていないらしい。

「ルキウスに聞いたの。……あなた、家のことで閣下に恨みがあるんですってね」

「………」

「申し訳ないのだけど、私あなたのことを知らなかったの。お父様とのいざこざで実の家族と引き離されて、今でも苦労している子どもがいるなんて夢にも思わなかった」

五歳の頃、母親が亡くなってからというもの、ミリィの興味は自らの内側に集約されていた。

勉学、魔法、研究。その全てに身を捧《ささ》げていたミリィは、家の外のことを全く知らない。父親が社交界で何をしているかも、父親の影響で不幸になった人のことも、何も知らなかったのだ。

「私ね、先週あなたが怒った理由を自分なりに考えてみたの」

極端に人との関わりが薄いミリィは、他人の気持ちを悟ることができない。だからこそ考える。考え、小説なんかも参考にして、こうではないかとあたりをつける。そうでもしないと他人の『普通』を推し量れないからだ。

「あのね。……あなた、私が無知だったから怒ったんじゃないかしら」

ミリィが今回一週間かけて考察した彼の気持ちは、こうだった。

「は……？」

「辺境伯のもとに養子に出されて、しかもその仇《かたき》のような大公の娘には何も知らない顔されて、だから怒ったんでしょう」

ミリィは、アイクの赤い瞳を見据えた。

彼は何も言わずに唇を噛む。予想は当たっていたらしい。アイクは、自分の父親がしたことも知らずに、能天気な顔で生きているミリィに腹を立てたのだ。

「……あなたの苦労を何も知らなかったこと、謝るわ。ごめんなさい」

ミリィは眉を下げ、そう謝罪した。

アイクを養子に出さざるを得ない状況にしたのは、間違いなくカイルだ。

彼が大公家に恨みを持つのも当然だと思う。その娘たるミリィに矛先が向くのも、何も知らないミリィに怒りが湧くのも、何ら不自然なことではない。

「だから、……あなたも歩み寄った上で、私を認めてほしいの」

「…………認める、だと？」

「仲良くしてとまでは言わないわ。だから――」

そこまで口にし、ミリィは言葉を詰まらせた。

子爵家とカイルの一連のいざこざに関して、ミリィには直接的な罪がない。

だからこそアイクとは分かり合えると思うし、生徒会のためにも、きっと二人の関係は修復するべきだ。その方が何事も円滑に進むから。

「……だから、歩み寄りましょう。お互いに。私たち、知らないことが多いと思うの」

ミリィを恨むアイクの感情は、とてもじゃないが正しいとは思えない。

でも理解はできる。だからこそその提案だった。

お互いにとりあえず矛を収めて、歩み寄って考える。

その上でミリィがやはり憎いのならそう思えばいいし、ならばミリィにも諦めがつく。

コミュニケーション初心者のミリィが寝ずに考えた案だ。最善策ではないのかもしれないが、これが精一杯だった。

「………………」

アイクが唇を引き結び、室内に再び沈黙が降りる。

そうして何秒が経っただろう。

彼がミリィに向けたその瞳は、未《いま》だに燃え上がるような熱を秘めていた。

「ふ、……ふざけたことばかり言ってんじゃねえぞ。人の心がねえ悪魔に育てられた、クソ外道が……！」

アイクを除く場の全員が、同時に目を見開いた。

「自分の家がしたこと知っといて、何が『歩み寄ろう』だ……？　自分に都合の良いことばっか言ってんじゃゃねえ……！」

声色に怒気が交じる。

彼の鬼気迫った表情が、まるでミリィを射殺さんとしているようだった。

睨《にら》まれたミリィは表情を変えず、ただじっとアイクを見つめる。

弾かれたように叫んだのは、ミリィの隣で呆然《ぼうぜん》としていたギルバートだった。

「お前っ……！　ふざけるのも大概に――」

「関係ねえやつは黙ってろ！」

「関係ないことあるか！　先週から子どもみたいに何がしたいんだお前は！」

身を乗り出し、ギルバートが叫ぶ。

それに煽《あお》られたらしいアイクが更に怒鳴り返そうとしたところで、ぱちんと両手を叩《たた》く音が響いた。

「ねえ、まさか毎度こんなのやるつもり？　お前ら一旦冷静になりなよ」

エドガーだ。

呆《あき》れ気味の表情で頬杖をつき、冷ややかな目を向けている。

ギルバートはバツの悪そうな顔で口を閉じた。短絡的に怒鳴ってしまった自覚があるのだろう。

しかし、アイクはそれでも叫んだ。

「何で俺が……！　何で俺が我慢しなきゃならない！　外道に絆《ほだ》されてんじゃねえ！　揃《そろ》いも揃って頭おかしいのか⁉」

「……アイク」

「お前もだろ、会長！　俺の家族がこいつの父親に何されたか……！　わかってるくせに、大公家の娘だからって頭ばっか下げやがって！」

「違う、アイク。そろそろ気付きなよ。僕も怒りたくない」

ニコラスの落ち着いた声色に、アイクが荒く息を吐きながら押し黙る。

当事者でありながら口を引き結ぶミリィは、どこか別世界のことのように目の前の状況を眺めていた。

（……ここまで私のことを嫌う人が、アンジェリーナ以外にもいたのね）

ぼんやりと考えるのはそんなことだ。

大公家の娘として不自由なく育てられたミリィは、今まで他者に脅かされることなく過ごしてきた。

「お前が大公閣下のことを恨むのはわかるよ。あの人の気分ひとつで家族と引き離されたんだから当然だ」

「…………」

「でも、だからって公女様に当たっていい理由にはならないでしょ。お前のそれは、ただの癇癪《かんしゃく》なんじゃないの？」

ニコラスの声は相変わらずぼそぼそとして聞き取りづらい。

しかし、その澱《よど》んだ黒い瞳は真剣だ。全てを見透かされているような、そんな雰囲気を持っている。

（……何だか変な気持ち。少し息苦しくて、鼻のあたりがツンとして痛い）

ミリィは制服の胸元を軽く握った。

時が巻き戻るまで経験したことがなかった感情だ。悲しいような、虚《むな》しいような、寂しいような、そんな感情が胸に渦巻いている。

（変なの。……時が巻き戻る前は、誰にも期待しないって決めたはずなのに）

それが『やり直し』の機会を与えられて、いざ他者との関わりを持ってみたら、こんなにも悲しくて虚しいなんて。

いつの間にか俯《うつむ》かせていた顔を持ち上げると、瞳を揺らめかせたアイクと目が合った。

二人はほんの数秒見つめ合い、時が止まったかのような沈黙が流れる。

「……だからなんだよ」

ミリィが目を逸《そ》らす前に、アイクは口を開いてしまった。

「だからなんだ！　俺はこいつの家も、こいつのことも許さねえ！　ここにいるのも認めねえ！」

「アイク！」

「ギルバートは黙ってろ！　俺はずっと、ずっとお前らが惨《むご》い死に方すりゃいいって、そんなことばっか考えてた……！」

誰も口を挟めない。アイクは止まらず続けた。

「俺だけじゃねえ。大公家のこと恨んでる人間なんて山ほどいる！」

「…………」

「病気で死んだお前の母親だってバチが当たったんだ！　ざまあねえ、公女だかなんだか知らねえがいずれお前だって――」

そこまで口にした、その時だ。

一際大きな破裂音が鳴り、生徒会室内から音が消える。

誰もが音の出所を見た。

杖《つえ》もなしに〈火花〉の魔法を使用したミリィが、アイクに温度のない目を向けていた。

勢いを削《そ》がれたアイクは、口を大きく開いたまま何も言うことができない。

この瞬間、間違いなく場を支配しているミリィは、静かに息を吸った。

「……そう」

たった二音。

それだけで、場がすうっと冷える。

「……あなたとわかり合おうと努力したのが間違いだった」

「は」

「恨みだけ立派で中身がないのね。……ただ嫌いだ嫌いだって、あなた馬鹿じゃないの？」

ミリィは驚くほど冷静だった。怒りに震えると鼓動が速くなるというが、心拍数も至って正常だ。

きっと、怒りを通り越して呆れている。

「十分わかった。あなた、お父様が怖いんでしょう」

「は……？」

「だから私やもう亡くなってしまって何も言えないお母様に怒りをぶつけて、大公閣下に勇ましくも文句を言った気になってるのね」

アイクは僅かに身を乗り出した。

しかし、何も言うことができない。

「呆れた。……芯のある人だと思ったら、ただの子どもなんだもの」

そう言うなり、ミリィは手早く荷物をまとめ始めた。

もうこの場にいる理由がない。鞄《かばん》を持つと、ミリィは会長席の方へ目を向けた。

「ごめんなさい、ニコラス。私もう帰る」

「あ……ああ、うん」

「色々間違ってたわ。……ごめんなさい、本当に」

もう一度謝罪の言葉を述べ、ミリィは鞄に手を突っ込んだ。

そのまま取り出した紙束を隣のギルバートに押し付けると、生徒会室を出るべく歩を進める。

「……また今度」

その言葉を最後に、ミリィは扉を閉めた。

室内に残された五人は、それぞれ呆気《あっけ》に取られて何も言わない。

沈黙が何秒続いただろう。ギルバートが思い出したように受け取った紙束を机へ広げた。数十枚はある紙たちには、丁寧な文字で何かがびっしりと書かれている。

紙束の中の一枚を手に取り、ルキウスが呟いた。

「……ケーキ屋をまとめたメモですね。王都の」

ケーキ屋だけじゃない。中にはおすすめの茶葉や、ティーパーティーの雰囲気にあったテーブルクロスなどのメモが、下手なイラスト交じりに記されていた。

「……あいつ、ティーパーティーのためにこんなものまとめてたのか」

ギルバートが呟くと、ニコラスやエドガーまでもが紙束を覗き込む。

「ウワ〜……、すごいね。あの子、一番こういうの興味なさそうなのに」

「ホント。気持ち悪いくらい詳しく書かれてるけど……この絵なんだろ。まさかケーキじゃないよね？」

アイクがただ一人唇を噛んで俯くのを横目に、彼の幼なじみであるルキウスは眉を下げていた。やるせなかったのだ。

アイクが大公家を恨んでいるのは知っていた。それでも、自分が何か行動を起こしていれば、二人は歩み寄れたのではないだろうか。

何も言えず見ているだけだった自分が悔しい。彼女ならあるいはと思ったのに。

「……すみません、探してきます」

紙束を眺める役員たちにぽつりと零し、ルキウスは生徒会室を出た。

ミリィを探さなくては。このまま放っておくわけにはいかないし、体調を崩してまで成し遂げた彼女の努力を、ここで無に還すなんてごめんだ。

◇◇◇

生徒会室を出たミリィの足は、自然とある場所へ向かっていた。

「……この庭園……」

眼前に広がる色とりどりの花たちに、思わず呟きが漏れる。

裏庭から繋《つな》がる庭園は、時が巻き戻る前のミリィが好んで通っていた場所だ。

アンジェリーナに杖を向けられ、呆気なく殺されたという嫌な記憶こそあるものの、相変わらずここに咲く花々は美しい。

（……ここ、読書にちょうど良いのよね。人があまり来ないし、花の香りも鬱陶しくなくて）

どこか懐かしささえ感じる控えめな香りを肺いっぱいに吸い込み、ミリィは庭園の中へと足を踏み入れた。

確か少し歩いた先にベンチがあったはずだ。

特に用があったわけではないが、今は何となく落ち着く場所で休みたい。

（……あれ）

そう、記憶に従って歩くこと数分。

目的のベンチに珍しく人影が見え、ミリィは足を止めた。

女子生徒だ。俯いていて顔は見えないが、短くなった栗色の髪の毛には心当たりがある。

「…………シエラ？」

シエラ・レストレイブ。時が巻き戻ったこの世界では、何かと関わることの多い女子生徒。

数日ぶりに会うシエラは、驚いたように瞳を丸くすると、慌てて立ち上がって礼をした。

「公女様……！　こっ、こんにちは！」

「ええ、ご機嫌よう。……髪、切ったのね。よく似合ってる」

あの時プリマに切られてしまった栗色の綺麗な髪は、今やすっきりとしたボブカットに落ち着いている。

きっと例の美容師だという母親に切ってもらったのだろう。彼女の心の傷を思うと悲しいが、でもこれはこれで似合っていて可愛いのではなかろうか。

そう素直な気持ちを口にすると、シエラは毛先を指でつまみ、照れたように笑った。

「ありがとうございます。ギルバート様も同じことを言ってくださったんですよ」

「ギルバートが？　……珍しいこともあるのね、あの人私がどれだけ髪型を変えても全く褒めないのに」

「そ、それは、ただ単に照れてらっしゃるだけなのでは……？」

「いや、きっと勉強のしすぎでヘアアレンジに対する知識がすっからかんなんだと思うの。きっと私が髪を逆立てて固めようがギルバートは『今日はそんな感じなんだな』で済ませるわ」

「流石にそれは……な、ないとは言い切れませんけど……」

どこか気まずそうに言うシエラに、ミリィはふっと口元を緩める。

不思議だ。先ほどまではあれだけ生徒会でのことを考えて憂鬱だったのに、こうして少し会話をするだけで幾分か気持ちが楽になる。

きっとこれが友人というものなのだろう。ミリィはベンチに腰掛けると、隣をぽんと叩いてシエラに着席を促した。

「ねえ、ちょっとだけここでお話ししよう。……雑談、みたいなの、私ちょっと憧れてたの」

この間はそれどころじゃなかったし、それに話してみたいこともたくさんある。

シエラはどこか戸惑ったように逡巡《しゅんじゅん》し、しかし断るという選択肢をとれなかったらしい。ベンチの端に浅く腰を下ろすと、恥ずかしそうに顔を俯かせた。

「それで、どうしてシエラはここに一人でいたの？」

「へっ⁉　あ、えと……い、息抜き、といいますか……」

「息抜き？」

「た、大した話じゃないですけど、新しい環境にうまく馴染《なじ》めなくて、それで……」

「……ここに来たの？」

シエラは頷き、太ももの上に載せた拳をきゅっと握った。

（……そういえば、シエラは爵位を持たない平民だってギルバートが言ってたっけ）

魔法試験で好成績を残して入学を許可されたと聞いたが、半ば貴族学校と化しているグランドールじゃ平民は息苦しく感じるのだろう。仕方のないことだ。

「……でも、あなたって一年A組でしょう？　ギルバートなんて入学式であんなに話せてたし……あとグレイ伯爵令嬢も仲良くできそうじゃない」

グレイ伯爵令嬢――つまりアンジェリーナは、巻き戻り前の世界ではシエラによく構っていた。

もっともシエラの方は鬱陶しさを感じていたようだが、傍目に見て親しかったのは事実である。

尋ねると、シエラは首を振って恐縮した。

「ま、まさか！　アンジェリーナ様なんて私が声掛けられるわけないですし……」

「……そうなの？」

「ギルバート様も、入学式の時は王子様だって知らなかったんです。後から知って寒気がして……今でも話しかけてはくれるんですけど、失礼がないかと思うと怖くって」

肩を落とすシエラに、ミリィは目を細める。

アンジェリーナといえばこの間の――『親友』だなんだと言っていた件も気になるところだが、今のところ、アンジェリーナはシエラに絡んでいないらしい。

（……あの時、ブリマにもっと話を聞ければよかったのだけど）

そんなミリィの思案も知らず、シエラはふうと息を吐いた。

「このまま誰とも仲良くなれないままだったらどうしましょう。私、ティーパーティーのグループもまだ決まってないのに……」

その声は震えている。あんなこともあったから不安なのだろう。

ミリィは緩く伸びをすると、そのままぽつりと零した。

「大丈夫、あなただけじゃないわ。……私もうまく馴染めなくてここに来たから」

「えっ？」

シエラが素っ頓狂な声を上げ、ミリィを見やる。

信じられないような顔だ。大公家の娘が対人関係で苦労しているなんて、夢にも思わなかったらしい。

「私ね、家のことで知らないうちに人から嫌われてたみたいで」

「……………」

「……仲良くしようと私なりに頑張ったんだけど、やることなすこと全部違ったみたい。結局、何をしても無駄なんだわ」

大きなため息が、花の香りに溶ける。

どうしようもない話だ。大公家そのものを憎んでいるアイクには、ミリィが何を考えて、何を言ったところで伝わらなかった。

「……ままならないわね。きっと人と関わるのに向いてないんだわ」

どれだけ試行錯誤しても、生まれた家は変えられない。つまり彼ともわかり合えない。

そうぼんやりとした悩みに思考を沈めていると、隣のシエラが、そっとミリィの手に自身の手を重ねた。

「そ、……そんなことないです」

震えた声が、ミリィの耳を揺らす。

「え？」と首を傾げると、シエラが重ねた手に力を込めた。その瞳にはやけに熱がこもっている。

「た、確かに私も、最初は公女様のこと怖い人かもって思いましたけど……！」

「そ、そうなの……？」

「でも、あの、今はそうじゃないってわかります。私みたいな平民にもこうやって声をかけてくれて、助けてくれるし、頭もいいし、強くて、公女様は憧れの人で……」

シエラは辿々《たどたど》しく、しかしはっきりと口にした。

揺れる瞳と視線が絡む。

ミリィは目を見開いた。繋がる手から伝わる体温が、温かくて心地いい。

「わ、私……公女様のこと好きです」

「………」

「良い人だって知ってます。ですから、あの、……公女様のこと嫌いって言う人は、きっと公女様のこと何も知らないんです。それだけです。だって、こんなに優しくて可愛くて強い人なのに……」

何とか言葉を紡ごうとするシエラに、ミリィは思わず口角を緩めた。

はっとしてシエラが頬を赤らめる。「わ、私、余計なことを口走って……」と慌てふためく姿も、またミリィの笑いを誘った。

「ふふ、ありがとう。……何年ぶりかしら、『可愛い』って言われるのなんて」

「わ、あ、すみません公女様……！　つい口が滑って、えと、嘘《うそ》じゃないんですけど……！」

「うん、わかった。それにね、もう『公女様』なんて呼ばなくていいわ」

手を離そうとしたシエラの手首を摑んで引き寄せ、ミリィはその胡桃色の瞳を覗き込んだ。

綺麗な目だ。貴族や社交界の穢《けが》れなんてひとつも知らないような、真っ直ぐ前だけを見ている目。

少しだけ羨ましさすら感じてしまう。

「ね、改めて自己紹介しましょう。私ね、ミリィ・アステアラ。ミリィ、で良いの」

「あ、わ、……わ、わたし、シエラ・レストレイブ……」

「うん。シエラ」

でも、これだけ眩《まぶ》しくて羨ましいシエラが、自分のことを勇気付けてくれた。その事実が、ミリィの背を押してくれる。

（……ちょっと拒絶されただけで諦めるなんて、ラスボスらしくないわ）

そうだ。確かな意志を持って生徒会に入ったのだから、いくら嫌われた相手がいようとせめて最後まで抗《あらが》ってみるべきだ。ラスボスというのは、おおかた諦めが悪いものである。

「でもねシエラ、私は別に良い人じゃないわ」

「えっ？」

「最近は日付が変わるまで起きていることはしょっちゅうだし、それに暗いところで本を読んだりもするの。目に悪いのによ。それも参考書ならまだしも、読んでいるのは海賊の冒険小説なんだから更に極悪よね。ほら、私って良い人じゃないでしょう？」

「は、はあ……？」

だが、それはそれとして『良い人』という評価を下されるのはラスボス的にいただけない。

ある意味吹っ切れたミリィは、その後一〇分と少し、人気のない庭園でシエラと他愛のない話をした。

相変わらず所作はぎこちなかったが、シエラは優しくて面白い子だった。ミリィの下手な冗談にも笑ってくれたし、何より、彼女の魔法に対する見識には目を見張るものがある。

帰る時間が迫っていると言うシエラと別れたあと、ミリィは教室でギルバートとルキウスに会った。

どうやらミリィを探して校内を駆け回っていたらしい。ギルバートにはこっぴどく叱られたものの、晴々としたミリィの表情を見て二人ともほっとした様子だった。

ついでにルキウスには『絵のセンスをどうにかした方がいい』とからかわれた。

ミリィは気分が良かった。だから、一発小突くだけで勘弁してあげた。

◇◇◇

――学園のティーパーティーが、一週間後に迫っている。

周囲の何も知らない馬鹿どもがイベントごとに色めき立つ中で、アンジェリーナ・グレイは一人、学園内のティールームで爪を噛んでいた。

「……ミリィ・アステアラ……」

机に撒《ま》き散らした大量のメモを前に呟くのは、そんな忌々しい名前だ。

恐らく時が巻き戻る原因となった、ゲーム世界での『ラスボス』。アンジェリーナの頭を悩ませるのは、いつだってミリィだった。

(なんで、なんであいつが生徒会に……！)

——ミリィ・アステアラが、時が巻き戻ったこの世界で、生徒会に所属している。

この事実は、ハッピーエンドを目指すアンジェリーナにとってかなり重いものだった。

(しかも、ルキウスまで一緒だった……！　どういうことなの⁉　ゲームじゃあの二人に関わりなんてなかったはずなのに！)

ルキウス・ヘンリエックは、この世界の元になった乙女ゲーム『花降る国のマギ』に登場する攻略対象の一人だ。

騎士団長の息子で、攻略対象では唯一の従者キャラ。軽薄な性格だが、個人ルートに入ると重い愛を見せてくるというギャップが評判の人気キャラだ。

アンジェリーナは彼を攻略したことはないが、それでも、ミリィとルキウスが関わりを持っていたことにはひどく苛立《いらだ》ちを覚えた。

当然である。なぜなら、ギルバートを始めとした攻略対象と親しくする権利は、この世界のヒロインこと転生悪役令嬢のアンジェリーナにのみ与えられるべきだからだ。

(何で、何であいつが攻略対象と一緒にいたの……？　意味がわからない……！)

ミリィはゲームの中でも、そして巻き戻り前の世界でも生徒会に所属していない。

ミリィ自身が人付き合いを毛嫌いするキャラクターだからだ。だからこそ今回もゲームのルート通りになると信じて疑わなかったのに、何故かここで綻びが出た。おかしい。何かが違っている。

（あいつが何か余計なことをした？　……でも時間が巻き戻っただけで性格が様変わりするとは考えづらいし……）

アンジェリーナとギルバートが結ばれる上で、ミリィが障壁となるのは間違いない。

本音では一秒でも早く殺してやりたいが、『今』のミリィを以前のように真正面から殺すのは不可能だろう。何たって今は、あの大公カイル・アステアラがのうのうと生きているのだ。

大公の加護――ミリィに向けられた攻撃の類いは、総じて無効化されるというカイルの魔法――を受けているミリィには、今はきっと傷一つ与えられない。ミリィ自身が魔法に精通しているというのも厄介だ。

（じゃあ不意打ちでもする？　いや、あいつはやけに感覚が鋭いし……バレたら言い逃れできない……）

汗の滲む手を握り、アンジェリーナは拳をドンと机に叩き付けた。何もうまくいかない。

このところただでさえ周りの愚図《ぐず》どものせいでイラついているというのに、どうしてこうも世界はアンジェリーナの邪魔ばかりするのだろう。

そう高く舌を打ったところで、ティールームの扉が静かに開かれた。

「し、失礼します、アンジェリーナ様……」

遅れて姿を見せたのは、相変わらず腹の立つ顔をしたブリマ・ビッグルである。

途端に飲んでいた紅茶が不味《まず》くなるのを感じ、アンジェリーナはもう一度大きく舌を打った。それから椅子を薙《な》ぎ倒す勢いで立ち上がると、ツカツカとブリマに歩み寄る。

近くで見るとより腹の立つ顔だ。アンジェリーナは右手を振りかぶると、ブリマの頬を力任せに叩いた。

「きゃっ⁉」

「黙って。部屋の外に聞こえるでしょう」

倒れ込んだブリマを冷たい視線で見下ろし、アンジェリーナは顔を顰《しか》めた。

「そもそもあなたがいけないのよね。何であんな簡単な作戦を失敗したのかしら。あなたって人の髪を切ることも満足にできないの？」

ブリマの髪をぐっと掴んで頭を持ち上げてやると、ブリマが痛みに呻《うめ》いて涙を流す。

その姿が実に愉快で、アンジェリーナは少しばかり機嫌をよくした。だからと言って、ヘマをやらかしたブリマを許してやる気になど到底なれないのだが。

「ねえ、おかげであたしはシエラの『親友』に成り代われなかったわけだけど……どう責任を取ってくれるの？」


——乙女ゲーム『花降る国のマギ』には、攻略対象の他に、多数のサブキャラクターが登場する。ラスボスのミリィや、悪役令嬢アンジェリーナもその一人。そして中には、ヒロインのシエラと親しい『親友』ポジションの女子生徒も存在する。

親友ポジションのキャラクターは、攻略対象の情報や、現時点での好感度を教えてくれるいわゆる情報屋だ。アンジェリーナは、乙女ゲーム世界を生きる上でこのポジションを狙っていた。

とはいえ別に情報屋になりたかったわけではない。

ギルバートと結ばれる上で、『親友』という位置付けが大変に便利だと気付いたからである。

この乙女ゲーム世界でアンジェリーナが一番に避けねばならないのは、ゲームのヒロインであるシエラにギルバートを掻《か》っ攫《さら》われることだ。

いくらアンジェリーナが彼と親しくなったところで、シエラが順調にギルバートのルートを進んで結ばれるなんてことがあったら目も当てられない。だからこそ学園ではシエラと共に行動し、攻略対象とのイベントを回避するよう誘導する必要がある。

だが、そこで面倒なのが『親友』キャラクターの存在だった。

計画を実行するにあたって、学園生活の大半をシエラと共に過ごす『親友』はあまりにも邪魔すぎる。そんなわけで、できるだけ不純物を入れたくない巻き戻り前のアンジェリーナは、この『親友』ポジションを乗っ取ることにした。

そして、シエラとギルバートを引き離すという目的を十分過ぎるほどに果たしたのである。

ゲームのイベントを尽《ことごと》く回避させた結果シエラはギルバートと結ばれず、アンジェリーナだけが得をする最高の状況を作り出せたのだ。

「……泣いてばかりで気色悪い。せめて謝罪の言葉くらい吐けないものかしら」

ブリマの頭を放り投げるようにして髪から手を離し、アンジェリーナは机の上のメモから一枚を手に取る。

「『アンジェリーナの取り巻きから髪を切られるシエラと、それを助け起こす親友』……何でこれしきのイベントがすんなり起こせないのかしら。あなた、転生前も相当の愚図だったでしょう？」

ブリマはぐっと唇を噛み、顔を俯かせた。

ブリマ・ビッケルは、アンジェリーナと同じく日本から転生してきた転生者である。

アンジェリーナがそのことに気が付いたのは、巻き戻り前の世界で学園に入学したその日だった。

転生者が自分以外にも存在することを知ったアンジェリーナは、日本語でメモ書きがなされているのを目撃したのである。

たまたま見かけたブリマのノートに、日本語でメモ書きがなされているのを目撃したのである。

名前すらないモブ以下だったブリマを利用することにした。

『親友』ポジションのキャラクターは、ゲーム中、ヒロインがアンジェリーナの取り巻きに髪を切られるという嫌がらせを受けたシーンで初登場する。

つまり、このイベントさえこなしてしまえば、アンジェリーナでも『親友』ポジションの乗っ取りが可能なのだ。

巻き戻り前のアンジェリーナは、自分が転生者であることをブリマに明かし、そして彼女の生家ことビッケル男爵家を持ち出して脅すことで、シエラの髪を切らせた。

そこからはトントン拍子である。本来の『親友』キャラクターより先にシエラを助け起こしたアンジェリーナはシエラと親しくなり、ついでにブリマという下僕まで得ることができた。

結果としては最高だ。だからこそ、時が巻き戻った今回でも全く同じことをしようとしたのに

――現状はどうだろう。一つも巻き戻り前と同じようになっていない。

アンジェリーナがブリマを睨むと、やっと立ち上がったブリマが、涙まじりに口を開いた。

「違っ、違うんです……！　あの時はなぜか、公女様がすぐ通りがかってしまって……！」

「あたしはその公女を何ですぐ追い返さなかったのかって聞いてるのよ。あんた馬鹿なの？」

「ま、魔法で追い返そうとしました！　でも魔法が変な方向に弾かれちゃって、それで――」

「はあ⁉　そんなの当たり前でしょう！　あんたあの馬鹿大公の加護を忘れたの⁉」

「…………あ……」

苛立って叫ぶと、ブリマが顔を真っ青にしてへたり込む。

その様も同情心を誘っているようで怒りが増し、アンジェリーナはもう何度目かわからない舌打ちをした。ゲームをプレイしているはずのブリマは、ミリィに攻撃が通らず惨敗するあの負けイベを忘れていたのだ。

呆れるどころの話ではない。アンジェリーナは脚を組んで椅子に座り、哀れなブリマを蔑んだ目で見つめる。

「あーあ、ホント可哀想。……あなたが愚図で馬鹿なせいで、ウチにゴミみたいな綿を売って日銭を稼いでいたビッケル男爵家は破滅するのね」

それは、ブリマにとって死刑宣告にも等しい言葉だっただろう。

ブリマの生家であるビッケル男爵家は、狭い領地で取れた綿をグレイ伯爵家に売ることで生計を立てている。

つまり、グレイ伯爵家の機嫌を損ねて縁を切られれば一文なしとなるわけだ。子どもの数だけやたら多い男爵家にとっては痛手どころの話じゃないし、もはや首を括るしかない。

それはブリマも重々理解しているはずだ。ブリマはよたよたと立ち上がると、アンジェリーナの足元で額を床に擦り付けた。

「ごめっ、ごめんなさい……！　どうか、どうかそれだけは……」

「そういえばあんたの家、ガキだけはやたらいたわよね。あたしに媚《こび》売る前にどいつを売りに出すか決めたら？」

アンジェリーナは右足でブリマの肩を小突き、その惨めな姿を嘲笑する。

同じ転生者ながら、ブリマには時が巻き戻る前の記憶が存在しない。

きっとゲームでも名のないただのモブだったからだ。やはりこの、巻き戻り前の記憶を保持しているというのは、選ばれし悪役令嬢だけの特権に違いない。

（……とにかく、『親友』に成り代われなかった以上あいつが生徒会を辞めないことには始まらないわ）

アンジェリーナは震えるブリマから机の上に視線を移し、紙束の一枚に目をやった。

日本語で『ティーパーティーイベント』と題が記されたそれは、間近に迫るティーパーティーの細かな流れをメモしたものだ。

ゲームが始まって最初に巻き起こるイベント、ティーパーティー。

このイベントで、ヒロインのシエラはある事件に遭遇する。ある生徒のティーカップに毒が仕込まれ、その犯人として同じテーブルに着いていた平民のシエラが疑われる、というものだ。

これを解決したシエラは生徒会長のニコラスに見初められて生徒会入りを果たすのだが、巻き戻り前の世界でこの事件は発生しなかった。

ゲームで毒を仕込んだ犯人ことアンジェリーナが、ことを起こさずに終わったからだ。

事件そのものが起きず、そしてアンジェリーナがシエラとくっ付いて行動していたのもあって、ティーパーティーは平穏無事に終わった。

あの流れは非常に良かったと思う。おかげでシエラが生徒会に所属することもなく、アンジェリーナは一人ギルバートと親交を深めることができたのだ。

（……けど、今回はシエラに構ってる暇なさそうね）

今の最たる目的は、ミリィ・アステアラを生徒会から追い出すことだ。

とにかくそこに全力を注がなければならないし、その上でティーパーティーは絶好のチャンスだろう。もうこんな機会はないかもしれない。

「……毒入りのティーカップ、ね……」

力強く書かれたメモの字を指でなぞり、ふと呟く。

ミリィを生徒会退任に追いやるための考えは、ないわけではない。

ただ、失敗した時のことを考えると気は進まなかった。特に今回はイレギュラーが起きているし、何がどう転んでもおかしくない。

リスクを承知で行動するか、指を咥《くわ》えながら生徒会で過ごすミリィを眺めているか。

熟考したアンジェリーナは、ふと天才的なひらめきを得た。

（……いや、あるじゃない。最高の案が）

口角を歪《ゆが》め、アンジェリーナは唇の隙間からふっと笑い声を漏らす。

あまりにも素晴らしい案だ。アンジェリーナは優雅に紅茶を飲み、そうして決意した。

（絶対に、絶対にあの女を追い出してやる……）

まずはそれから。ミリィ・アステアラを殺してやるのは、大公が無様に死んだその後だ。

五章　踊る悪意

　シエラと庭園で会話した日からティーパーティー当日まで、ミリィに与えられたのは暇である。

　アイクと関わるには少し時間を置いた方が良い、というのはコミュニケーションの経験に乏しいミリィにもわかっていたし、かといって生徒会の方面で手伝えそうなこともない。そして当然、放課後を共にするような友人もいない。

　とはいえ巻き戻り前のように勉強に打ち込むのも味気なく、そんなわけで大いなる暇を手に入れたミリィは、この虚しい休日を有効活用する術を発案していた。

（今日はとにかく、邪悪な『ラスボス』になるためにたくさん悪いことをする……！）

　そう少々ズレた方向に舵《かじ》を切ったミリィは現在、アステアラ邸内の自室でババンと誰に見せるでもない仁王立ちを披露し、尊大に両腕を組んでいる。

　これはミリィが独自に編み出した『ラスボスっぽい立ち方』だ。何事も形から入るのが重要なのである。

（ギルバートだけならともかく、シエラにも『良い人』って言われちゃったし……これは見過ごせないわよね。ラスボスを目指す者として、今すぐにでも悪くならなくちゃいけないわ）

　ミリィの価値観上、ラスボスとはとにかく悪くなくてはいけない。

良い人と評価されるなんてのは論外で、なんというかこう……人々に畏怖されるべき存在だと思うのだ。その点において今のミリィには悪さが足りず、ここらでとびきり悪くなっておく必要がある。

（さあ、どう悪くなってやろうかしら……。でもそうね、まずはアレよね。鉄板のがあるわ）

ふふんと鼻を鳴らし、ミリィはその場にしゃがみ込む。

そして両膝をこれでもかというほど開くと、顎を引き、壁に設置されたヤギの彫刻を睨《にら》みつけた。

この斬新なポーズは先日読んだ本で習った『ヤンキー座り』だ。

なんでも巷《ちまた》の悪い若者の間で大流行しているとかで、悪い人はとりあえずこれをやっている！　というほど悪の代名詞らしい。かくいうミリィも、姿見に映る自分のあまりの悪さに思わず笑みを浮かべてしまった。これは素晴らしい。

（ふふ、ちょっと待って、これは悪すぎるわ……。知らない人が見たらあまりの悪さに犯罪者だと勘違いされちゃうんじゃないかしら）

だがミリィの悪さはこれに留《とど》まらない。ミリィはそのままギリッとヤギの彫刻を睨みつけると、可能な限りの低い声で言った。

「……金を出さんかい…………」

「ひゃあああああっ⁉」

その瞬間だ。突然扉が開き、目が合ったメイド数人が鬼気迫った表情で悲鳴を上げた。

中には転倒している者までいる。ミリィは主人を見てなんと失礼な……と眉を寄せたが、普段鉄仮面のミリィが訳のわからないポーズで訳のわからないことを呟《つぶや》いていたのだから当然の反応だった。

「お、お嬢様っ⁉　一体何を……⁉」

「小説で読んでやりたくなったの。……ところであなたたちノックはどうしたの？」

「しましたよ！　それにどうしたんですかこの部屋⁉　ご、強盗ですか⁉」

「え？　ああ……自分で散らかしてみたの。暇だったから」

ミリィの自室は現在、『なんとなく部屋は荒れてた方が悪そうだから』という理由で片っ端から散らかされている。机は逆さま、棚は後ろを向き、ベッドの上には本が散らばっているというとんでもない有様で、これはかなり極悪なのではないかとミリィは踏んでいた。

「あ、安心して。片付けは私がやるから」

「ええ……？　いや、そうじゃなくてですね……」

「それより、どうかしらこのポーズ。ものすごく悪そうに見えるでしょう？」

悪さを客観的に評価してもらうにはちょうどいい機会だ。ミリィはもう一度ヤギの彫刻をギリッと睨みつけると、「金を……」と地を這《は》うほどの低音で囁《ささや》く。

すると、あまりの悪さに怯《おび》えたのかメイドは「うちのお嬢様が変質者に……！」と震え出してしまった。なるほどいい傾向である。ミリィはついでに舌打ち（ただしうまくできないので口頭で「ちぃっ」と言うだけ）まで披露し、悪霊が憑《つ》いたんだと騒ぐメイドの反応を大いに楽しんだ。

「お、おやめくださいお嬢様！　どうなさってしまったのですか、お気を確かに！」

「ふふ。ご高覧いただきありがとう。それでどうかな、個人的にはすっごく悪くなれたと思うのだけど」

「わ、悪く……⁉」

「ええ、特に舌打ちなんていい味出してたと思わない？　あれは声色をかなり研究していて――」

「……お前は休日の昼間から何をやっているんだ」

と、悪さを出すべく意識したポイントなどを話そうとしたところで、開け放たれたままの扉から新たな人影が姿を見せた。

その煌《きら》めく金髪には見覚えがあるどころの話ではない。ギルバートだ。

「あら……ご機嫌よう、ギルバート。どうしてうちにいるの？」

「お前に会いに来たんだよ……。そしたら何だ、その奇妙なポーズは」

「奇妙じゃないわ。人々に恐怖を与えるよう考え抜かれた座り方よ」

つまり、このヤンキー座りを会得することで多少はラスボスに近付けたわけだ。

ミリィは心無しかドヤ顔のまま立ち上がると、荒れた室内を見て引き気味の幼なじみにかくりと首を傾げる。

「ところで、何のご用？　緊急の用事かしら」

忙しい第二王子がわざわざ会いに来たと言うなら、それ相応の用事があるのだろう。

尋ねると、ギルバートは意外そうに目をぱちぱちと瞬かせた。

「何って……閣下から聞いてないのか？」

「？　ええ、お父様とはここ最近まともな会話をしていないもの」

「……それをさも当然のように言うのはどうなんだ」

ギルバートはため息を吐くと、「案内してくれてありがとう」とメイドたちを笑顔で退室させる。その笑み一つで怯えていたメイドたちがぽっと顔を赤くさせるのだから、流石《さすが》は国民支持ナンバーワンの第二王子だ、とミリィは痛く感心した。虫を持ったミリィに追いかけ回されて泣いていたあの頃が懐かしいくらいである。

「……お前、今余計なこと思い出しただろ」

「ううん、全然。それでお父様が何ですって？」

「はあ……、お前本当に聞いていないのか？　閣下に頼まれたんだよ、ここ最近ミリィの様子がおかしいからなるべく早くどうにかしに来いって」

「……えっ？」

ミリィは思わず間の抜けた声を上げ、訝《いぶか》しげにギルバートを見た。

閣下とはつまり、社交界では魔王とも呼ばれるミリィの父、カイル・アステアラ大公閣下のことだ。

ギルバート曰《いわ》く、彼はその父に頼まれてわざわざここまで来たらしい。

全く意味がわからないし、ついでに意図も読めない。ミリィは思い切り眉を寄せた。

「で、来てみたらこの有様だろ。部屋は荒れてるし、肝心のお前は奇妙なポーズでメイドを怯えさせてるし」

「……部屋はともかくポーズにはちゃんとした意味があるわ」

「はいはい……。まあともかく、お前が元気そうなら良かったよ。閣下があ言うんだからアイクのことで随分参ってるのかとも思ったが」

ギルバートは小さくため息を吐き、「それにしても随分と荒らしたな……」と室内を見渡す。

「まあ、何だ。閣下に対するお前の気持ちもわかるけど、たまには声を掛けてさしあげろよ。俺に声をかけるくらいだから、あれでも結構お前のことが心配なんだ」

「………」

まるで教師に仲直りを命じられている生徒の気分だ。ミリィは両手を後ろに結び、つんと顔を逸《そ》らした。

（……心配なら、娘に対してお前がどうなろうと知ったことではないなんて言わないと思うけど）

そうして思い返すのは、時が巻き戻ったその日に父から掛けられた言葉である。

ミリィが自分を守ってくれと頼んだあの日。カイルは、躊躇《ためら》う様子もなくミリィを拒絶した。

あの言葉が照れ隠しや冗談の類だったとは思えない。父の行き過ぎた合理主義はミリィが一番理解しているつもりだし、その父がミリィの様子がおかしいというだけで第二王子を呼びつけるとなると、何か裏があるのではと勘繰ってしまう。

（……だって、あの人が私を心配するはずなんてないもの）

父は昔からそういう人だ。まだミリィが幼い頃――母が亡くなる前までは多少優しいところもあったかもしれないが、それも遠い過去の話。

アイクの話などから鑑みても、カイルが心の底から冷たい人間であることに変わりはないだろう。

ミリィは顔を上げてふんと鼻を鳴らした。となればもうこの話はおしまいだ。

「そうだ、あなたせっかくだからお茶でも飲んでいくといいわ。ケーキの品評会をしていたらビビが甘いものに目覚めてね、最近山ほどお菓子を買ってくるの」

足を運んでくれた第二王子を何のおもてなしもせずに帰すわけにはいかない。ミリィは手早く呪文を詠唱し、荒れに荒れた部屋をものの数秒で元に戻す。

だがしかし、ギルバートはミリィの提案に僅かながら顔を曇らせた。

「ああいや、今日は帰るよ。お菓子とやらはまた食べさせてくれ」

「……もういいの？　忙しいかしら」

「や、そういうわけじゃないんだが……ほら、長居すると色々面倒だろ。貴族の中には邪推するようなのもいるし」

「邪推……？」

一体何のことだろう。首を傾げると、ギルバートは苦笑しつつ答える。

「俺とお前が特別親しくしてると、第二王子は大公派閥だとかって言われて結構うるさくされるんだよ」

「……そういうものなの？」

「そういうものなんだ。ただでさえ今は次期王位の話だとかでゴタゴタ気味だし、それにほら……閣下もあんな感じだろ」

言葉を濁し、ギルバートはそっと目を伏せる。

その口ぶりはどこか気まずげだ。彼が何を言わんとしているのかを察し、ミリィは「ああ」と頷《うなず》いた。

「なるほどね。傍若無人で人の血が通っていない大公家と仲良くすると、あなたも同族だと思われて次期王位が遠のくってことね」

「そこまでは言ってないだろっ！」

食い気味に訂正された。うまく要約したつもりなのだが。

それに、アステアラ大公家が鼻つまみものの扱いを受けているのは紛れもない事実だ。

何なら大公家は貴族だけでなく平民からも忌避されているし、となると、国民に支持されるギルバートが大公家との関わり方を考えるのは至極当然と言って良いだろう。

それが王子というものだ。彼一人の一存でどうにかなることではない。

「……でも、そうよね。あなたはもうそういうことを考えないといけない年齢なのよね」

小さく息を吐き、ミリィはそう独りごちた。

一〇年前はただ笑って遊んでいるだけで良かったのに、貴族社会というのは何とも難しい。

社交の場から逃げていたミリィでさえそれをしみじみと感じるのだから、国王という地位がすぐそこにあるギルバートなどはこの何十倍も重い枷《かせ》を背負っていることだろう。確かに虫一匹で泣いている暇などなくなるに違いない。

彼がここまで逞《たくま》しくなるわけだ、と納得し、ミリィは眉を下げて笑った。

「好きに遊べなくなるって案外悲しいことだわ。こんなことなら、もっとあなたと鬼ごっこでもしておくべきだったかしら」

そう微笑《ほほえ》んだ先のギルバートは、悲しむような戸惑うような、そんな複雑な表情でミリィを見ている。

そこでちょうど時計が鳴り、ミリィはかなりの時間幼なじみを引き留めてしまったことに気が付いた。彼もああ言っていたのだし、この辺りで帰ってもらわねばならないだろう。

「そろそろいい時間かしら。……今日はごめんなさいね、お父様には後で余計なことしないでって言っておくから」

「あ、……ああ」

「それじゃあ、また学園で。今度は改良した激ワルポーズを披露してあげるから楽しみにしてて」

「や、それは遠慮しておく……」

「そう?」

何とも勿体無《もったいな》い。ミリィは「心変わりしたらいつでも言っていいんだからね」と念押しし、去り行くギルバートの姿を見送った。

「な、……なあ、ミリィ」

その背が扉の奥に消えていく間際、ギルバートが振り返り、躊躇いがちにミリィの名を呼ぶ。

「うん、なに?」

「いや、その……何だ。……お、お前にその気があるなら、俺は別に王位なんてなくたって——」

そこまで口にしたところで、途端に彼の言葉は尻すぼみに小さくなってしまった。

生まれる数秒の沈黙。

ギルバートはぎゅっと唇を噛《か》むと、緩く首を横に振った。

「や……何でもない。悪かったよ。また今度」

そう発せられた単語の数々は、あの逞しい第二王子からは考えられぬほど弱々しい。

ミリィは暫《しば》しその場に立ち尽くすと、ふと思い至り「奥歯に何か詰まっていたのかしら」と呟いた。

入学式の時に教えてやったのに、彼はもう爪楊枝《つまようじ》の存在を忘れたらしい。

やれやれその抜けているところは変わらないなあと得意げに鼻を鳴らし、ミリィは手近な本を取る。こうなったらもう一度、ラスボスらしいポーズの研究だ。

休日はまだ始まったばかり。時間は有効活用せねばバチが当たるというものである。

◇◇◇

ティーパーティー本番は、その後一週間足らずでやってきた。

ミリィは先日の会議以降、この行事に関しては全くのノータッチだったのだが、それでも水面下では様々なことが推し進められていたらしい。

本番当日、関係者が開始準備に追われる午前一〇時。

中庭に設営された会場を一足先に視察しにくると、隣のギルバートが圧巻の光景に目を見張った。

「すごい飾り付けだな……。これをたった二日で仕上げたのか?」

そう感嘆の声を上げるギルバートの瞳には、これでもかというほど煌びやかに飾られたティーパーティー会場が映っている。確かに学校行事にしては気合いの入った設営だ、とミリィは頷いた。

「本当。一日で終わっちゃうのがもったいないくらい……」

そこかしこがキラキラしているし、これを見れば、生徒が毎年はしゃぐのも納得がいく。巻き戻り前の三年間で参加していなかったことが悔やまれるくらいだ。

「あーあーそうでしょうよさぞ素晴らしい飾り付けでしょうよ……。何せ騎士団の新兵どもがこれでもかってくらい設営に駆り出されてますからね！」

「……何でルキウスが不満そうなの？」

「俺も兵士の指揮役として駆り出されたんですよ！　もうマジでめんどくさかった！　二度とやらねえ！」

一方で、ルキウスの方はこの華美な会場に随分と苦労させられたらしい。不満と疲労を隠そうとすらしていない。

「へえ、お前が指揮を？　ティーポットに劇薬が仕込まれていないか不安になるな」

「……ええ、俺も殿下がお使いになるポットに猫耳が生える薬とか入れてやろうと思いましたけどね。残念ながらティーセットには触れなかったもんで」

「……冗談だろ。真に受けるなよ」

真顔で返すあたり本当に面倒だったのだろう。ちょっぴり気の毒ではあるが、会場設営のためとはいえ、この若さで騎士たちの指揮役に任命されるのは流石ジョゼフ・ヘンリエックの息子だ。

きっと何だかんだ彼も才能を見込まれているに違いない。ミリィは心内で密《ひそ》かにルキウスの評価を修正しておいた。

「公女様」

そう三人で話していると、今度はニコラスとエドガーがやって来た。彼らも開始を前に会場の下見へ来たらしい。

「ニコラス。おはよう」

「おはよう。……この間はごめんね、アイクのことで色々と」

「ううん、良いの。私も冷静じゃなかったわ」

生徒会室での一件を思い出し、ミリィは恥ずかしげに視線を伏せる。

母を侮辱されて気が立っていたとはいえ、怒りで我を忘れるのは子どものやることだ。ああいうやり方はこれっきりにしないといけない。

「それに、あのメモ見てくれたんでしょう？　茶葉もケーキも私が勧めたものばかりだったわ」

下見の過程で先ほど目にしたケーキと茶葉は、先日ミリィが渡したメモにあるものばかりだった。

きっと彼らはあの大量の紙束にしっかりと目を通してくれたのだろう。「ありがとう」と素直に礼を言うと、ニコラスは頬を掻《か》いた。

「あー……うん。むしろ助かったよ。僕たちじゃまともな案は出なかっただろうし……」

「そう……」

今まで一人で生きてきたミリィは、こう真っ向から感謝されることに慣れていない。

場にほんのりと生温かい空気が漂う中で、「でもさあ」とエドガーが口を挟んだ。

「メモはともかく、あの挿絵はどうなの？　実物のケーキ見てみたらイラストとまるで違くてびっくりしたんだけど。何あれ、抽象画？」

「ぶふっ」

あまりにも直球すぎる言葉にルキウスが噴き出す。ミリィが睨み付けてやると、ルキウスは「何で俺だけ……」と呟きながら顔を逸らした。

「何となく公女様って何でもできるイメージあったけどさあ、アレ見て考え変わったよ。きみ結構美的センス終わってるとこあるよね」

「お、終わってる……」

「アッ、えー、まあ、そこも公女様の良いとこってことで……ウン、ハイ、じゃあ僕たちはこの辺でね、また後で」

不穏な空気を察したらしい。適当に会話をまとめ、ニコラスはエドガーの腕を摑《つか》んでさっさと場を去ってしまった。……あからさまな気遣いがむしろ物悲しい。

「あー、えー、何だ。……味があるっていう見方もできるんじゃないか？」

「ぐふっ」

加えてギルバートのフォローにもなっていないフォローで、流石にルキウスも笑いを嚙み殺しきれなかったらしい。またも吹き出し、ミリィは間髪入れずその脇腹に肘を入れた。

ルキウスは痛みで悶《もだ》えたが、硬い骨のあたりを狙ってやっただけ優しくなった方だ。

「……べつに、言われなくても気にしてない」

「嘘《うそ》つけ。じゃあ何でそんな不満そうなんだよ」

「ルキウスが笑ったから。……確かに絵は上手《うま》いわけじゃないけど、下手すぎるってほどでもないじゃない……」

つんとした態度で顔を逸らす。ミリィは完全に拗《す》ねていた。

しかも二人して何か言いたげに顔を見合わせたものだから、余計にへそを曲げてしまう。勢いよく方向転換をすると、ミリィはすたすたと歩き出した。

「じゃあ私、向こうでシエラが待ってるから。またね」

去り行く背中に不機嫌と不満が滲《にじ》み出ている。

その背をある程度まで見送った後、残されたギルバートとルキウスは同じタイミングで小さく噴き出した。人と関わり始め、年相応に振る舞うミリィが、彼女の幼少期を多少知っている二人には微笑ましく見えたのだ。

そんな彼らと別れた後で、ミリィはふと思案する。

(……ラスボスって、絵が上手くないとだめだったりするかしら)

絵が下手なラスボスは何というか、ミリィが目指すラスボスらしくない気がする。

(…………お父様に絵画の先生を頼もうかな)

別に、断じて、本当に気にしているわけではないが、ラスボスらしくないというのは頂けない。

そう自分を誤魔化し、ミリィは気持ち地面をしっかり踏みしめながらシエラを探した。別に絵が下手なことを恥ずかしく思っているわけではない。本当だ。

◇◇◇

その後、シエラと合流したミリィは、開場の合図と共にテーブルに着いた。

此度《こたび》のティーパーティーでは、生徒は最初、三人一組になってテーブルに着くことを義務付けられている。

後から席を移動することも許可されているが、『最初の一杯は必ず二人一組で』というのが恒例のルールなのだそうだ。そのためあぶれるのを回避するためあらかじめ友人同士でグループを組んでおく生徒も多く、ミリィの場合は、それがシエラだった。

「あのう……ミリィさん？」

そうした事情もあり、二人で指定された席に着いて数分。

段々と会場内が騒がしくなってきた中で、シエラがおずおずと口を開いた。

「うん？」

「あっ、えと、どうしましょうか？　三人目……」

シエラが困ったように眉尻を下げる。そういえばそうだ。

すっかり忘れていたが、規則に則《のっと》るならば誰かあと一人は必ずテーブルに誘わなくてはならない。

他のテーブルも埋まり始めているし、早めに行動を取るべきだろう。

「そうね。誰か知り合いでもいればいいのだけど」

「あ……えっと、ご存じでしょうけど私にはいませんよ」

「うん。私にもいない」

唯一知り合いと言っていい生徒会の面々は同じテーブルに着けない決まりだし、まさかアンジェリーナを探すわけにもいかない。

「この場で探すしかなさそうだけど……」

そう周囲を見渡してみたものの、なぜか尽《ことごと》く目を逸らされてしまう。

思わず眉を寄せたミリィに、シエラは苦笑した。

「流石に、このテーブルに着こうと思う人はなかなかいないですね」

ただでさえ公女と一緒なんて神経をすり減らすだろうに、平民と公女なんていう訳のわからない組み合わせに交ざろうという猛者はいないらしい。

望み薄を悟り、ミリィはため息を吐いた。爵位を邪魔だと思ったのはこれが初めてだ。

「ごめんなさいね。私が公女に生まれたばっかりに……」

「生まれを後悔するレベルですか……？」

「そうだわ！　今すぐお父様と縁を切って平民に」

「ごごごごご冗談でもやめてください！」

シエラがもげそうな勢いで首を振る。それほどの意気込みでティーパーティーに臨んでいるミリィは「そう？」と不思議そうに言った。

「でもそれしか方法は……」

ないのではないか。

そう言いかけたミリィは、近くのテーブルに視線を止める。

視線の先では、銀髪の女子生徒が、テーブルに着く生徒と何事かを話していた。

(緑色のスカーフ……ってことは、三年生かしら)

彼女らはミリィの視線に気付いていないらしい。そのまま二言ほど言葉を交わすと、銀髪の生徒が表情を歪《ゆが》め、とぼとぼとその場を離れてしまう。

おおよそ同じテーブルに着くのを断られたのだろう。気の毒だなと思いつつ、ミリィはふと思い至った。

そうだ。彼女を誘えば全て丸く収まるではないか。

「ねえ、そこの綺麗《きれい》な銀髪をしたあなた」

離れたテーブルにも届くよう大きめの声で呼び止めると、周囲にある複数のテーブルがしんと静まり返った。

別に声を掛けるだけなのだから勝手にお喋《しゃべ》りくらいしていても構わないのだが、声が通りやすくなったのはありがたい。視線が集まるのを感じつつ、ミリィは振り返った銀髪の生徒に笑いかけた。

「私、ついあなたに目が留まったの。きっとその銀髪があんまり綺麗だったからだわ。……よければあなたをうちのテーブルにお誘いしたいのだけど、どうかしら」

周囲の視線が、ミリィから銀髪の生徒に移る。

不意に注目を浴びた銀髪の生徒は、見るからにわたわたと慌てながら震えた声で答えた。

「え、あ、あ……いっ、いいんですか……!?」

「もちろん。ねえ、シエラ?」

振り返ると、こちらも緊張した面持ちのシエラがこくこくと頷く。

それを見るなり銀髪の女子生徒は瞳を潤ませ、かくして、ミリィのテーブル三人分の席が綺麗に埋まった。

銀髪の生徒には遠慮してしまうくらい感謝された。こっちも友人がいなくて困っていたとは、なかなか言い出せない雰囲気だった。


そんな銀髪の女子生徒は、名をリズベルといった。

子爵家の生まれで三年生。植物に詳しく博識で、その知識の深さは、シエラが目を輝かせるほどだった。

なんでもリズベルは、家のことが原因で友人が少ないらしい。

流石に深い事情は聞けなかったが、社交界で孤立しているからこそ、まさか公女から声がかかるとは思わなかったそうだ。ティーパーティーも憂鬱で仕方なかったのだとリズベルは言う。

「あ、わかりますそれ……! 私もミリィさんに声をかけてもらうまでどう仮病を使うかしか考えてなかったし」

「ええ。……公女様が家の事情を気になさらない方で、本当によかった」

なんて、ミリィはただ単に社交界の事情に疎いだけなのだが、素直に白状するのも野暮《やぼ》だろう。

気を遣われても虚《むな》しいだけだと、ミリィは口を閉ざした。

「――失礼致します」

そう和やかな会話が広がるテーブルに、一人のメイドが声を掛ける。

パーティーの雑用に従事するメイドだ。どこかの家から派遣されたらしく、胸元に家紋の入った制服を着用している。

使用人との会話に慣れていないらしい二人に縋《すが》るような目を向けられ、ミリィはすっと片手を上げた。それを確認すると、メイドは手に持つトレイをテーブルの中央に置く。

赤を基調にした煌びやかなティーセットだ。今回、ミリィたちのテーブルではこれを使用するらしい。

「綺麗なティーセットね。売り物じゃないでしょう？」

「生徒様のご家族が特別に誂《あつら》えたものと聞いております」

「ふうん……。貴族の出資なんて、随分な気合いの入れようね」

目の前にカップを置くメイドの細い手を眺めながら、ミリィは小声で毒を吐く。

一応貴賤《きせん》の境なく生徒を受け入れるというのがグランドールの建前だったはずだが、こう、そこかしこから金の匂いがするのはどうにかならないものだろうか。貴族の『お気持ち』で成り立っている学園とはいえ、もう少し生徒間の格差をなくす努力くらいしたら良いと思うのだが。

そんな不満を抱えつつもう一度片手を上げると、メイドは一礼して場を下がる。

途端に緊張の糸が切れたのだろう。二人が同時に大きく息を吐き、ミリィは思わず吹き出した。

彼女らの飾らなさがどうも好ましく見えたのだ。

「すごく格好よかったですっ、ミリィさん……！　片手で指示を出す感じが！　すごく！」

「そ、そうかな……？」

「公女様がなさると余計に締まって見えますよねえ。所作が洗練されてるもの」

「もう……、褒めても領地くらいしかあげられないわよ」

「それはちょっと重いです」

なんて会話を繰り広げていると、いつの間にやらかなり時間が経《た》っていたらしい。

ティーパーティー開始の合図が流れ、ミリィたち三人は顔を見合わせた。すると、シエラが緊張の面持ちで立ち上がる。

グランドール魔法学園のティーパーティーには、いくつか、社交界のマナーからインスパイアを受けた暗黙のルールが存在する。

一つ、紅茶を淹《い》れるのはテーブル内で最も身分が低い者でなければならない。

二つ、紅茶は身分が低い者のカップから順に淹れることとする。

三つ、紅茶を淹れた者は、必ず他の者が一口飲んでからカップに口をつけること。

自らの地位をひけらかしたい生徒が作り、そして似たような思想を持つ者が継いだ悪趣味なルールだ。

ミリィからしてみればどれもくだらないものばかりだったが、先日この暗黙のルールを教えてくれたシエラは、『こんなの守らなくていい』というミリィの言葉に固く首を振った。

――「ミリィさんは怒るでしょうけど、私、悪目立ちするのが一番怖いんです」

――「だから、ごめんなさい。これだけは守らせてください！」

そう殊勝な態度で頼まれては、もう何も言えない。

シエラの考えに理解を示したミリィは、せめて力になりたいと、シエラにお茶会での簡単な所作を教えた。とりあえず指を伸ばせばそれらしく見えるだとか、表情を窺《うかが》うと貴族は気を良くするだとか、そんな誤魔化しの所作をだ。

シエラはそれらを楽しそうに聞き、あるいは驚き、そして次々と吸収していった。

シエラは飲み込みが早かった。その上コツを掴むのもうまくって、一度手本を真似《まね》るだけで、それをある程度自分の物にしてしまう。間違いなく、シエラには才能があった。

「……では、えっと、失礼致します」

席を立ち、シエラは恐る恐るティーポットに手をかける。暗黙のルールに則るならば、この場で紅茶を淹れるべきは平民出身のシエラだ。早速特訓の成果が発揮される時だろう。

ミリィは静かに、しかし我が子を思う気持ちでシエラが紅茶を淹れるのを見守った。最初は自分のカップに、次いでリズベルのカップに、花の香りが漂う紅茶が注がれる。

(うん、そうよ、その通り。そうしたら親指をポットから外して――それそれそれ！)

ミリィが心の中ではしゃいでいるとも知らず、シエラは緊張の面持ちでミリィのカップに紅茶を淹れ始めた。

紅茶の適切な量は、カップのおおよそ七・五割。ミリィのカップがちょうどその辺りに達したところでティーポットの中身がなくなり、ミリィは教え子の完璧なパフォーマンスに涙を流しそうになった。

シエラも安心した様子で一息つき、空のティーポットをトレイの上に戻す。

再度席に着いたところで、ミリィは小さく拍手を送った。リズベルも何が何かわからない様子ながら続いてくれる。

「あ……ありがとうございます。すみません不格好で……」

「そんなことない！　シエラ、あなたルキウスに立ち居振る舞いの講座とかやった方がいいわ……！」

「どなたかわかりませんけど……ええと、ありがとうございます」

照れたように笑い、シエラは愛らしい仕草で視線を伏せる。

その様子を微笑ましく眺めつつ、ミリィはふと、特訓中に抱えた形容しがたい感情を思い出した。

ひたむきで真面目なシエラを見ていると、つい湧き上がってしまう感情。

この感情の名前をミリィは知っている。羨《うらや》みだ。

シエラに懇々と作法を叩《たた》き込む中で、ミリィはちょっとだけ、シエラのことを羨ましく思ったのだ。

稀《まれ》にミリィのことを頭が良くて羨ましいと言う者がいるが、ミリィは成績が良いだけで、特別頭が良いわけじゃない。ミリィが魔法や勉学に長《た》けているのは、繰り返し繰り返し、一度じゃ覚えられないことを時間をかけて頭に叩き込んだからだ。

ミリィは要領が悪い。だから人の名前もうまく覚えられないし、新しいことを覚えようとすると、どうしたって何かを忘れてしまいそうになる。

だから、ミリィはシエラが羨ましい。

物覚えも良いし、笑顔はきらきら輝いていて、まるで物語の主人公みたいだから。

（本当に、本当に羨ましい……）

怯えられて逃げられて、頭も悪いミリィとは大違いだから、羨ましい。

（本当に、……つい魔が差しちゃいそうなくらい――……）

「……公女様？」

リズベルの不思議そうな声が耳に入り、ミリィはハッとして顔を上げた。

見やると、ティーカップを前にした二人が頭に疑問符を浮かべてミリィを待っている。

シエラの真っ直ぐな瞳と目が合い、ミリィは思わず目を逸らした。

遅れて心臓が早鐘を打つ。身体から体温が引くのを感じ、ミリィは己に問いかけた。

（今……私、何を考えようとした？）

シエラを羨ましいと思ったのは本当だ。

でもたった今、その先に自分は何を考えようとしたのか。絶対に思ってはならないことを、躊躇いもなく思考しそうになったのではないか。

「ミリィさん？　……お茶、飲まれませんか？」

冷や汗が吹き出しそうになるミリィに、シエラが遠慮がちに声を掛ける。

「あ、……ううん。飲む。ごめんなさい、ついぼーっとしちゃって」

「体調、悪いんですか？　どうせなら校医の方を……」

「大丈夫よ。あの人、とんでもなく心配性なんだから」

校医なんて呼ばれたらまた帰らされるに違いない。慌ててカップに手をかけると、香る花のフレーバーが、どことなく気持ちを落ち着かせてくれる。

(……いけない。せっかくのティーパーティーなんだから楽しまないと)

そうミリィがもう一度鼻を鳴らしたところで、突然ぱきりと乾いた音が鳴った。

「きゃっ！」

「わあっ⁉」

それに二人分の悲鳴が続き、ミリィは音の先を追いかける。取っ手を失ったシエラとリズベルのカップが、紅茶を撒《ま》き散らしながらテーブルの上に転がっていた。

「二人とも、大丈夫……⁉」

慌ててカップを置き、ミリィは驚きで固まる二人に声をかける。

「あ、……だ、大丈夫です。びっくりしたあ……」

「何もなかったの？　紅茶が腕にかかったりは……」

「はい、急に取手が外れて……。欠陥品にあたっちゃったみたいですね、私たち」

困った顔で笑うシエラに、リズベルも苦笑いで頷く。幸い二人に怪我《けが》はないようだ。

安堵《あんど》の息を吐き、ミリィは片手を上げてメイドを呼んだ。

テーブルの簡単な清掃を頼まなければならない。ついでに、ティーセットの提供主に文句をつけるよう、伝言でも預けてやるつもりだった。

ミリィに呼び寄せられたメイドは、簡単に机の上を片付けて代えのティーセットを置くと、許可を出す前に場を去ろうとした。

「ねえ、あのティーセットはどこの家から出されたものなの？」

その後ろ姿を呼び止めて尋ねると、メイドは一瞬言葉に詰まる。

「私にはちょっと……、申し訳ございません」

「知らされてないの？」

「ええと……、はい」

「ふうん。……なら、今度はちゃんとした職人に作らせるべきと伝えなさい。友人が怪我をしたら不快だわ」

知ってはいるが教えられない、という口ごもりだろう。厳しい顔で言い放ち、ミリィは片手を上げてメイドを下げさせた。

「全く……出鼻を挫《くじ》かれた気分だわ。せっかくシエラが完璧に淹れたのに……」

「ふふ、大丈夫ですよ。また完璧に淹れますから」

ミリィが不満を零すと、シエラは新しく置かれたティーポットに手を伸ばす。

「あ、ミリィさんのは私が頂きますね。冷めちゃいますし」

「えっ……大丈夫よ。別に温度なんて気にしないし……」

「いいんです。公女様に冷めたお茶なんて飲ませたら、私が怒られちゃいますから」

どこまで優しい子なのだろう。自らのカップがシエラの元に移動するのを眺めながら、ミリィは眉を下げた。もう羨む気さえ起きない。

「でも……ええと、今度のは丈夫そうです。ね？」

場を和ませようとしたのか、少々ぎこちないリズベルの言葉に、ミリィとシエラの口元が緩む。

新しく支給されたティーポットの中身はミントティーだった。

紅茶を淹れ直すシエラの手つきももう慣れたものだ。爽やかな香りが鼻腔《びこう》を抜け、昂《たかぶ》った気持ちを落ち着かせてくれる。

今度こそ紅茶を喉に流し込むと、ミリィはほうと息を吐いた。

「……うん、美味《おい》しい。素晴らしいわ」

途端にシエラの顔がぱあと輝き、頬が赤く染まる。

「わ、本当……！　茶葉の良さを十二分に引き出せてます！」

「えへ……、ありがとうございます。ちょっとすっきりした感じかなと思ったので、風味を損なわないように淹れたんですけど……」

照れたように笑い、シエラは自身のカップに指をかけた。

元はミリィのものだったそれは、二人のカップと違って、持ち上げても取手が外れることはない。

「へえ……茶葉によって淹れ方を変えるなんて、慣れた人の手法なのだけど」

「勉強熱心なんですね。私なんていくらお稽古してもうまく淹れられないのに……」

「きっと才能があるんだわ。やっぱりあなた、ルキウスにマナー講座をするべきじゃない？」

「ふふ。いつかその方にお会いしたらそうしましょう」

笑い、シエラはカップを傾ける。

その白い喉がこくりと動いたところで、シエラの細い肩が跳ねた。

「あ」

呻《うめ》くような、声。

二口目を頂こうとしていたミリィがふとシエラの方へ視線を向けた時、シエラの指は、もうカップを摑んではいなかった。

「シエラ……!?」

ミリィは、シエラの身体が真横に倒れる姿を見た。

遅れて落ちたカップがテーブルの上を跳ね、冷めた紅茶が辺りに撒き散る。

ミリィは弾《はじ》けるように飛び出し、地面に打ちつけられんとするシエラの身体を支えた。

リズベルが悲鳴を上げた。シエラは目を見開いている。その口が浅く苦しい呼吸を繰り返すのを見て、ミリィははたと気付き、シエラの顔を地面に向けさせた。

(――毒だ)

浅くて頻度の高い呼吸と、目の充血、体の痙攣《けいれん》。

そのどれもが、毒を飲まされた者の様子と一致している。

「吐いて!」

ミリィはシエラの腹に手を回し、胃の辺りをぐっと押し込んだ。シエラはえずいたが、飲んだ物を吐き出す様子はない。

ミリィは考えるよりも先にシエラの喉奥へ指を突っ込み、更に腹を押し込んだ。

途端にシエラが体を捩《よじ》らせ、ミリィが喉奥の手を引っ込めたと同時に、地面へ胃液と紅茶を吐き出す。

「シエラ！　大丈夫⁉」

「ぉえっ、が、あっ……」

「シエラ！」

必死に名前を呼ぶと、シエラは荒く荒く息を吐いた。

「ああよかった……！　息はできるのね？　まだ苦しい？」

「ぁ、あ……ミ、ミリ」

「うん、もう大丈夫。痛いことしてごめんね、頑張ってくれてありがとう」

シエラの目が安心したように細まり、呼吸が落ち着きを見せる。その背をさすりながら、ミリィは青い顔で震えるリズベルに声を掛けた。

「ごめんなさいリズベル、校医を呼んでくれる？」

「あ、ぁ、あ……は、はい！」

「道すがらで先生方を見つけたらできるだけ多くの人にこの話をして。お茶だかカップだかに毒が混入してたって言えば血相変えて来るはずだわ」

何度も頷き、リズベルは逃げ出すように駆け出した。

その背を見送り、ミリィは友人を抱える腕に力を込める。考えることはただ一つだった。

（………誰が、こんなこと……）

周囲の生徒にもある程度の状況が伝わったのだろう。ざわつき、あるいは自分の紅茶にも毒が仕込まれているのではと悲鳴を上げながら、ミリィのテーブルを取り囲んでいる。

（こんなの、いたずらじゃ済まされない。立派な殺人未遂じゃない……！）

誰かが毒を仕込んだ。

偶然紅茶に毒が紛れる可能性がない以上、答えはそれひとつだ。悪意を持った人間が、関係者の中にいる。

しかもあのカップは、元々ミリィが使うはずだったものだ。それが偶然シエラの元へ行ってしまったことで、こんな不幸が巻き起こってしまった。

（……シエラ……）

汗まみれで呼吸を繰り返すシエラの姿に、ミリィは泣きそうになった。

こんなの、紛れもないとばっちりだ。犯人がミリィを狙って毒を仕込んだのかは定かではないが、どうであれ、シエラが飲むはずのない毒を飲まされた事実は変わらない。

「…………許さない」

地を這うほど低い声で呟き、ミリィは瞳が閉じられたシエラの顔を見つめた。

友人を、ここまで危険な目に遭わされたのだ。

許してやるはずがないし、できることなら同じ痛みを与えてやりたい。のうのうと生かしてなんておけない。天罰を下してやりたい。

「ミ……ミリィ、さん？」

呟きが聞こえたのだろう。シエラがゆるゆると手を伸ばす。

その手を握り、ミリィは静かに首を振った。

「大丈夫。あなたが不安に思うことなんて何もないわ」

顔色を変えた校医が裸足《はだし》で走って来たのは、それからすぐのことだった。

リズベルは頼みを忠実にこなしてくれたらしい。一緒にやって来た数人の教師に抱えられ、シエラは医務室へ向かった。

その頃には、ミリィのテーブルを取り囲むギャラリーも莫大《ばくだい》な人数になっていた。

――公女様のテーブルから毒が……!?

――嫌だわ！　もしかして私たちのテーブルにも……。

――シエラ・レストレイブ？　知らないなあ。誰それ？

ミリィとリズベル、残された二人の当事者を前に、騒ぎを聞きつけて集まった生徒たちはざわざわと言葉を交わす。

ざっと数えただけでも、ギャラリーは一〇〇人近くいるようだった。教師が『早く席に戻れ』と怒鳴り、それに従う気のないある者が憶測を叫び、またある者が恐怖で悲鳴を上げ――場は混沌《こんとん》としている。

「学園側はセキュリティを徹底するって言っていたのに……まさか公女様のテーブルから毒が出てくるなんて。どういうことかしら」

ギャラリーの一人が呟いた言葉に、周囲の生徒が同調した。

「そうよ。関係者の誰かがやったに違いないわ」

「安全管理はどうなってるの？　メイドとか用務員とか……設営に携わった騎士も怪しいし」

「いや、それよりも先に疑うべき人がいると思わない？」

取り巻きを引き連れた貴族らしき女子生徒が、ひと際大きな声で言う。

十分に周囲の注目を集めた女子生徒は、満足そうに笑いながら続けた。

「リズベル・ガルシア……埃《ほこり》のように薄汚い髪色をした悪名高きガルシア子爵家の女なら、こんな卑劣な手も使うのではなくって？」

名指しされたリズベルが、視界の隅でびくりと肩を跳ねさせた。

「ねえ、しっかりした身分の方ならご存知でしょう？　ガルシア子爵家が、社交界で今どんな扱いを受けているか……」

女子生徒がゆっくりと歩み寄り、カタカタと震えるリズベルの前で足を止める。

「しかもあなた、このテーブルに後から着いたんですって？　十分怪しいじゃない、ねえ？」

同意を誘うように言えば、取り巻きの生徒が「その通りよ」「確かにそうだわ」と口々に続く。

それに数度頷くと、女子生徒は扇子でリズベルの顎を無理やり持ち上げた。

疑いをかけられたリズベルの顔は真っ青だ。対照的に口角を歪める女子生徒は、褒められたい犬のように横目でミリィを見る。

視線の先で普段と変わらない仏頂面を貼り付けているミリィに、女子生徒はひどく満足したようだった。

「わっ、わ、わ、わた、わたしは……っ」

「どうせ、社交界で誰にも相手にされなくておかしくなっちゃったんでしょう？　きっと公女様を狙ってヘマをしたに違いないわ」

「ちが、ちがうっ！　私はただ、ただ……！」

「動機も十分じゃない。だってあなたは大公家に――」

「――私が知らないうちに、社交界っていうのはこんな品のない令嬢だらけになったのね」

瞬間。

誰よりも、何よりもよく通る冷たい声が、一瞬で場を支配した。

誰もが声の出所に目を奪われる。

眉間に深い皺《しわ》を寄せたミリィ・アステアラは、堂々たる態度で続けた。

「本当に不快だわ。ただでさえ友人が危険な目に遭って苛立《いらだ》っているのに……質の悪い犯人探しショーまで見せられて、どれだけ私の機嫌を損ねれば気が済むのかしら」

ミリィの温度のない瞳が、リズベルに詰め寄る女子生徒と、その取り巻きを睨みつける。

何が何だかわからない様子で唖然《あぜん》としていた女子生徒は、そのひと睨みで自らが責められているのを理解したらしい。慌てて首を振った。

「違っ……！　違いますわ、公女様！」

「何が違うの？」

「わ、わたくしは、公女様の代わりにこの女を……！」

「名前も存在も知らなかったあなたに代弁されるほど安い思考してないわ」

途端に女子生徒の顔が青ざめる。

深い深いため息を吐くミリィを、ギャラリーのほとんどが見つめていた。

「リズベルがテーブルに着いたのは、他でもない私が誘ったからよ」

ミリィは淡々と語る。

「あの美しい髪色に一目惚《ぼ》れしたの。私が私の誘いたい人を誘って、何か文句がある？」

それに、現実的に考えてもリズベルが毒を仕込んだとは考えづらい。

彼女が一人になったタイミングはないし、そもそもとしてリズベルをテーブルに誘ったのはミリィだ。物的証拠もない中で、実家を理由に疑われては腹が立つ。

「じ、じゃあ……誰が毒を……？」

異様なざわめきを見せる会場内で、ギャラリーの一人が震えた声で零した。

「そうよ。一体誰が……」

「嫌だわ！　まさか私たち、知らないうちに毒を飲んでたりするんじゃないの⁉」

ヒステリックな叫びが続く。

もしや自分のテーブルにも毒が仕込まれていたのではないか。

何なら既に摂取していて、近いうちにシエラのように苦しむ羽目になるかもしれない──。

（……何で誰もシエラのことを心配しないのかしら）

そう騒ぎ立てる生徒たちを、ミリィはどこか他人事のように眺めていた。

あの毒はどう見ても即効性だ。既に身体に異常がないなら安全と考えていいし、犯人探しなど今ここでやったところで意味がない。

（貴族って自分の保身しか考えないような人ばかりなのね……。お父様の社交嫌いが少しだけわかったような気がするわ）

場が混乱したところで、得をするのは犯人だけなのに。

そうまたため息を吐きかけたところで、生徒のうち一人が叫んだ。

「テ、テーブルに着いてた人が怪しいならっ、公女様も怪しいんじゃないですか……⁉」

ギャラリーの空気が一変した。

「……は？」

視線をやると、素朴な印象の男子生徒が、真っ白な顔でミリィを見ている。

見るからに平民の生徒だ。

周囲の貴族令息らが慌ててその口を押さえようとし、しかし彼の主張は止まらない。

「だ、だって、そうだとしか思えないし……！」

「ちょっと、あなた……！」

「なん、なんっ、なんでっ、なんで誰もあの人を疑わないんですか⁉」

あかぎれのある人差し指が、震えながらもミリィに向かって指される。

「ぼ、僕っ、隣のテーブルから見てました！　先に使ってたティーカップが二つ壊れて、この人たち、新しいのを貰《もら》ってた……！」

　事実だ。

　確かにティーカップは壊れ、ミリィたちは新たなカップを貰った。

「でもっ、この人のカップだけは壊れなくて……！　新しいのを淹れ直すからって、この人、あの栗毛《くりげ》の子に毒入りのカップを渡してました！」

　それもまた、事実である。

　平民の生徒を止めようとしていた周囲の生徒は、揃《そろ》ってミリィを見た。

　視線に様々な表情が交じっている。ミリィは僅かに目を見開いた。

「あ、あの人が、あの人が毒を仕込んだんだ！」

　男子生徒が叫んだ。

　大きく大きく、心臓が跳ねた。

「……公女様が、毒を……？」

　やや間が空き、誰かがぽつりと呟く。それをくだらないと一蹴しかけ、ミリィははたと気付いた。

　――自分には、この疑いを晴らせるだけの反論がない。

　犯人が学園の関係者であることはもはや決定的だ。

　そして明確な容疑者がいない以上、シエラと同じテーブルに着き、直前まで毒入りのカップを持っていたミリィに疑いがかかるのは当然である。

　むしろ、これまで容疑者として名前が挙がらなかったのがおかしいくらいだった。

ミリィ・アステアラは公女である。

その肩書きがミリィを容疑者から外していただけで、ミリィ本人には、身の潔白を証明できるものがなかったのだ。

「はは、ははは……」

しんと静まり返った場に、掠《かす》れた笑い声が響く。

先ほどリズベルを糾弾した女子生徒だ。

「何よ、公女様の仕業なの……？」

彼女は、声を震わせながら言った。

「わたくしにあれだけ説教を垂れておいて、結局あなたが犯人……？　ああ、おかしい！」

覚束《おぼつか》ない足取りで歩み寄ってくる女子生徒に、ミリィは一瞬反応が遅れた。

「結局あなたもあの男の血が混じった外道じゃない……！　何よ、なんなの⁉　気に入られようと努力したわたくしが馬鹿みたい！」

「あなた――」

「こんなのに媚《こび》売らなきゃいけないなんて本当に馬鹿らしい！　毒盛るような娘も、人を人と思ってない大公もくだらないわ！」

女子生徒はミリィに摑み掛からんとし、しかし、ギャラリーの波をやっとかきわけてやってきた教師たちに止められた。

その中の若い女性教師が、未《いま》だ高笑いを浮かべる女子生徒の背を不安げにさすった。目に見えて正気を失った女子生徒を心配しているようにも見える。

一方でミリィに歩み寄った老年の男性教師は、険しい顔を崩さなかった。

その瞳は、見るからに訝しげだ。

（…………私を、疑っているの？）

周囲を見渡す。

名も知らぬ生徒が、ひそひそと話しながら同じような目をミリィに向けている。

そこでやっと、ミリィは誰も自分を庇《かば》おうとしないことに気が付いた。

「……アステアラ嬢。今回の件について、少し話を聞かせて頂けないか」

男性教師が低い声で言う。

周囲の生徒のざわめきがより大きくなった。

――毒を盛るなんて……。やっぱりアステアラ大公の娘ね。

――私の遠縁の親戚が、大公閣下にごっそり領地を持ってかれたって言ってたわ。閣下は人の血が通ってないって。きっと似たような娘に育って……。

――マッチポンプじゃないの？　自分で盛った毒を吐き出させて、救世主のふりして好感度稼ぎたかったり？

――貴族の事情は知らないけど、でも大公は酷《ひど》い人間だってよく聞くし……。公女も平民を平気で傷つけるような人なの？

（…………ああ）

そのひとつひとつを耳に入れ、ミリィは悟った。

（……私が『大公家の娘』だから、お父様の娘だから、だから誰も……）

——ミリィの無実を、信じようとしないのだ。

『公女様がそんなことするはずがない』と、ミリィを信用する人間はこの場にいない。ただの一人もだ。

ミリィは拳を握った。

そんなことわかっていたはずなのに、何故だか心が痛い。

こんな気持ちは初めてだった。時が巻き戻る前は家のことで何を言われようと気にせずに済んだのに、今では大勢の前で泣き出しそうになっている。

（…………ままならないわね、何もかも）

ミリィは己を恥じた。

今度は賑《にぎ》やかな学園生活が送れると、心のどこかでそう思っていた自分をだ。

友達ができて、生徒会で共同作業をして、笑い合って——それで、ラスボスとしてアンジェリーナの目的まで明かしてやって。小説の中のような学園生活を夢想していた。

シエラとの出会いが夢想に拍車をかけた。友人に囲まれる自分を夢にまで見た。

でも無理だった。ミリィが大公家の娘だからだ。

友人を作ろうとした全ての努力と気持ちの弾みは、無と化した。

「……そう」

ぽつりと呟き、ミリィは唇を噛む。

「わかりました。……その前に、リズベルを医務室まで案内していただける？」

「ガルシア嬢を？」

「ええ。シエラが倒れたところを見たの、随分とショックだったみたいだから」

リズベルはかたかたと震えながら俯《うつむ》いている。

彼女はよく頑張ってくれたと思う。混乱しながらもミリィの願いを聞いてくれたし、疑われても、泣き出しさえしなかった。きっとリズベルはミリィよりずっと強い。

男性教師は頷き、ミリィを校舎の方へと促した。

そこで話を聞かせろ、ということだろう。ミリィも弁明するつもりではあるが、どこまで信じてもらえるかわかったものじゃない。

（……お父様はなんて言うかしら）

きっと苛立って舌を打つだろう。疑いの一つも晴らせないお前如きがこの俺に守れと指図したのか、と嘲笑交じりに言うかもしれない。

想像するだけで不快だと、思わず眉が寄った。

「あ………っあ、あの！」

そんな時だ。

「違います！　違う、違うっ！　公女様じゃない！」

ミリィは、そう叫ぶリズベルに目を見開いた。

「リズベル……？」

「違うっ、違うの！　公女様がそんな酷いことするはずない！」

堰《せき》を切ったように叫び、リズベルは目元を覆った。

しゃくりあげた声が響く。慌てて教師が駆け寄り、しかしリズベルの訴えは止まらなかった。

「あのティーカップは！　あのカップは、シエラが『公女様に冷めたお茶を飲ませたらダメだ』って言って……！」

「リズベル」

「公女様は『大丈夫』って言ったけど、それでもあの子が持っていったものなんです！　公女様は……！　公女様はあの子に毒を飲ませようなんてしてない！」

「リズベル、落ち着いて」

「公女様じゃない！　公女様じゃ……！　公女様じゃない！」

誰よりも、何よりも大きな声に、その場の全員が押し黙る。

「公女様は、公女様は……！　みんなが馬鹿にする私をテーブルに誘ってくれたし、今だって、公女様の潔白を証明できるのに、何も言えなかった私を責めようとすらしなかった！」

「………」

「すごい人なんです、違うんです！　別の誰かが毒を盛ったんだ！」

そう叫んだのを最後に、リズベルはわああと泣き崩れた。

やや間を空け、ギャラリーがざわめく。

ミリィは呆然《ぼうぜん》とリズベルを見つめた。えも言われぬ感情が渦巻いて、鼻の頭がツンと痛みを主張する。

「……すみません、先生」

「うん？」

「少しお時間をください。……私、あの子と話さなければいけません」

言うや否や、ミリィは返事も待たずリズベルに向かって駆け出した。

鼓動が速くて仕方ない。

言い表せぬ感情が脳を駆けている。まさか、ミリィを信じてくれる人がいたなんて。

『胸がいっぱい』とはきっとこういうことだ。嬉《うれ》しくて嬉しくて、ミリィはどうにかなってしまいそうだった。

だからこそ、観衆の中でじっと唇を引き結ぶアイクの姿には、ついぞ気付くことはなかった。

◇◇◇

アビリア王国第二王子ギルバート・フリッツナーは、ティーパーティーをそれなりに楽しんでいた。

つい先日もミリィからのお茶会の誘いを断ってしまったギルバートにとって、こうして何の憂慮もなくお茶やお菓子を楽しめる機会というのは、かなり貴重なものである。

何せ最近のギルバートは、何をするにも派閥がどうだ、王位がなんだと噂《うわさ》されてしまう身だ。立場上仕方ないとはいえどうしても息苦しく感じてしまうし、そんな中で行われたティーパーティーは、ギルバートにとって一種の休息とも言って良かった。

（……強いて言えば、この場にミリィもいればなお良かったんだが）

そんな無理な願いを紅茶と共に流し込み、ギルバートは友人の話に相槌《あいづち》を打つ。

此度のティーパーティーでは、生徒会役員は着くテーブルがあらかじめ定められている。

何でも会場の各所に生徒会の目を置いておきたい、という学園長の意向に添った結果らしく、そのためギルバートは会場の端あたりに、具体的に言うとミリィのテーブルとは対角の位置に座ることとなった。

「？　……何だか向こうが騒がしいですね、殿下」

そんな穏やかな時間が流れる中で、同じテーブルに着く一人がふと首を傾げる。

ギルバートはつられて示された方角を見やり、確かに随分賑やかだとカップを置いた。何かトラブルでもあったのだろうか。

すると、ちょうど騒ぎが起きている方向から走ってきた男子生徒が、興奮気味に友人と思《おぼ》しき生徒へ駆け寄って言った。

「なあ、向こうものすごい騒ぎになってるぞ！　何でも公女様のテーブルで毒が見つかったんだと！」

「！」

ギルバートはそれを聞くなり目を見開き、ガタッと大きな音を立てて椅子から立ち上がる。

（……毒？）

公女のテーブルで、毒。

この国で公女と称される人間は一人しかいない。ギルバートは考えるより先に男子生徒に詰め寄り、その腕をがっしりと掴んだ。

「なあ、毒って言ったか⁉　公女のテーブルで……⁉」

「へっ⁉　あ、は……はいっ！」

「どういうことだ、何があったんだ！」

ギルバートの気迫に、男子生徒は「ひっ」と顔を青ざめさせたが、しかしそれでも第二王子の問いには答えねばならないという本能が働いたらしい。

男子生徒は度々つっかえながらも事の次第を詳細に話してくれた。何でも毒を摂取したのはシエラ・レストレイブで、その毒も、ミリィが迅速に吐き出させたことで大事には至っていないという。

（良かった、ミリィが毒を飲んだわけじゃ――）

話を聞き終えたギルバートは第一にそんな安堵を覚え、しかし、すぐにそんな自分を殴ってやりたくなった。

（馬鹿か俺は……！　最低だ、誰であろうと良いはずがないだろ！）

ミリィじゃないなら良かった、という話ではない。シエラだって苦しんだだろうし、今回は大事にこそ至らなかったものの、万が一命に影響が、なんてもしものことを考えると心の底から恐ろしくなる。

ギルバートは表情を歪め、自らの愚かさに拳を握った。

「……ミリィは、まだ会場にいるのか」

「あ、えっと、た、多分もう校舎の方に……」

「レストレイブは？」

「そ、それはちょっと……。医務室にいると思います、けど」

「そうか、わかった。ありがとう」

手早く礼を言い、ギルバートはくるりと踵《きびす》を返した。

となればもうどうするかなんて決まっている。背後からの引き止める声にも振り向かず、ギルバートは校舎に向かって駆け出した。

幼なじみのギルバートは知っている。こういった時、ミリィは誰よりも心を痛めてしまう。友人への想いが強すぎるあまり誰よりも悲しみ、そして誰よりも怒るのだ。そんなミリィを一人にさせていいわけがないし、何よりギルバートは、ミリィが悲しむであろう時に彼女を一人にさせたくない。

一国の城と見紛《みまご》うほど広い校舎の中で、ギルバートは息を切らしながら医務室を目指した。

きっとミリィはシエラのそばにいるはずだ。そう当たりをつけて走り、時折道を間違い、酸欠に喘《あえ》ぎ、一〇分ほど走ったところで、酸素不足で薄れるギルバートの視界に艶やかな黒髪が飛び込んでくる。

ミリィだ。どうやら医務室を出ていくところらしい。ギルバートは叫んだ。

「ミリィ！」

振り返ったミリィは、少しだけ目を見張ってギルバートを見た。僅かに歪んだ表情が『ここで何をしているんだ』という心境を如実に示している。

ギルバートは足を速めて駆け寄り、そして普段と変わらないミリィの様子にほっとした。どうやら彼女が毒の被害を受けていないというのは本当だったらしい。

「ご機嫌よう。……どうしてあなたがここにいるの？」

「お前が心配だったんだよ……！　それより大丈夫なのか⁉　レストレイブは⁉」

「私はこの通り。シエラもさっき病院に行ったわ」

淡々と語ってはいるものの、ミリィの声色には多少の安堵が滲み出ている。

きっとギルバートの想像以上にシエラを心配していたのだろう。ギルバートは思わず口角を緩め、しかし慌てて表情を引き締め直した。まだ何も安心できる状況ではない。

「テーブルにはもう一人座ってたんだろ？　その人も無事なのか？」

「ああ……うん、大丈夫。もう一人の……リズベルはちょっとパニックになっちゃったみたいで、今は眠っているけれど」

無理もない話だ。ギルバートは奥歯を噛む。

まさか自分が座るテーブルから毒が見つかるなんて夢にも思わないだろうし、それに、何かが違えば自分が飲む羽目になっていたと考えると恐ろしい。ギルバートとて他人事ではないのだ。

「わかった、ならいいんだ。……それで、犯人はわかったのか？」

だが、今聞きたいのはとにかくこれだ。尋ねると、ミリィは僅かながら表情に陰を落とす。

何かあったのだろうか。ギルバートが「ミリィ？」と名を呼ぶと、彼女はゆるゆると首を振った。

「ううん、それは何も。……でも、やっぱり同じテーブルに着いていた人が怪しいって話になっちゃうみたい」

「……は？」

ギルバートは一瞬言葉を失い、唖然としてミリィを見た。

それはつまり、ミリィが犯人として疑われている、ということだ。

「そんなこと……！　ありえないだろ！　なんでお前が疑われなくちゃならないんだ！」

ギルバートは思わず声を張り上げた。そうだ、ありえるはずがない。だってミリィだ。

彼女は幼い頃から友人のことを大切に思っていたし、それは性格が様変わりしてしまった今でも変わらない。どこに毒を盛る理由があるんだ、とギルバートが憤慨すると、ミリィは口角を緩めて「ありがとう」と礼を言った。

「……良かった、あなたは私を無実だって言ってくれるのね」

「当たり前だ！　誰がそんなことを言っているんだ、俺が――」

話をつけに行ってやる、と。

そうもう一度怒りを吐き出そうとしたその時だ。目の前のミリィがぱちっと目を見開き、ギルバートの背後のあたりを見やる。

誰かがいるのだろうか。そうつられて振り返ると、そこには一人の女子生徒が立っている。

クラスメイトだ。ギルバートは荒れた心を落ち着けると、努めて温和に「ああ」と名を呼んだ。

「グレイ伯爵令嬢。どうかしたか？」

「ああいえ、大きな声が聞こえたものですから何かあったのかと思って。……ご機嫌よう、殿下に、公女様？」

◇◇◇

現れた人影に、ミリィはそっと目を眇《すが》める。

（アンジェリーナ・グレイ……）

——自称『悪役令嬢』、アンジェリーナ・グレイ。

彼女の姿を見ると、ミリィはどうしても嫌な予感を抱かざるを得ない。今回のように、やけに楽しげな笑みを浮かべていれば尚更《なおさら》だ。

そしてそんな予感は、大抵にして当たってしまうものである。

アンジェリーナはミリィとギルバートとを交互に見比べると、普段よりワントーン高い声で「ねえ、ギルバート様？」と名を呼んだ。

「ご存じです？　公女様のテーブルで毒が見つかったって……」

「ああ。だから今それを彼女に——」

「被害者は私たちのクラスメイトだそうですのよ。私、それを聞いて犯人が許せなくなってしまって……どうにも怒りが収まらずにここへ来たのですわ」

芝居がかった口調で続けるアンジェリーナは、ミリィを睨むような視線で見つめている。

その怒りの表情の節々に嘲りが交ざっているのを、ミリィは見逃さなかった。

「……お聞きになりました？　ギルバート様。毒を盛った犯人として公女様が疑われているって」

やはりその話か、とミリィは嘆息した。……どうにも面倒だ。

アンジェリーナ・グレイには、時が巻き戻る前の記憶がある。

つまりはミリィを殺したいほど憎んでいるわけで、であればミリィが疑われているこの状況をアンジェリーナは好機と捉えるだろう、というのは予測できたことだった。彼女はミリィが犯人であるという話を積極的に広めにかかるはずだ。

（……どこまで私のことが嫌いなのかしら）

そう呆《あき》れるミリィの横で、ギルバートは戸惑いながらも頷く。

「ああ、それはミリィから聞いたよ。でも犯人はミリィじゃない」

「あら？　どうしてですか？」

「ミリィがそんなことするはずがないだろ。第一ミリィはレストレイブの友人だし、それに理由だってないし……わざわざこんな手の込んだことする必要がない」

「……あら、まあ……」

アンジェリーナは目を丸くし、口角をぴくりと痙攣させた。

どうやらギルバートがここまではっきりミリィの無実を信じているとは思わなかったらしい。ミリィは安堵を感じると共に、心内でアンジェリーナに向かって舌を出しておいた。これが幼なじみの絆《きずな》だ。

だが、アンジェリーナはそれでも笑みを作り直し、「そうですか」と弾んだ声で言う。

（？　何を……）

それにミリィが多少の悪寒を感じたところで、アンジェリーナはギルバートの腕を抱いて言った。

「でも、明確な証拠があるわけじゃないでしょう？　公女様が容疑者であることに変わりはありませんわ」

「それはそうだが、でもミリィは――」

「なのに『そんなことするはずがない』なんて理由で信じてしまうなんて……。その優しさはギルバート様の素敵なところですが、でも他の貴族には間違った受け取られ方をされても仕方ありませんわよ」

そうしてギルバートの腕をきゅっと抱き寄せると、囁くような声で言う。

「……例えば、『第二王子は大公派だから、その娘の悪事が公にならぬよう庇っているんだ』とか」

ミリィはそこで、ギルバートが息を呑《の》む音を聞いた。

ふと思い返すのはつい先日のこと。あの日アステアラ邸を訪れたギルバートは、自分が第二王子という立場にあるからこそ、ミリィと表立って親しくはできないのだと言った。

派閥がどうだと余計な邪推をする貴族がいるからだそうだ。確かに今ミリィを大っぴらに庇えば、そういった些細《ささい》なことを政治と結び付ける貴族たちが何を言うかわかったものではない。

ギルバートもそれに勘付いたのだろう。彼は逡巡《しゅんじゅん》し、しかし尚《なお》も首を振った。

「……君の言い分はわかるよ。でも俺はそんなこと考えてもいない」

「わかっておりますわ。ギルバート様がそんなこと考える御人じゃないなんて私が一番存じておりますし……。でも他の貴族がどう思うかはわからないでしょう？　特にグランドールは生徒の半分が貴族ですもの」

わざとらしく悲しげに眉を下げた表情が、馬鹿にするようにしてミリィを見る。

「きっと社交界に話が広まるのは早いでしょうし、あの悪名高い――あら、公女様の前ですみません。何かと噂の多い大公家に擦り寄っている、なんて言われれば、王位が遠のいて損をするのはギルバート様ですわ」

「…………」

「私はギルバート様がそんな扱いをされるのは嫌なのです。……ねえ、そんな私の気持ち、汲《く》み取ってくださいませんこと？」

言うや否や、アンジェリーナの目尻に水滴が滲み、アンジェリーナはぐすっと洟《はな》を啜《すす》った。その視線が、どうしても緩みを抑えきれない口角が、隠しきれずにミリィを嘲笑っている。

どこまで行ってもミリィのことが気に入らないらしい。ミリィは眉を寄せ、思い悩むようにして押し黙ってしまったギルバートを横目で見た。

第二王子という立場がある彼にとって、悪名高い大公家との繋《つな》がりを疑われるのは非常に厄介なことだ。

何せ今のギルバートには、次期王位という無視できないものがある。

そんな中で貴族どころか平民からも疎まれる大公家と懇意にしていると噂されるのは、ギルバートにとってマイナスでしかない。それほど大公家は忌み嫌われているのだ。

先ほどの犯人探しの時が良い例だろう。大公家を嫌っているからこそ、ミリィが疑われたあの時、誰もミリィの無実を信じようとしなかった。

（……リズベルに会いたいな）

ギルバートは相変わらず険しい顔で何かを考え込み、アンジェリーナは愉快そうな笑みを隠していない。

でもミリィは知っていた。

このまま無言で待っていれば、きっとギルバートはミリィを庇ってくれる。

周りの貴族にどう思われようが構わないと言って、アンジェリーナの腕を丁寧に振り払う。そしてミリィの無実を生徒に訴えてくれるだろう。でもそれではダメだ。

ミリィにとって、ギルバートもシエラもリズベルも、等しく皆が大切な友人だ。

自分が原因で彼らが不利益を被るのは許せない。どうにかして守ってあげたい。きっと父にはわがままで傲慢だと呆れられてしまうが、でもそれで良いのだ。

（………だって、傲慢なのが『ラスボス』だもの）

ミリィはすうっと息を吸い、はっきりとした声で告げた。

「ええ、全くその通りね。だからもう行ってちょうだい」

「……えっ？」

ギルバートがぽかんとした表情でミリィを見る。ミリィは腕を組んで続けた。

「多少疑われたところで私は別に大丈夫。後は気にしないでいいわ、こっちはそれなりにやっておくから」

「でも――」

「でもも何もないわ。私が大丈夫と言ったらそれは大丈夫なの。あなたが何も心配することもない。……じゃあ、そういうことだから」

勝手に話をまとめ上げ、愕然《がくぜん》とするギルバートから目を逸らすと、ミリィは大股でその場を去った。

ギルバートが焦ったように「ミリィ！」と名を呼び、しかしミリィが振り返ることはない。響くのはアンジェリーナのとびきりご機嫌な声だけだ。

ギルバートがミリィを庇ったことがよほど気に食わなかったのか、アンジェリーナは甘えた声で「早く向こうに行きましょう」とギルバートを急かしている。

そんな二人の声を振り切り、曲がり角を進んだところで、ミリィはぴたりと足を止めた。

「……それで、一体誰なの？　長いこと覗《のぞ》き見してたのは」

さっきからずっと、この辺りから感じる気配が気になって仕方なかったのだ。

ミリィが歩いてくると知って慌てて隠れたようだが、間違いなくまだここに誰かがいる。最初はたまたま場に居合わせてしまった生徒がいるのかとも思ったが、早々に立ち去らなかったあたり、きっと何か用があるのだろう。

そんな悪趣味な誰かに出てこいと呼びかけると、ややあって観念したかのようなため息が響く。

遅れて顔を覗かせたのは、野暮ったい黒髪のハーフアップと、フレームの細い眼鏡だった。

「……やあ、公女様」

ニコラス・アインツドール。

グランドール魔法学園の生徒会長にして、アインツドール公爵家の長男。

彼はアンジェリーナとギルバートたちが去った方角とを見比べると、少し気まずそうな顔をした。

「……あなた、ティーパーティーでもその暑苦しい髪型のままなのね」

「出会い頭に悪口言われるとは思わなかったな……」

「湯気で曇る眼鏡はティーパーティーに適さないのよ。社交界では常識でしょう」

「……きみが社交界の常識説いても説得力ないと思うよ」

真っ当なご意見である。貴族たちの頂点に立ちながら、社交界でのルールを何一つ守らないのが今代のアステアラ大公家だ。

小さく息をつき、ミリィは尋ねた。

「それで、何か用事？　校医ならシエラに付き添って王都の病院に行ったわ」

「あ、いや……そうじゃなくてさ」

だが、予想に反してニコラスは首を振る。

「それを聞きに来たんじゃないの？」

「まあ……えっと、一応きみに用事があって来たんだけど」

「私に？」

思わずミリィの眉が寄る。……まさか事情聴取でもするつもりだろうか。

「……残念だけれど、シエラに毒を盛ったのは私じゃないわ」

「知ってるよ……。ちょっと話をしたくなっただけ」

そう言い、ニコラスはちらと医務室の方へと目をやった。

落ち着ける場所で話がしたい、ということだろう。とてもじゃないが、『ちょっと話す』だけの雰囲気には見えやしない。

「……今じゃないとだめかしら」

「まあ」

「どうしても？」

「うん。……あと、できればきみと二人になりたい」

ニコラスのやけに濁った瞳が、眼鏡越しにミリィを見つめる。

（……なんか、この目苦手だ）

奥底が見えなくて、なのに、向こうからは全て見透かされている気さえする。

ミリィは早々に目を逸らし、小さく頷いた。

「わかった。……でも、令嬢を誘う時はもう少し気の利いた言葉を使うべきだわ」

「……肝に銘じます」

げんなりした顔でニコラスが言う。ミリィは口元に笑みを浮かべた。

◇◇◇

その後ミリィは、ニコラスと共に医務室へと移動した。

泣き疲れて眠ってしまったリズベルは、先ほどと変わらず穏やかに眠っている。その頬に残る涙の跡を簡単に拭うと、ミリィは医務室全体に簡単な遮音結界を張った。

校医がシエラの付き添いで不在の今、医務室を訪れる人もいないと思うが、念のためだ。

軽く結界の状態を確認して席に着くと、ニコラスが感心したように目を細めた。

「……すごいね。きみ、杖《つえ》もなしに結界が張れるんだ」

「そう？　練習したら誰でもできると思うけど」

「その『練習』に途方もない時間がかかるから言ってるんだよ……」

人間が魔法を使用するには、杖を振って詠唱を行うという一連の手順を踏む必要がある。

言葉にするだけなら簡単だが、思った以上にこれが面倒で難しい。何せ扱う魔法によって杖の振り方は違うし、杖先の軌道が数センチでもずれたり、詠唱を行う声の抑揚を間違えたりすれば、人間は魔法を使うことができないのだ。

「……噂には聞いてたけど、本当に魔法使いとしての才能があるんだね。公女様は」

故に、魔法を出すのに杖や詠唱を必要としない魔法使いは、この世界でもごく稀である。

少なくともミリィは、杖を使わずに魔法を出す人間を自分以外に見たことがない。

エドガーの祖父ニール・フランスタなんかは棒状のものであればバナナであろうと杖として扱える優秀な人物だったが、ミリィが敬愛する魔法伯でも、魔法には杖と詠唱を必要としたくらいだ。

「……あなたは随分と私を高く買うのね」

「そりゃあね。僕、公女様のこと結構好きだから」

「そう。それで用件は？」

「えっ、ここでスルー……？」

話を促すと、ニコラスが「今それなりに勇気出したんだけど」と項垂れる。……何だか、見れば見るほど貴族らしからぬ人物だ。

ニコラスには貴族特有の嫌みがないし、公爵家の長男にしては見た目も野暮ったく、言葉遣いだってフランクすぎる。

そのくせ何を考えているかわかりづらいのがより不思議だった。摑みどころがない、というべきか、とにかく真意を悟らせてくれないのだ。

（グランドールで生徒会長をやるくらいだし、身分だけじゃない何かがあるんでしょうけど。……なんだか物語の登場人物みたい）

思考が読めないという点では、彼はまさに物語の中の人物だ。

「……ああいや、そうじゃない。あんまりゆっくりしてる時間ないんだった」

そんなことを思われているとは露知らず、ニコラスはやっと話を切り出した。

「今日の……例の、カップに毒が仕込まれていた事件の話なんだけど」

「まあ、そのことでしょうね」

「うん。ちょっとその件できみに相談したいことがあって」

「……相談?」

思わず尋ね返す。

すると、ニコラスはいつものぼそぼそとした声で言った。

「あの、きみさえ良ければ、なんだけどさ。……僕ときみの二人で、今ここであの事件の犯人を見つける、っていうのはどうかな」

——ここで犯人を見つける。

つまり、たった二人で毒入りカップの事件の全貌を明かすということだ。

数秒かけてそれを理解したミリィは、訝しげにニコラスを見つめた。

「……こういうのは普通、先生方に全てお任せするべきだと思うのだけど」

「うん。普通はね」

「ならどうして……」

「それじゃ都合が悪いんだよ。僕にとって」

彼の答えは、案外あっさりしたものだった。

「あ、いや、別にそんな大したことじゃなくてさ。……でも、先生方が調査に乗り出すとなれば、まず間違いなく保護者への説明責任が生じるだろ?」

「……まあ、そうでしょうね」

「そうなれば学園は事件を徹底的に調査しなきゃならないし、その上で保護者に『こんなことがあって、こんなふうに解決して、こんな人が犯人だったんですよ』って言わなくちゃならなくなる。……それが学園として正しい対応だから仕方ないんだけどさ」

ニコラスは困ったように言い、視線を僅かに伏せる。

いまいち意図が摑めない。ミリィは首を傾げた。

「……それが、あなたにとって都合が悪いことなの？」

「うん。端的に言うと、僕は学園で事件があったってことを実家に知られたくないんだ」

ニコラスは嘆息し、ミリィの目をしっかりと見据えて続けた。

「うちの家──アインツドール公爵家はちょっとややこしくてさ。……まあ僕のことすら覚えてなかったきみにはそんなこと知ったこっちゃないんだろうけど」

「……私、そんな薄情な人間に見えるかしら」

「拗ねないでよ。責めてるんじゃないんだ、実際きみにはあんま関係ないことだし……」

何だか馬鹿にされているみたいだ。むっときたミリィは思わず口を尖《とが》らせたが、実際、ミリィが社交界のことに関して全くの無知であることには変わりない。

「……とにかく、そういうわけで僕は学園に事件の調査をさせるわけにはいかない。その前に犯人を自首させて、どうにか内々で済ませたいんだ」

ニコラスは小さく息を吐き、数度こめかみのあたりを叩いた。頭痛だろうか。彼もなかなか苦労しているらしい。

「あ、いや……別にね、きみにタダ働きさせようってわけじゃないよ。協力してくれたらちゃんとメリットもある」

「メリット？」

「うん。例えば将来有望なアインツドール公爵家の長男に媚を売れ――アッ、いや冗談です。ハイ……」

ふざけたことを言い出す眼鏡を睨み付けてやると、ニコラスは肩をびくりと震わせた。怯えるくらいなら言わなければいいのだ。

「……あなたの普段の様子を見ていると、媚を売れることがメリットだとは思えないわね」

「エッ、僕一応次の公爵になる人なんだけど……」

「じゃあ真面目に話して」

これみよがしにため息を吐いてやると、ニコラスは困ったように頬をかく。

それから一度唇を引き結ぶと、今度こそ真剣な顔で切り出した。

「ここできみが犯人探しに協力してくれて、僕の実家に問題が露呈しなかったら」

「ええ」

「アインツドール公爵家は、アステアラ大公家に忠誠を誓うと約束しよう」

「……は？」

とんでもないことをさらっと言われた。

「はっ……い、いきなり何言ってるの……!?」

「あ、信憑性《しんぴょう》薄い？　僕一応次の当主だし、今でもそこそこ父親に口出せる立場にいるから安心してほしいんだけど」

「そうじゃなくて……！　何いきなり家の命運決めるようなこと言ってるのってこと！」

「うるさいよ公女様……」

こんなのうるさくもなる。社交界の事情に疎いミリィでも、公爵家が国政に及ぼす影響は十分に理解しているつもりだ。

誇張でもなんでもなく、公爵家がどこの派閥につくかで国は一八〇度変わる。

公爵とはそういう、王に直接口を出せる地位にいる人のことを言うのだ。特に大公がまともに国政に出てこないアビリア王国では、国に三つ存在する公爵家の意向がより政治に影響する。

ニコラスは、そんな大いなる権力をこんな学園の一室で売ろうとしているのだ。どう考えても正気じゃない。

「いや、わかってるよ。別に考えなしに言ってるんじゃなくてさ」

「わかってない……！　公爵家一人の力がどれほど国を変えるか」

「だからわかってるよ。聞いて、ミリィ」

思わず身を乗り出したミリィに、ニコラスは至って冷静な様子で首を振った。

「僕はさ、きみだから言ってるんだ。別に誰彼構わずこんなこと言うわけじゃない」

「は……？」

「正直、大公家のことはとんでもない家だと思ってるよ。権力に驕《おご》ってる大公閣下のこともク……、……あれだと思うけど、でも次はきみか、きみが選んだ旦那さんが当主になるんでしょ」

彼の声には、不思議と口を挟めない何かがあった。

普段ならもう少しお腹《なか》から声を出してくれと思うぼそぼそとした声に、自然と耳を傾けてしまう。

ニコラスは続けた。

「僕、これでも結構きみを買ってるんだ。将来性を見込めば、大公派につくのは馬鹿な選択じゃない」

「…………」

「ついでに賢いきみの協力も得られるなら、僕としては願ってもないことなんだよ」

ミリィは数秒、眼鏡の奥の濁った瞳を見つめて押し黙った。

彼が冗談を言っているようには見えない。

きっとニコラスは本気で家を売ろうとしているのだろう。ミリィには、それがまるで理解できなかった。

「……そこまでして、あなたは家に学園での揉《も》め事を知られたくないの？」

「うん」

「なぜ？」

「それは言えない」

ニコラスは首を振った。

「私が、ただの一事件の犯人探しに協力するってだけで家を売るの？」

「そうだよ。きみが望むなら、指の一本や二本ついでにあげてもいい」

「それは流石にいらないけど……」

俯くミリィに、ニコラスが続ける。

「……はっきり言うけど、きみの実家——アステアラ大公家は、国内での印象が悪い」

室内の空気が、その一言で一変する。

実家の陰口を目の前で言われたミリィは、しかし何を返すでもなかった。彼の言葉が真実だったからだ。もう何度も実感している通り、アステアラ大公家は国民からの評判がすこぶる悪い。

アイクなんてその筆頭だろう。彼は大公家の人間というだけでミリィを憎んでいたし、先ほど、毒を盛ったと疑われた時だって、ギャラリーの生徒たちは、誰一人としてミリィの無罪を信じていなかった。

理由はひとつ。ミリィが大公家の娘だからだ。

悪名高き大公家の人間だからというだけで、ミリィには常に偏見が付きまとう。

「大公閣下の所業を考えたら当然だけどね。あの人、ちょっと気に入らないだけで下位貴族をいじめるし……」

「……領地を剝奪《はくだつ》するような悪行を『いじめ』でおさめちゃダメだと思うけど」

「まあねえ……。正直僕は、カイル様を大層気に入ってる今代の陛下が亡くなられたら、大公家の立場は相当悪くなると思ってるよ」

ふと、ミリィの表情が曇る。

ニコラスの言葉には、ほんの僅かながら心当たりがあった。

(……陛下が、亡くなられたら……)

実を言うと、現在の国王――ギルバートの父でもあるエイゼン・フリッツナーは、あと二年ほどで崩御する。

少なくとも時が巻き戻る前の世界ではそうだった。それも突然の病による死だと聞いたから、恐らくは今回も、彼は同じ道を辿《たど》るのだろう。

(『立場が悪くなる』……。実際そうだったから何も言えないけれど)

エイゼンが亡くなった後、国王という後ろ盾を無くしたアステアラ大公家は、貴族諸侯の強い反発を受けるようになった。

過去の行いはもちろん、三人の王子から次期国王を決める跡目争いが激化していたのも理由の一つだろう。貴族たちのストレスや鬱憤をぶつけるように、大公家は非難された。

(……結局あの時は、お父様の謀反の罪を暴いたギルバートが王になったんだっけ)

自国の情報を他国に売った父は処刑され、ミリィもまたアンジェリーナに殺された。

思い出したくない記憶だ。何もかも。

「……でも、うちがきみたちの側につけば、そんな未来も変えられるかもしれない」

ミリィは思わず顔を上げた。ニコラスの表情は緊迫感を増している。

現国王エイゼン・フリッツナーは、ミリィの記憶の限りではおよそ二年後に亡くなる。

時が巻き戻る前は気にも留めなかったが、思い返せば、父親に不可解な動きが出始めたのもエイゼンが亡くなってからだ。

（もし陛下の崩御と社交界での地位悪化をきっかけに、お父様が売国奴のような真似をしだしたのだとしたら……）

思案し、ミリィは唇を噛んだ。

アインツドール公爵家がバックについてくれるなら、そんな未来も変えられる……かもしれない。

（……確かに、大公家の破滅を回避できれば、アンジェリーナへの復讐《ふくしゅう》に向けて大きな一歩になるかもしれない）

ミリィが協力者を得るために友人を作ろうとしているのも、邪悪なラスボスを目指しているのも全てはアンジェリーナへの復讐を果たしてこの世界で生き残るためだ。

公爵家がその助けになるのなら、選ぶ余地など、ここには存在しない、はずだ。

「わかった。……犯人探し、私もする。あなたの家には何も口を出させない」

気付けば、ミリィの口はそう言っていた。

ニコラスが笑う。笑っているところは初めて見たな、と思う間に、彼は大きく頷いた。

「オーケー、じゃあやっと本題だ。早速、今回の毒入りカップ事件の犯人を見つけよう」

◇◇◇

ニコラスとミリィは、ひとまず状況を確認することにした。

「調べた結果、毒が仕込まれてたのはティーカップの飲み口だった。で、その毒が見つかったテーブルに座ってたのがきみと、シエラ・レストレイブと……」

「リズベルよ。三年生のリズベル・ガルシア」

「えっ」

先ほど、涙ながらにミリィの無実を証明してくれた女子生徒。

その名を聞くなり、ニコラスはぎょっとした様子でミリィを見た。

「リズベル・ガルシア……？　そこで寝てる子、ガルシア嬢なの？」

「ええ。知り合いなの？」

「あ、いや……聞いたことある名前だったから。……それで、いざ飲もうって時にティーカップが割れたんだって？　それも二つも」

妙に引っかかる反応だが、社交界ではままあることだろう。ミリィは頷いた。

「うん、赤いやつよ。二人のカップの取っ手が綺麗に取れちゃって、メイドに新しいティーセットを貰ったの」

「ふうん……」

「で、『冷めちゃうと美味しくないから』って、シエラが私のカップを自分のものにした。……結果的にそれが毒入りだったわけだけど」

シエラにはとんだとばっちりだっただろう。あの苦しそうにもがく姿を思い出すと、ミリィはどうしても心が重くなる。

「なるほどな……。なんか、そう聞くと印象が違ってくるね。僕、最初は毒を飲ませてきみを懲らしめてやろうっていう人間が毒を盛ったのかなって思ったんだけど」

「わ、私そんなに恨まれてるの……?」

「例えばの話だよ。……でも今聞くと、きみを毒を盛った犯人にしたいって感じがするよね。すごく……」

思考に集中しているからだろう。ニコラスの声は、いつも以上にぼそぼそとしている。

「偶然カップが二つも割れるわけないしさ。そうなると怪しいのは……」

「メイドでしょうね」

ニコラスとミリィの考えが一致した。

ミリィのテーブルにティーセットを持ってきた、あの細い手の雇われメイド。まず疑うべきはそこだろう。

「あのカップはメイドが配膳したものだし……。毒入りカップを意図的に私の前に置いたのは、あのメイドだもの」

思い返せば、あのメイドにはどこか不自然な点も多かった。新しいティーセットを持ってきた時の挙動不審さも、事件に関わっていると考えれば納得がいく。

「うん。きっと犯人は、きみの毒入りカップが別の誰かに渡ることも分かってたんだろうね。公女様にわざわざ冷めた紅茶を飲ませる生徒なんていないし……」

「……人の良心まで利用した犯行ってことね。最悪だわ」

「全くだよ。でも、大体の手段は透けた」

左手の人差し指をピンと立て、ニコラスは「ひとつ」と涼しい顔で言う。

「毒を塗布したであろうメイドは、その毒入りカップをわざときみに配った」

指がピースの形を作る。

「ふたつ。他のカップの取っ手を取れやすくすることで、毒入りカップがきみ以外の誰かに渡るようにした。紅茶を淹れ直す時間が生まれれば、『冷めた紅茶を公女様に飲ませるわけにはいかない』ってなるし……」

「それで、毒入りカップを他人に押し付けた形になる私が疑われれば良い、ってことね」

「うん。……やっぱり、きみを犯人にしたかったとしか思えないよね」

それが正しければ、あのメイドが全てを計画して引き起こした犯人、ということになる。

挙動不審な様子もあった。疑うべき点は見つからないが、それでもミリィの胸の内には、僅かなもやがかかっていた。

（何だか……あんまり納得がいかないのよね。メイド一人の犯行にしては不自然というか……）

例えば彼女が大公家に恨みを持っていたとして、それで『ミリィを毒入りカップ事件の犯人にしよう』なんて考えに行き着くだろうか。

実行犯は間違いなくメイドなのだろうが、それでも何だかすっきりしない。直感に反する、というべきか。

「……ねえ、最初に支給されたティーセットの提供元はどこかわかる？」

尋ねると、ニコラスは不思議そうに瞬きをした。

「提供元？」

「うん。ティーセットの一部は生徒の家族による提供でしょう？」

「ああ……どうだろう。教師に聞いてみなきゃわかんないけど……」

「けど？」

「聞いても教えちゃくれないだろうね。たぶん、調査のために事件の情報は規制されるだろうし……」

「そう……」

生徒の安易な憶測を防止するためだろう。正しい考えなのだろうが、今はそういったことを言っている場合じゃない。

カップの取っ手が取れた後のことだ。あの細い手のメイドが新しいティーセットを持ってきた時、ミリィはメイドにカップの提供元を確認した。

不良品を提供した家を咎《とが》めるためだ。メイドは知らないと答えたが、あんなの、見ればわかる誤魔化しだ。メイドがカップの提供元を隠した裏には、きっと何かがある。

「あ、でも……回収されたのをちょっと見たけど、あのカップの底、変な模様が入ってたよね」

ニコラスの呟きに、ミリィは顔を上げた。

「模様……？」

「ほら。こういう……ティアラとベルガモットの花が重なったみたいな模様だよ。なんか公女様の絵みたいなセンスだなって思って覚えてたんだけど」

「……殴るのは後でにしておいてあげるわ」

「えっ」

一瞬で顔を青ざめさせたニコラスを放り、ミリィは必死に脳を動かす。

ティアラにベルガモットの花。心当たりがある、ような気がする。

「……あ」

そう記憶を漁《あさ》ったところで、ミリィはふと思い出した。

「わかった！　ティアラにベルガモットの花！」

「え？」

「髪飾りよ。ブリマのやつ！」

「か、髪飾り……？」

二週間ほど前のことだ。

教室でルキウスと話していたミリィは、椅子を引いたその折に、たまたま近くを通りがかったクラスメイトのブリマ・ビッケルとぶつかってしまった。

そのはずみで壊れてしまった髪飾りが、確かティアラの形にベルガモットの装飾がついたものだったはずだ。この目で見たのだから間違いない。

「あの髪飾り、ブリマの家がやってる雑貨屋の商品だってルキウスが言ってた……！　きっとティアラとベルガモットがシンボルマークの雑貨屋なのよ！」

「え、ええ……？　じゃあ何、あのカップの提供元はビッケル嬢ってこと？」

「うん、多分そうだと思う……！」

彼女が真の犯人でないにしろ、少なくとも何かしらの関わりはあるはずだ。

新たな材料を見つけて興奮気味に身を乗り出すミリィとは対照的に、ニコラスは首を捻《ひね》った。

「じゃあ、そのビッケル嬢がきみを恨んで全部やったってこと？」

「……ってことになるのかしら」

「でも、ビッケル嬢って結構奥手な方だよね？　どれだけきみが嫌いでもそんなことするとは考えにくいと思うんだけど……」

ニコラスは顎に手を当て、眼鏡の奥の瞳を伏せて考え込む。

確かにそうだ。ブリマは髪飾りの時も、それからシエラの髪を切ったあの時も、ミリィを前にして尋常じゃないほど怯えていた。ああまでしてミリィを怖がるブリマが、果たしてこんなことをするだろうか。

暫し悩み、しかしミリィははっきりと口にした。

「だとしても、とりあえずブリマに話を聞いてみる価値はあるんじゃないかしら。……ねえ、一度行ってみない？　何かもっと、別のことを知れると思うの」

ミリィはブリマのことをさほど知らないが、しかし見つけたこの違和感を放っておくわけにはいかない。

それに、ミリィたちにはタイムリミットがある。学園が犯人を捕まえる前にどうにかしないといけないわけで、となると少なからず関わりがあるであろうブリマを後回しにするのは悪手だと、ミリィはそう思ったのだ。

六章　誰よりも邪悪で気高い

ビッケル男爵家の次女であるブリマ・ビッケルは、一年C組の教室でじっと俯《うつむ》いていた。

カップから毒が検出されたことで、ティーパーティーは中止になった。

生徒たちはそれぞれ教室に戻され、教師は会議とやらで姿を消し、秩序を失った教室内はざわついている。

誰もが事件の犯人を予想して騒いでいる。

ブリマは、その中に自分の名が挙がらないかと思うと気が気ではなかった。

（……どうしよう、どうしよう、どうしよう……）

固く両手を握り、どうしても止まってくれない手汗を誤魔化す。ブリマの頭を占めるのは『全てがバレたらどうしよう』なんてそんな考えだけだ。

その度自己保身のことしか考えられない自分がどうしても嫌になって、でもどうしても、自分可愛《かわい》さが勝ってしまう。

寒くもないのに身体が震えている。鳥肌が止まらない。

浅い呼吸を繰り返し、ブリマは奥歯を噛《か》んだ。

（…………とんでもないこと、しちゃった……）

ブリマ・ビッケルは、あのティーパーティー事件を巻き起こした犯人である。

足りない頭で計画を練り、カップの飲み口に毒を塗布し、そしてどこの家の者かもわからないメイドになけなしの金を握らせることで、公女ミリィ・アステアラのテーブルに毒を仕込んだ。それもこれも、全部ブリマがやったことなのだ。

(どうしよう、先生の会議って犯人探しだよね……？　もし私がやったってバレたら——)

間違いなく、ブリマはいっかんの終わりだろう。

学園を追放され、社交界では後ろ指をさされ、もしかしたら両親からも見放されるかもしれない。それを思うとどうしても怖くって、ブリマは震えずにはいられなかった。やったのは確かに自分なのに、どんな罰を受けるかを考えると恐ろしくて仕方ないのだ。

(公女様、すごい怒った顔してた……。しょ、処刑とか、されるの……？)

そんな不安がブリマの全身を駆け抜ける。そうして思うのは、今朝も笑顔で自分を送り出してくれた家族のことだ。

ブリマには前世の記憶がある。

日本という国で生活していた、誰の印象にも残らないような一般人だった記憶だ。生まれながらにして両親のいなかったブリマの前世はひたすらに貧しい人生を生き、いつだってもの寂しく、事故で死ぬ間際でさえお腹《なか》が空《す》いていたように思う。

そんなブリマが転生したのは、前世でたった一度だけ、友人の家でクリアまでプレイした乙女ゲームの世界だった。

この世界が乙女ゲームの中だと気付くのにそう時間はかからなかった。ブリマは人生で唯一遊んだゲームである『花降る国のマギ』のことをよく覚えていたし、それに何より嬉《うれ》しかったのは、今世の自分に家族がいたことだ。

ブリマの前世は親のいない施設育ちだ。当然兄弟もおらず寂しい生活を送っていたが、転生したビッケル男爵家は、社交界でも指折りの大家族である。

六男六女を設けた一四人家族。貴族とは名ばかりの貧しい生活ながらもとにかく賑《にぎ》やかで、ブリマはそんな家族が大好きだった。

次女のブリマが着るドレスはいつも姉のお古で、それを同年代の貴族令嬢に笑われることもあった。ほつれた糸を引っ張られて、お気に入りのレースをぼろぼろにされた記憶も新しい。でも家族がいたから悲しくないし寂しくない。

でも、母はそんな娘の姿を哀れに思ったらしい。ブリマがまだ一〇歳にもならないようなある日、母はブリマにこっそり経営する店の髪飾りを与えてくれた。

決して安くない、今でもそこそこの価値がつくであろう髪飾りだ。ブリマが大事に大事に毎日磨いて保管していたそれは、今はもうブリマの手元にはない。

思い返すのは二週間ほど前のこと。思えば、あの日から全てが変わってしまったように思う。

髪飾りが壊れてしまったあの日から、ブリマは散々な目に遭い続けている。捨てられなかった髪飾りの破片でうっかり『悪役令嬢』を傷つけてしまうし、命じられて『ヒロイン』の髪を切ったら失敗して、今度は鬼よりも怖い『ラスボス』に見つかった。

せっかくゲームの舞台である学園に入学したのに散々だ。転生者同士仲良くなれると思ったアンジェリーナは巻き戻りがどうだと訳のわからないことを言って苛立《いらだ》っているし、ブリマだって、やっていることといえばアンジェリーナの取り巻きだ。

こんなはずじゃなかった。前世で寂しかったぶん、今世では幸せに生きられると思った。

もしかしたら自分が攻略対象と結ばれて、なんて妄想もしなかったわけではない。

ヒロインの恋路を遠くから応援して、そして、あわよくば自分も誰かと結ばれる。そんな夢まで見たのに、現実はどうだろう。

――「あなたが愚図《ぐず》で馬鹿なせいで、ウチにゴミみたいな綿を売って日銭を稼いでいたビッケル男爵家は破滅するのね」

アンジェリーナからかけられたあの恐ろしい言葉を思い出し、ブリマはガタガタと震えた。

ブリマがこうしてカップに毒を盛ったのは、アンジェリーナにそう命じられたからだ。でなければ家がどうなっても知らないと、そう言われてはやるしかなかった。

ビッケル男爵家の収入は、その大半がグレイ伯爵家に綿を売ったお金である。アンジェリーナは度々「うちの家から恵んでもらった端金《はしたがね》で辛うじて暮らしている」と言ってブリマを揶揄《やゆ》したが、でもそれが真実だからこそ、ブリマは何も言えなかった。

事件の全貌が明るみになれば、きっとブリマは退学を言い渡されるだろう。

公女への毒殺疑惑までかけられて処刑されるかもしれない。でも、それでも、一一人のきょうだいと両親は貴重な資金源を失わずに済む。

それだけでブリマには十分だった。たとえゲームの世界だろうと大切な家族を守るためならば、ブリマは命くらい差し出せる。

「――ブリマ・ビッケル男爵令嬢は、この中にいる？」

そう思考の海に逃げようとしたブリマは、その瞬間動きを止めた。

恐る恐る顔を上げた。視線の先には、この学園なら知らぬ者はいない三人の人影がある。

ニコラス・アインツドール。

エドガー・フランスタ。

そして――アステアラ公女こと、ミリィ・アステアラ。

彼ら三人を視認した途端、ブリマの鼓動が痛いくらいに音を立てる。

口の端を震わせたブリマが何かを発する前に、ミリィが教室内を見渡して言った。

「あら、ルキウスはいないの？　護衛役にしようと思ったのだけど」

「公女様のこと探しにいったんでしょ。……ていうか、何で俺まで駆り出されてんの？　意味わかんないんだけど」

「そりゃもう、お前が魔法伯の息子だから。僕と公女様の護衛役にぴったりじゃん」

「人を良いように使ってさあ……。……あ、あれじゃない？　あそこの、青い髪の人」

エドガーの細い指がブリマを指し示す。ブリマは慌てて視線を伏せたが、そんなのもはや答えを言っているようなものだ。

床を鳴らすローファーの音が、ゆっくりとブリマに向かって近付いてきている。

やがてそれが机の前でぴたりと止まると、ブリマは痛いくらいに拳を握りしめた。これは覚悟の痛みだ。全てを受け入れるという覚悟の。

「あなた、ブリマよね。……ちょっと良いかしら」

「………」

「話を聞きたいのだけど」

静かに、そして重々しく言ったミリィに、ブリマはそっと頷《うなず》く。

時は案外早く来た。あとはもう、ブリマが家族のためにどれだけやれるかだ。

◇◇◇

会議室の扉が閉められた音に、ブリマ・ビッケルは大きく肩を震わせた。

その表情は哀れになるほど怯《おび》え切っていて、それでいて、どこか奥底では腹を括《くく》ったかのようでもある。その表情に既視感を覚えたミリィは、目を眇《すが》めて彼女を見た。

（……まるで処刑直前のお父様みたい。断頭台の上でただその時を待っていたお父様……）

そして、その既視感がミリィに真実を教えてしまう。――きっと、あのカップに毒を仕込んだのはブリマなのだ。でなければこんな、訪れる運命を悟ったような表情はしない。

「じゃあ、えっと……その、呼び出したのは今日の事件についてなんだけど……」

ニコラスも、おおよそミリィと同じ考えに至ったらしい。

どこか気まずそうにそう切り出すと、エドガーが遮るようにして口を挟む。

「いや、もういいでしょそういうの。……この子、何も知らないって感じには見えないし」

「で、でも……」

「いいんだよ。こういうのは長引かせるだけ言い訳考える暇与えることになっちゃうから。……それで？　何で毒なんて盛ったの？」

エドガーが詰め寄ると、ブリマは唇を噛んで俯いた。

「こら、黙ってたらわかんないでしょ。それとも何？　言えない事情でもあるの？」

「…………」

「まただんまりだよ。馬鹿だな～、口割らなきゃ割らなかっただけ罪が重くなるのに」

鋭い視線を向けるエドガーに、ブリマがびくりと肩を震わせる。

その姿があまりに気の毒で口を挟みそうになったが、それでも真っ先に否定しないということは恐らく『そう』なのだろう。ミリィは眉を下げ、ほんの小さく息を吐いた。

「……ブリマ、あなたなの？」

「…………」

「別にね、あなたがやったっていう明確な証拠があるわけじゃないの。ただカップの裏に描かれてた模様があなたの持ってた髪飾りと一緒だったってだけで……。違うならそう言ってくれれば良いのだけど」

ブリマは何も言わない。何を言うのかを考えているようにも見える。

その横で、エドガーが面倒臭そうな目をミリィに向けた。どうせ犯人はこいつなのだからさっさと吐かせれば良いのにと、その瞳が言っている。

効率を追い求めるならそうなのだろう。でもミリィにはそんなことできなかった。

きっと、A組の教室でアンジェリーナに必死で頭を下げるブリマを見ていたからだ。あの時の光景が、どうしてもブリマを犯人像から遠ざける。

「……私が、やりました」

静寂に満ちる室内で、ブリマがただ一言そう言った。

ミリィを含む三人に驚きの様子はない。

ブリマの反応と表情を見れば当然だろう。会議室に来た時から、もう犯人は明らかになったようなものだった。

「わ、……私がこの手で毒を塗って、カップの取っ手を取れやすく細工して、メイドを買収して毒入りのカップを都合の良いように配膳させたんです。ぜ、……全部私です」

それも、悲しいくらいに全て予測通りだ。

ミリィが静かに視線を伏せると、エドガーが「ふうん」とつまらなさそうに毛先を指に巻き付ける。

「動機は？」

「こ、公女様が、気に入らなくて」

「あっそう。……じゃあ、あのティーセットの提供元も君なの？」

尋ねると、ブリマは一瞬言葉を詰まらせた。

「そ、そう、です。……う、うちの店で売られていたやつを、ぬ、盗んで……」

そう答える声は泣き出しそうなほどに震えている。

それがあまりにも痛々しくて、ミリィは制服の裾を握った。ブリマが店のティーセットをどんな思いで盗んで、どんな思いで細工したのかを考えると、恨むべき人であるはずなのに悲しくて仕方ないのだ。

（……本当に、ブリマが全てやったことなの？）

彼女を見ているとどうしても信じられなくて、そんな思いがミリィの脳を巡る。

ああ言っているのだし、きっとブリマは本当にカップに毒を塗ったのだろう。カップの提供元だって調べればすぐブリマだとわかるだろうが、でもミリィには、何故だかそうだとは思えない。

「……ブリマ」

静かに名を呼び、ミリィは一歩、彼女に歩み寄った。

「本当に、あなたが独断でやったことなの？　あなた以外に誰の意思も介在していない？」

ブリマは小さく頷いた。

「本当に、そうなのね？」

「……ほ、本当、です」

そよ風にもかき消されてしまいそうな声が、広い会議室に溶けて消える。

エドガーが「どうするんだ」とでも言いたげにミリィを見る。ニコラスは相変わらず真剣な表情を崩さず、その中でミリィは、一つだけ息を吐いた。

「……そう」

きっと、この場の誰もが、彼女が嘘《うそ》を吐いていると知っている。

こうして怯え震えるブリマに、全てを命じた人間がいる。でもブリマは決して口を開こうとはせず、あくまでも自分がやったと言い張っている。

ミリィはそんな彼女の様子にどこか既視感を覚えてこめかみを押さえ、そうして程なくして思い出した。シエラの髪が切られたあの時だ。

ミリィがブリマを問い詰めたあの時、ブリマは協力者の存在を問われ、そしてひどく動揺した。それでも明確な答えは口にしようともしなかったが、でもあの時、彼女の口からたった一人だけ飛び出た名前がある。

――「今回だけは、ダメなんです。こ、このイベントに失敗したら、私の家が本当に……」

――「許して、お願い許して！　わ、私は、アンジェリーナ様をあの子の『親友』にしないと……！」

（……またあなたなの？　アンジェリーナ）

何かと頭を悩ませる自称『悪役令嬢』、アンジェリーナ・グレイ。

結局ミリィは、あの時ブリマがアンジェリーナの名を出した理由を知ることができていない。

シエラの大事にしたくないという意思を尊重した結果、事件が表沙汰にならなかったからだ。『親友』の意味もイベントという言葉の真意もミリィには未《いま》だわからず、結局シエラが悲しい思いをしただけであの事件は終わりを迎えた。

ミリィは時計を見やり、そっと下唇を噛む。

もう事件の発生から一時間が経《た》とうとしている。

教師たちによる犯人探し会議もそろそろ終わる頃だろう。カップの提供者がブリマであるということは当然わかっているだろうし、もうじき教師たちがブリマを犯人として連れて行くかもしれない。

そうなったら実質的にタイムオーバーだ。裏に誰がいようと、こうしてブリマが一人でやったんだと言い続ける限り、学園側はブリマだけを処分するに違いない。

そうなれば事件を内々に解決するというニコラスとの約束も絶たれてしまい、当然のように公爵家が大公派に付くという話も反故《ほご》にされるだろう。つまり向かう先は大公家の破滅だ。もう時間がない。

（……選んでる暇はなさそうね）

決意し、ミリィはぐっと拳を握った。

会議を終えた教師たちがブリマを捕らえるまでの僅かな時間。それまでにブリマを操る真犯人を見つけなければ、これまでの全てが水の泡だ。

「ブリマ、最後に聞くわ。本当にあなた以外の誰にも指示されたりはしていない？」

ブリマが小さく頷く。

「そう、わかった。……それじゃあ二人とも、私今から行くところがあるから。二人はブリマを連れて生徒会室にでも隠れていてくれる？」

「は？」

簡潔に、そして早口で述べると、エドガーがぽかんと口を開いた。当然の反応だが、詳しく説明している時間がない。

「とにかくそういうことだから。エドガー、あなたは生徒会室にできる限り厳重な施錠魔法をかけておいてね。もうすぐ教師たちがブリマを探し回ると思うから、それの時間稼ぎをするの。わかった？」

「えっ、いや、は？　意味がわか――」

「ニコラスは……そうね、ブリマに面白い話でも聞かせてあげるといいわ。きっと生徒会室にこもるだけじゃ退屈だと思うし」

「え、ええ……？　なんか僕だけ雑じゃない……？」

「じゃあ、そういうわけでもう行くわね。それとブリマ」

そう散々むちゃくちゃな指示を飛ばしたあと、扉に手をかけたところで、ミリィはふと振り返る。

視線の先のブリマは、相変わらず怯えた表情でミリィを見ていた。でもその瞳にだけは、決して揺るがぬ決意が秘められている。

協力者の名前は口が裂けても言わない、という表情だ。

その覚悟にどこか感心めいたものを感じつつ、ミリィはずっと言いたかった言葉を紡いだ。

「あなたの……あの素敵な髪飾り。壊してしまってごめんなさい。きっとどうにかして償うから」

そう言うや否や、ミリィは時間が惜しいとばかりに会議室を飛び出した。

向かう先はただ一人、自称『悪役令嬢』アンジェリーナ・グレイのもと。

きっと彼女が何かを知っている。ミリィはそう、どこか確信めいたものを感じざるを得なかった。

◇◇◇

「殿下？　……そのお菓子、お気に召しませんか？」

一年A組の窓際の席で紅茶を飲んでいたギルバートは、そんなクラスメイトの声に慌てて顔を上げた。

「えっ？　あ、いや……美味《おい》しいよ。ベリーが利いてて……」

「ふふ、よかった！　ティーパーティーは中止になっちゃいましたけど、こうしてクラスでお菓子を持ち寄るのも楽しいですよね」

「ああ……そうだな」

ティーパーティーの中止を受け、今現在一年A組では、それぞれ茶葉とお菓子を持ち寄った擬似ティーパーティーが開催されている。

何でも教師のほとんどが緊急会議に駆り出されたとかで、ギルバートたち生徒には自由時間が与えられたのだ。自前のティーセットを使用しているため毒の心配もなく、クラスメイトたちは各々それなりに急造のお茶会を楽しんでいる。

「でも災難ですよね、まさかカップに毒なんて……。犯人は何の目的でやったんでしょうか」

だが、心から楽しめない要因があるのも事実だ。ため息を吐き、クラスメイトの女子生徒は眉を下げる。

「しかもうちのクラスの子が被害者だなんて、本当に許せませんよ。ねえ殿下！」

「ああ……」

「しかも聞きました？　公女様が怪しいんですって！　元々平民嫌いでレストレイブさんを痛めつけようとした、みたいな話も聞きますけど本当なんですかね？」

「………」

憤慨するクラスメイトの言葉に何も返すことができず、ギルバートは顔を俯かせた。

公女様。その単語を聞く度に、ギルバートはどうしても憂鬱な気持ちにならざるを得ない。

きっと先ほどの、廊下でのことを引きずっているのだ。あの時、ここでミリィを庇《かば》ったら王位が遠のくと言われて、ギルバートは押し黙ることしかできなかった。

（何で俺は、あの時……）

ミリィを擁護する言葉が言えなかったのだろう。そんな考えがぐるぐると巡って、どうしようもなくやるせない気持ちになる。本当のことを言えば、ギルバートは王位なんてもの特別欲しくもなんともないのだ。

ギルバートには兄と弟がいる。性格はそれぞれだが優秀で、王になる器を持つ兄弟たちだ。

ギルバートにはそんな兄弟たちを押し退けてまで王になってやろうという野心はないし、王になって成したい夢も理想もない。

ただ第二王子に生まれて、気付かぬうちに跡目争いをしているだけに過ぎないのだ。別に地位も何もいらないのに、それでも国民が「あなたに王になってほしい」と希望を託してくれるから、この跡目争いレースから抜け出せない。

（……結局、周りの意見に流されて生きているだけだな）

改めて考えると酷《ひど》い話だ。そうやって中途半端に生きているから、貴族諸侯の顔色が気になる。だから評判の悪い大公家とは関わりを避けてしまうし、さっきだって、無実を確信しているミリィを庇ってやれなかった。

「こんなこと絶対本人の前では言えませんけど……私も実は公女様のこと疑ってるんです。この間公女様とすれ違った時すっごい目で睨《にら》まれて、ああやっぱり平民嫌いなんだなって思って！　あの時ばかりは殺されちゃうかと思いましたもん」

こんな言葉も、ギルバートが周りを気にするような性格じゃなければ、真っ向から否定できたはずなのだ。

ただ無愛想で目つきが悪いから睨んでいるように見えただけだと教えてやれたし、平民が故に二人の関係を知らない彼女にも、実は自分たちは幼なじみでミリィも昔はあんな子だったんだと語ってやることもできた。

それを躊躇《ちゅうちょ》するのは、ひとえにギルバートが昔と何も変わらない臆病者だからだ。

周りの評価や顔色ばかり気にして、欲しくもない王位のために大公家との関わりを断とうとしている。情けないし不甲斐《ふがい》ない。

「……殿下？　やっぱりご気分が優れませんか？」

国民の知る勇敢で心優しい第二王子はハリボテに過ぎないのだ。事実、幼なじみを誤解している言葉にさえ何も言えず口を噤《つぐ》んでいると、クラスメイトの女子生徒が顔を覗《のぞ》き込んできた。

「ああいや……ちょっと寝不足で。すまないが何か甘いものを取ってきてくれるか」

「ええ、もちろん！　少々お待ちくださいね」

ぱたぱたと去り行くクラスメイトの背を見送り、ギルバートは深いため息を吐いた。

ミリィは犯人ではない。恐らくそれはもうじき明らかになるだろうが、しかしミリィを犯人だと疑う生徒が多いのも事実である。

そしてこの一件で大公家の悪評が各生徒に広まったのもまた事実である以上、犯人が捕まったところでミリィを不審がり、恐れる声は途切れないやもしれない。貴族諸侯から疑問の声が上がったりすれば、最悪彼女は生徒会を退任する羽目にもなるだろう。

それもこれも自分が……と思考のループに陥りそうになったところで、ギルバートはふと、入学式の日のことを思い出した。

あの日、生徒会に入りたいと言ったミリィは、彼女の母が亡くなってからというもの影も形もなかった柔らかな表情を浮かべていた。

そうだ、あれを見てギルバートはひどく安心したのだ。ああ、今でもミリィはあの頃から変わっていないのだと――

「――ねえギルバート、ちょっと良いかしら」

「っ⁉」

そう感傷に浸っていたギルバートは、突然背後から響いた声に思わず大声を上げかけた。

慌てて振り返ると、そこにはなぜか頭に葉っぱを数枚載せたミリィの姿がある。ギルバートは事態を飲み込む前にあんぐりと口を開いた。

「ミ、ミリィ……⁉　お前何してるんだ、ここ三階だぞ！」

「もう、静かにして。わざわざ箒《ほうき》を盗んでまで空を飛んできた意味がなくなるでしょう」

「はあっ……⁉　しかもお前なんで頭に葉っぱなんて――」

「ちょっと間違えて木に頭を突っ込んだのよ。ツリーの飾りになった気分を味わえてお得だったからあなたも試してみるといいわ。……それよりアンジェリーナは？　今は教室にいないの？」

飛行術用の箒に乗ってふわふわと浮いているミリィは、教室内を見渡すと「いないわね」と目を細める。

どうやら状況に対しての説明をする気はさらさらないらしい。そういえば昔からこうだった……と眉間の皺《しわ》をほぐし、ギルバートはとりあえず全ての疑問を飲み込むことにした。色々規格外のミリィに説明を求めるのは時間の無駄だ。

「はあ……。グレイ伯爵令嬢なら、ビッケル男爵令嬢を探すとかでC組に行ったよ」

何でも様子を見に行くのだそうだ。テーブルの上のお菓子を羨ましそうに見つめるミリィの口にクッキーを押し込みながら答えると、ミリィはもぐもぐと咀嚼《そしゃく》しつつ瞳を瞬かせる。

「！　ぶいまを《ブリマを》……？」

「食い終わってから喋《しゃべ》れ。でももうすぐ戻ってくるんじゃないか？　一〇分程度で済むと言っていたし……」

時計を見やると、見立て通りアンジェリーナが去ってからもうすぐ一〇分が経とうとしている。

ミリィは箒の上で器用に顎に手を当てると、「そう……」と思い悩んだ様子で言った。

「ちょっと話したいことがあったの。できれば二人きりになりたいのだけど……どうかしらね。彼女、私を警戒して二人にはなりたがらないかしら」

「何か話があるのか？」

「ええ、でも話す前に逃げられたら元も子もないでしょう？　だから一度空を飛んで様子を見に来ようと思って」

「何でお前は妥協案が毎回独特なんだ……？」

思わず苦言を呈してしまったが、しかしアンジェリーナとミリィが二人きりになるのは確かに難しい話だろう、と思う。

アンジェリーナは教室を去るその寸前までギルバートの隣を陣取って絶えず何かを話していたが、その内容の八割は「公女様が恐ろしくて仕方ない」といったものだった。

ギルバートは途中からほとんど聞いていなかったが、あれだけ恐ろしい近寄りたくない生徒会にあんな人がいるなんてと言っていたくらいだし、ミリィから呼び出しを受けようものならこれ見よがしに「毒を盛られる！」と叫ぶに違いない。ギルバートにも予測できることだった。

「でもそれしかないと思って。……どうしようかしら、もう時間がないのだけど」

そう語るミリィの表情は、相変わらずの無表情ながらどこか切羽詰まっている。

それがどうも珍しく、ギルバートは一瞬返事も忘れて目を見張った。常に冷静で肝の太いミリィが焦っているとは、よほどのことがあるらしい。

「……大事な話なのか？」

「え？」

「話したいことがあるって言ってただろ。絶対に二人きりじゃないといけない話なのか？」

「あ……ええ、うん」

頷き、ミリィは何事かをじっと考え込む。

その伏せた瞳に自分が映っているのを見て、ギルバートは否応なくあの廊下での出来事を思い出した。ミリィを庇ってやれなかったあの時、ミリィにはギルバートがどう見えただろう。

ミリィのことだから、「第二王子のあなたが公女に肩入れできないのは仕方ない」と思ってくれたかもしれない。でもちょっとくらいフォローを入れてくれてもよかったのに、と拗《す》ねる姿も目に浮かぶ。

でも確実に言えるのは、このままだとミリィにとってのギルバートはまだ頼りない第二王子のままである、ということだ。

幼い頃、ギルバートはよくミリィの前で泣いていた。遊びで負かされては泣き、関節技を極められて泣き、そして大公閣下に怒られて泣いた。その頼りないイメージが、きっと今でもミリィの中には染み付いている。

「お、……俺が呼び出せば、彼女は応じるんじゃないか」

そう考えるとどうしようもなく情けなくて、ギルバートは気付けばそんなことを口走っていた。

「……え？」

「お前が何をしたいかはともかくとして、その……とにかく彼女と二人きりになりたいんだろ？　お前の呼び出しならともかく、俺が二人で話をしたいと言って呼び出せば応じるかもしれないし、クラスメイトに勘ぐられないよう先に行っててくれ、とか理由をつければそれらしく聞こえるんじゃないか」

それはつまり、ギルバートを餌にしてアンジェリーナをおびき出す、ということだ。

ギルバートとてあれだけアピールされて気付かないほど鈍感なわけではないし、少なくとも彼女に気に入られている自負はある。きっと彼女は応じてくれるだろうし、そうなれば、あとはギルバートに代わってミリィが現場に赴けば良いだけだ。

ミリィもそれを理解したのか、切れ長の目を丸くする。

「えっ……い、いいの？」

「ああ。確かに人を騙《だま》すのは気は進まないが……でもそれでお前が助かるんだろ？」

ならやる価値はある。あの時庇ってやれなかったぶん、今はどうにかしてミリィの役に立ちたい。

そんな思いで提案すると、ミリィは途端にきらきらと煌《きら》めく瞳でギルバートを見た。

「あ、ありがとう……！　私、絶対どうにかするから！」

一体何をどうすると言うのだろう。でもその瞳に見つめられたらもう首を横に振るなんてできなくて、ギルバートは苦笑しつつ頷く。

「ああ、いいよ。とにかく俺に任せてくれ」

◇◇◇

悪役令嬢アンジェリーナ・グレイは、いつか『ラスボス』を打ち倒した庭園で、一人ほうと恍惚《こうこつ》のため息を吐いた。

その頬は赤く染まり、瞳はとろけたように揺らめいている。そんなアンジェリーナの頭を占めるのは、「やっぱり転生って最高」の言葉だけだ。

(ここまでうまくいくなんて思ってなかった……！　神様はあたしの味方なんだわ！)

そうして思い返すのは一〇分ほど前のこと。C組から帰ったアンジェリーナは、出迎えてくれたギルバートから信じられないようなお誘いをいただいた。

――「どこか二人になれるところで話さないか」

彼のその瞳が、声色が、そして言葉の数々が！　何を伝えたがっているかなんて想像に易い。……告白だ。

(時が巻き戻る前の世界で結ばれなかったぶん、今回はティーパーティーでってことよね……？)

そうに違いない。アンジェリーナは抑えきれない笑みを満面に浮かべ、そして再認識した。――ああ、やっぱりこの世界はあたしを中心にして回っている！

だってそうとしか考えられない。愚図のブリマを賢く使ってやり、ついでに偶然ではあるもののヒロインのシエラを病院送りにすることで生徒会加入のイベントを潰し、ミリィの悪評をばら撒《ま》き、そして告白！　あまりにもうまくいきすぎている。

それに、今回の事件を引き起こさせたブリマにはアンジェリーナの名前を出せば家がどうなっても知らないと脅しておいたし、きっとアンジェリーナに事件の火の粉がかかることもない。

ついでに、ミリィが平民嫌いでどれだけ傍若無人かという話を流布しておいたおかげで学園内における大公家の評判も下がりに下がっているし、このぶんだとミリィの生徒会退任も近いだろう。

これであいつは全て終わりだ。

（ハハ、本当バカみたい……！　ラスボス風情が攻略対象に近付こうとするからこうなるんだわ！）

生徒会は、攻略対象が集う園だ。シナリオのメイン舞台とも言っていい場所だ。そんなところにミリィ・アステアラ如きが入るのを許されていいはずがない。

（だって、攻略対象のギルバートは、ニコラスは、エドガーは、ルキウスは、アイクは――）

――この世界のヒロイン、『転生悪役令嬢』アンジェリーナのものなのだ。

ミリィに掠《かす》め取られてはならない。シエラや他の女でもだめだ。彼らが愛するのは、アンジェリーナでなくてはならない。

もとより、アンジェリーナは前世からミリィ・アステアラのことが嫌いだった。

敵役のくせに恵まれたキャラクターデザインで、作中でも美少女扱い。

しかもプレイヤーから人気があったのもイラついた。幼なじみであるミリィとギルバートが結ばれる二次創作を見つけた時なんかは二週間機嫌が悪かったし、そんなことがありえていいはずがないとさえ思った。だってギルバートは攻略対象なのだ。

――そうだ。攻略対象たちが愛を注ぐのは、ゲームのプレイヤーである主人公でなくてはならない。他の女が、攻略対象に好かれていいわけがない。

その考えは、ゲーム世界に転生したことで一八〇度変わった。

――攻略対象たちが愛を注ぐのは、この世界のヒロインである転生悪役令嬢アンジェリーナ・グレイでなくてはならない。

だからこそアンジェリーナは、この世界を正しく作り変えるためにミリィを生徒会から追い出そうと画策した。

そして結果はどうだろう。全てが首尾よく進み、今やこうしてギルバートから呼び出しまで受けている。

（ふふ、やっぱりあたしがその世界のヒロインなんじゃない……ギルバートもそろそろ来ていい頃よね？）

ギルバートは「他の生徒に勘づかれたくない」と言って、遅れてやってくるらしい。待つ時間のもどかしさすら今のアンジェリーナには幸せだった。何故ならあと数分でアンジェリーナは全てを手に入れるのである。

だって、アンジェリーナは悪役令嬢だ。

転生モノではヒロインになるのがお約束の、紛れも無い勝ち組。

「――あら、こんなところにいたの？　探したじゃない」

そんな夢を見たアンジェリーナは、その瞬間、動きを止めた。

振り返る。そこには、いるはずのない人間がいた。

「…………ミリィ・アステアラ…………」

――『ラスボス』、ミリィ・アステアラ。

その温度のない瞳が、しっかりとアンジェリーナを見据えている。

アンジェリーナの背に冷や汗が伝う。心臓がばくりと大きな音を立てた。

（……なんで……）

なぜ、彼女がここに。ギルバートが来るはずじゃないのか。

そんな疑問を見透かしたように、ミリィは口元に笑みを浮かべて言った。

「あなた迂闊《うかつ》だわ。そんな反応、後ろめたいことがあるって言ってるようなものじゃない」

「……っ！」

アンジェリーナの顔が「しまった」とでも言うように歪《ゆが》む。

それが更なる証拠と化すことに気付いてももはや遅い。ミリィが口元で何かを呟《つぶや》くと、周囲に遮音結界が張り巡らされた。カツカツと音を鳴らしながら近付いてくるローファーの音が、アンジェリーナの鼓動を速める。

「ねえ、やっぱりあなたでしょう？　ブリマにあんなことをさせたのは」

「！」

喉の奥からヒュッという音が鳴った。アンジェリーナが息を呑《の》む音だ。

（あの愚図、まさか言いやがった……？）

アンジェリーナの存在がどこかから漏れるとすればブリマの他にない。それを理解した途端、アンジェリーナは腹の底から怒りが込み上げてくるのを感じた。

到底許せるはずがない。さっさと消えておけばよかったものを、あいつは余計なことを口走りやがったのだ。

（許せない……！　あの馬鹿女、家ごと破滅させてやる……！）

拳を握り、アンジェリーナはミリィを鋭く睨み付けた。

ブリマは必ず痛い目に遭わせてやる。この世界の全てを知るアンジェリーナに逆らう恐ろしさを、家族もろとも思い知らせてやらねばならない。

（……でも、まずはこの女だわ。ギルバートが来る前にこいつをどうにかしなきゃ）

ギルバートは今まさに、アンジェリーナのことを想ってこの庭園を目指しているはずだ。ミリィなどに構っている暇はない。

アンジェリーナは鼻を鳴らし、じっと眉を寄せた。

「ええ、それで？　……だったら何？」

そうして口にするのは、余裕をありありと見せつけるような言葉だ。

「……何だか随分と余裕なのね」

「当然じゃない。だって、その貧乏女があたしの名前を出したところで一体誰が信じるっていうの？」

そう。アンジェリーナは、何も捨て身でこんなことを企てたわけではない。

当然リスクを回避する方法は持ち合わせている。アンジェリーナには、自分が確定的に安全で無事だという保証があるのだ。

「実行犯は間違いなくブリマよ。わかる？　あたしがあの貧乏女に指示を出したなんて証拠はどこにもないの」

「……へえ」

「疑わしきは罰せず、が世の中の基本なのよ。そうでなくてもグランドールは貴族に甘いんだから、ブリマの証言なんてもみ消されて終わりだわ」

何も言い返せないのだろう。ミリィは口元をもごもごと動かしているが、しかしアンジェリーナの言葉に反論もできやしない。

きっとミリィもアンジェリーナを裁く方法がないことに気付いたのだ。その姿が哀れで哀れで仕方なくて、アンジェリーナは高い声を上げて笑った。馬鹿な女が身の程を知る顔の、なんと愉快なことか！

「アハハ！　……ねえ、そっくりそのまま返してあげる。あなた迂闊だわ」

「…………」

「遮音結界なんて張っちゃって馬鹿じゃないの？　……せめてこの会話を聞いている人間が他にい

たら証拠にもなったかもしれないのにね？」

「…………」

「ほら、何も言えないじゃない！　さっきからぶつぶつぶつぶつ、まさか負け惜しみでも言ってるの？　ねえ――」

（…………は？）

そう、アンジェリーナが口にしたその時だ。

視界が突然眩《まばゆ》い光に覆われ、アンジェリーナは思わず目を覆う。

痛いほどの光の中で辛うじて目を開き、そこでアンジェリーナは、信じられないものを目にした。

――ミリィ・アステアラの背後に、巨大な魔法陣が姿を現しているのだ。

（なに、あれ……？）

そんなアンジェリーナの問いに答えてくれる人間は、ただの一人も存在しない。

唯一答えることができるであろうミリィは、ただじっとアンジェリーナを見つめて尚も何事かを呟いていた。彼女が何かの言葉を紡ぐたび周囲に小さな魔法陣が浮かび、そうしてアンジェリーナは、その呟きの正体に気が付いてしまう。

「…………詠唱？」

そう。ミリィ・アステアラは、決してぶつぶつと負け惜しみを呟いていたのではない。

今の今まで、魔法の詠唱を続けていたのだ。

（何、何よそれ…………嘘でしょ？　まさかこいつ――）

立ち尽くすしかないアンジェリーナの脳内に、そんな疑念がぽつりと浮かぶ。

ありえない。

だってそんなこと、ただの人間にできていいはずがないのだ。

(……逃げなきゃ)

人間が魔法を扱うには、杖《つえ》を振って詠唱をするという所定の手順を踏む必要がある。

一見簡単そうに聞こえるがこれは初心者が陥りやすい落とし穴で、魔法というのは思った以上に難解だ。杖を振るにも数センチのズレすら許されないし、詠唱に至っては、正確さはもちろん声のトーンやスピードにも最大限気を使わねばならない。

(逃げなきゃ、なのに……)

故に、長文の詠唱を必要とする魔法は、世界でも数人しか扱うことができないとされている。

そのうちの一人、かの魔法伯ニール・フランスタは言った。『二〇秒。それが人間にできる詠唱の限界だ。ただもし、それより長い時間、正確で明瞭な詠唱を行える人間がいたとしたら——

(…………足が、動かない)

——それはもう人間ではないのだから、さっさと尻尾を巻いて逃げるべきである』

「……何が、迂闊ですって?」

およそ一分。常人には考えられないほど長時間の詠唱を行ったミリィの周囲には、いつの間にか無数の魔法陣が浮かんでいる。

アンジェリーナは言葉を失い、ただその様子を呆然《ぼうぜん》と眺めていた。

ここから逃げなければ何か自分に不都合なことが起こるのはわかっている。けれど、何故かこの場から動けないのだ。まるでそう命じられているかのように。

「アンジェリーナ・グレイ」

確かめるように、ミリィはゆっくりとその名を呼んだ。

「最後に教えてあげる。私が遮音結界を張ったのはね」

「は……？」

「……あなたの悲鳴を外に漏らさないためよ」

瞬間。

光が視界の中で爆発し、アンジェリーナは喉の奥から悲鳴を上げた。

痛みはない。苦しくもない。ただ恐怖心が渦巻いて仕方なくて、誰か助けてと、そんな叫びが光の中に消える。

アンジェリーナはやがて、意識が遠のいていく感覚を鈍く感じた。

もしやこのまま死ぬのだろうか。もはや指先さえ動かすことができない中、どこからかミリィの声が響く。

「仕方ないから私が罪を償うお手伝いをしてあげる。……おやすみなさい、自称『悪役令嬢』さん」

その言葉尻をうまく拾うこともできない中、アンジェリーナ・グレイは静かに意識を手放した。

◇◇◇

捨て台詞を吐いてから、ミリィは『まずいことを言ったかもな』と思った。

時が巻き戻った後のこの世界では、伯爵令嬢アンジェリーナ・グレイはまだ悪役令嬢なるものを自称してはいない。

それを口にしたということはつまり、ミリィが巻き戻りを知覚していることの証拠になるわけだが――まあこれなら問題ないだろう。

庭園に倒れ伏したアンジェリーナは意識を失っているし、混ぜ込んでおいた昏倒《こんとう》魔法がしっかりと作用していれば、記憶も曖昧になるはずだ。

「ふう。……ちょっと疲れちゃったけど、早く逃げなきゃ」

そう小さく息をつき、ミリィは短い詠唱で遮音結界を解除する。

念には念を入れてということで随分と大掛かりな魔法を使ってしまったが、あれは魔法の種類を盛り込んだだけで、個々の持続時間には優れていない。ミリィの目測通りならアンジェリーナはもうあと一〇分もすれば起きるだろう。さっさと退散するべきだ。

(自白魔法を使うのは初めてだから、きちんと作用するかは不安だけれど……まあ大丈夫よね。私だもの)

ミリィは根拠のない自信を得るのが得意である。さっさと庭園を後にし、ミリィは校舎への道を急いだ。

(でも、アンジェリーナがあそこで自白してくれたのは助かったな)

正直なところ、ミリィには、ブリマを操っていた真犯人がアンジェリーナであるという明確な証拠はなかった。

恐らくはそうだろうという目星はついていたがそれまでで、言うなれば一か八かだったのだ。白状してくれたおかげで躊躇《ためら》いなく魔法を使うことができたし、こうして二人きりになる機会を作ってくれたギルバートにも感謝せねばならない。今日のMVPは彼だ。

（……ブリマは今後どうなるかな）

生徒会室にいるであろうブリマたちの元へ足を進めながら、ミリィはふとそんなことを考える。

アンジェリーナの言葉から察するに、ブリマは何かしら——恐らくは彼女の実家を理由に脅され、そして従わざるを得なかったのだろう。

ミリィは貴族社会の事情には詳しくないが、その辺りの知識が豊富なギルバート曰《いわ》く、ビッケル男爵家とグレイ伯爵家は商売の関係にあるらしい。

それも男爵家の経済はかなり伯爵家に依存しているとのことで、そんな家の娘に逆らうことがどんなに難しいかなんていうのは、もはやミリィが考えるまでもないことだった。

だが、それでもどうしようもない事情というのは存在してしまう。自白魔法をかけられたアンジェリーナが自らの行いを告白したところで、ブリマの罪が消え失せるわけではないのだ。

（処刑……は流石《さすが》にないと思うけど、ニコラスがどうにかして収めてくれるかな。修道院送りくらいが妥当でしょうけれど……）

悪い想像ばかりが頭を巡る。ミリィは足を速めつつ、眉尻を下げた。

（………助けてあげたいな、ブリマ）

なんて、そうは思っても、どうにもならないのが現実だ。ブリマは学園を去ることになるだろうし、やったことを考えると当然の罰ではあるものの、彼女の行く末を思うとミリィは無性に悲しくなってしまう。

「……やっぱり、私は無力ね」

やるせなさに、ミリィはぽそりとそんな呟きを漏らした。思えば、時が巻き戻ってからというもの、ミリィは何も為《な》せていない。

切られたシエラの髪を伸ばしてやることも、毒の摂取を未然に防いでやることもできない。

加えて脅されて操られていただけのブリマを救うこともできず、良くて修道院送り、悪ければ処刑だ。アンジェリーナに復讐《ふくしゅう》すると意気込むだけ意気込んで、協力者を作ると言いながら自分以外のことは何も考えちゃいない。これではカイルと同じようなものではないか。

（……結局、私の力だけじゃブリマ一人助けることもできないじゃない）

時が巻き戻ったその日、父に守ってくれと言ったのをあっさりと断られ、これからは自分一人の力で生きていくと決意したのを思い出す。

今になってミリィは、あの時の認識は甘かったのだと思い知らされていた。

結局のところ、勉強と魔法の練習に明け暮れていたミリィ一人の力はちっぽけで、権力と話術がものを言う貴族社会ではできることも少ない。

それに、今後もこうしてアンジェリーナが行動を起こしてくるようなら更に厄介だ。

アンジェリーナには時が巻き戻る前の記憶があるわけで、となると今回のように、またミリィを害そうとしてくる可能性は十分に考えられる。

その度にこうしていちいち自白魔法をかけるわけにもいかないし、何かアンジェリーナへの対策を講じる必要があるだろう。考えることばかりが増えていく。

「一人で生きていくって、なんて無謀なのかしら」

自嘲するように笑い、ミリィは深く息を吐く。

時が巻き戻ってから一ヶ月弱でようやく思い知った。ミリィは一人で生きていけるほど強くない。

故に、やはりミリィには自分を守ってくれる誰かの存在が必要だ。有事の際にはミリィを身を挺《てい》して守り、そしてアンジェリーナを退けてくれる人間。……そう表すと人間というよりは番犬の方が的確な気がするが、とにかくそんな人が欲しい。

「どこかにいないかしら……。無敵のわんちゃん」

ついそんなぼやきが漏れ、ミリィはまるで夢物語のようなことを言う自分に失笑した。

まさかそんなのいるはずがない。多少のことなら発言一つでどうにかなる権力があって、魔法の腕もピカイチで、ついでにミリィの身近にいる番犬など――。

「……あ」

いや、いた。

思い至ったミリィは思わず足を止め、ぱちぱちと数度瞬きをする。

そうだ、一番身近にいるじゃないか。権力者で魔法の腕があって口も立って、ついでにミリィとしてもリードを繋《つな》いでおきたい、立派な番犬候補が。

◇◇◇

「ねえ、お父様に会わせて」

帰宅するや否や、ミリィは家の執事にそう訴えた。

「はい……？」

「今すぐがいいわ。どこにいるの？　執務室？」

「あ、いや……！　旦那様は先ほど帰られたばかりで、今はお休みを――」

「娘より大事な休息があるっていうの？」

口ごもる執事に、ミリィは眉を寄せて詰め寄る。……言っておいてなんだが、あの父親なら娘より断然休息の方を優先しそうだ。いやそれはともかくとして、とにかくミリィは今すぐ父に会いたい。

「……もういいわ、直接会いに行くから」

「お、お嬢様！　お待ちを！」

もう待っていられない。青ざめる使用人たちを背後に引き連れ、ミリィは駆け足で階段を上った。

アステアラ大公家当主カイルの寝室は、規格外の広さを誇るアステアラ邸の三階にある。

ちょうどその階段を上り切ったところで、観音開きの大きな扉が開いた。

「……何の騒ぎだ？」

中から出てきた部屋の主人――カイル・アステアラに、背後の使用人たちが小さな悲鳴を上げる。自分から出てきてくれるとはなんとありがたい。

「お父様。ただいま戻りました」

一方で毅然《きぜん》とした態度のミリィを見ると、カイルはどこか珍しいものでも見たかのように眉を動かした。

「……お前はいつの間に家の中で静かにすることもできない娘になったんだ？」

「お話があります」

質問に答えている暇はない。一刻でも早く父と会話する必要があるからだ。

こうしてミリィと父とが直接まともな会話を行うのは、それこそ時が巻き戻ったあの日、守ってくれと頼んだのをこっぴどく断られて以来だ。

あれからミリィは父に頼らず一人で生きていくことを決め、そうして今になって気が付いた。現在のミリィに、一人で生きていけるだけの力はない。

今のミリィには迫り来る脅威を退けられない。ではどうするか。

導き出した答えは簡単なものである。やはり、父に守ってもらうのだ。

「……俺に、疲労が溜《た》まっているこの状態で、わざわざ時間を割いてお前如きの話を聞けと？」

「ええ」

空気は緊迫し、使用人の誰もが息を止めている。

そんな重苦しい沈黙の中でミリィがあっけらかんと頷くと、カイルはくるりと踵《きびす》を返した。

「いいだろう。……入れ」

「だ、旦那様……！」

「お前たちは下がっておけ。足音がうるさくてまともに寝られやしない」

その言葉を聞くなり、ミリィは大股でカイルの寝室に足を踏み入れた。

こうして父の部屋を訪れるのは、実に一〇年ぶりのことである。

簡素で殺風景なのは何も変わってはいないが、部屋の中に設置された小さなテーブルには、珍しく小説が置かれていた。

「……お父様は、小説の類も読まれるんですか？」

思わず尋ねると、カイルは扉を閉めながら答えた。

「意外か？」

「現実味のないお話は嫌いかと」

「ああ、その通りだ。読んでいて反吐が出る思いだった」

クックッと喉を鳴らして笑い、カイルは備え付けのソファに腰を下ろす。

じゃあ読まなければ良いのに、なんて言葉は不要だろう。どう返されるかなんてわかりきっていた。

「それで、何の話だ。五分で済ませろ」

五分。カイルにしては時間を取ってくれた方だろう。

ミリィは脳内で要点をまとめると、小さな咳《せき》払いののちに口を開いた。

「本日、グランドール魔法学園でティーパーティーが行われたのですが」

「……あの学園が生産性のない行事を好むのは以前から変わらんな」

五分で済ませろと言った割に口を挟んでくる。ミリィは眉を寄せかけたのをぐっと堪えた。

「ええ。それで、その行事中の話なのですが」

「言ってみろ」

「私の座っていたテーブルで、毒が発見されました」

すると、途端にカイルの眉間に皺が寄った。露骨に怪訝《けげん》そうな表情だ。

「毒……？」

「はい。私の学友が被害に遭いました」

「ほう……お前に学友がいたとはな」

「それは本質ではありません。毒を盛った犯人がグレイ伯爵家の令嬢でして」

もう一度、今度は深い皺を眉間に刻み、カイルはハッと鼻で笑う。

「グレイか。あの家は昔から好まんな」

「……それは、伯爵家が『親大公派』ではないからですか？」

「ほお？　……いつそんな言葉を覚えてきたんだ」

ついさっきだ。グレイ伯爵家が大公家につくいわゆる『親大公派』ではなく、大公に反発し非難を続ける家の一つであるということは、ギルバートから教わった話である。

だが、今は政治の話をしている場合ではない。ミリィは時計を確認すると、「それで」と早口で続けた。

「犯人の――『悪役令嬢』を名乗るアンジェリーナ・グレイは、私に並々ならぬ恨みを抱えているそうで」

それも殺すほどの恨みをだ。時が巻き戻ろうとミリィを害そうとするあの執念は、並のものではない。

「なるほどな。それで？　まさか俺に殺せと言うか？」

「いえ。大事にする気はないのです。ですからお父様」

そこで言葉を切り、ミリィはそっと息を吸った。

ここで騒ぎ立てて、カイルにグレイ伯爵家を断罪してもらうのは簡単だ。しかし、それでは揉《も》め事を知られたくないというニコラスとの約束に反する。

それでも身は守らなくてはならない。ミリィにはその必要がある。

そうして考えついたのは、国で唯一『大公』の爵位を持つ父の存在だった。

「私を守ってください」

はっきりと言葉にすると、カイルはほんの一瞬言葉を失った。ついこの間、同じ言葉をすっぱりと切り捨てたのを思い起こしたやもしれない。

カイル・アステアラは、ただ地位に恵まれたというだけで大公の爵位を得たわけではない。

カイルには絶大な力がある。魔法の腕が、自己の理想を体現せんとする頭がある。

特に、カイルの魔法の腕には目を見張るものがあった。ミリィが尊敬したかの魔法伯ニール・フランスタでさえカイルを圧倒するのは難しいだろうし、そのニールが亡き今、この国で最も強い魔法使いはカイルだとミリィは確信している。

つまり、現在ミリィの身の回りで一番強大な力を持つのはカイルなのだ。

「……この間、今後は馬鹿なことを考えるなと言ってやったのを忘れたか?」

「いいえ、真剣ですわ。アンジェリーナ・グレイは何を仕出かすかわかりませんし、たとえ学園を追放されたとて私に襲いかかってくるかもしれない」

「………」

「ですから、アンジェリーナ・グレイから私を守ってください。娘は可愛いでしょう?」

魔法という観点においてカイルに勝てる人間はこの国に存在しない。ましてや、アンジェリーナ程度なら足元にさえ及ばない。

だからこそ彼に守ってもらう。ミリィ一人ではこの世界を生き抜けないと悟ったから、彼の庇護《ひご》を受けることで自身の安全を確立する。

時が巻き戻った世界でミリィが行き着いた結論はこれだった。父を利用して、三年後も生き残る。

そうだ、ただ助けてもらうのではない。この愛の欠片《かけら》もない父を、利用してやるのだ。

「……ほお、それがお前の頼みか」

しかし、カイルは一筋縄ではいかなかった。

「ええ」

「俺にメリットがない」

頰杖《ほおづえ》をつきながら言ったカイルに、ミリィは思い切り顔を顰《ひそ》める。

「メリット、ですか」

「ああ。利がない仕事は受けるに値しない。そうだな?」

「……全くそうですわ」

何度聞いてもまるで父親の発言とは思えないが、しかしこう言われることも想定内だ。何せこれを言われるのは二度目である。

ミリィほどカイルの性格を熟知している人間は他にいない。故に、彼がどうすれば興味を持つかも、ミリィは知っている。

ミリィは静かに顔を上げると、カイルが座る向かいのソファに無断で腰掛けて言った。

「数年後、我がアステアラ大公家は必ず存亡の危機を迎えます」

「……は?」

「迎えるのです。間違いありません。アビリア王国は混乱に陥り、あなたは貴族たちから糾弾され、大公家は破滅へ向かいます」

案の定、カイルは切れ長の目を僅かに見開いた。

ミリィが黙って見つめると、「頭でも打ったか?」と胡乱《うろん》げな言葉が飛ぶ。

「その危機が終息した時、閣下はご存命にありません」

「………」

「私の命だって危うくなる。それを回避するために、私は、お父様に協力を惜しまないと約束しましょう」

訪れる『危機』。それはつまり、カイル・アステアラの処刑と、ミリィの死を意味する。

カイルは他国に自国を売った罪で処刑されたが、あの時のカイルの行動は、今思っても不自然だった。大公の地位を得ているカイルが、その安定を捨てて他国に寝返るような真似《まね》をするだろうか？

（……あなたはしないでしょう、そんなこと）

父のことを熟知しているミリィにはわかる。あれは父の本意ではない。

きっと第三者に唆されたか、精神干渉の魔法でも受けたのだろう。それを回避しなければまず間違いなく、時が巻き戻ったこの世界でも大公家は終焉《しゅうえん》を迎える。

「……起こるかもわからない危機の回避に尽力することだけが、お前を守る『メリット』だというのか？」

「ええ。私はお父様の生首なんて見たくありません」

一切の迷いなく、ミリィはそう答えた。

時が巻き戻る前の世界を知っている自分になら、父の処刑を回避することができる。

ミリィには確かな自信と意志があった。

もうあんな形で死ぬのはごめんだ。他人に人生を終わらせられるなんて冗談じゃないし、何が何でも、あの未来だけは回避する。

アンジェリーナ如きに殺されるほど、ミリィはやわじゃないのだ。

「ふふ……そうか」

暫しの沈黙の後、カイル・アステアラは愉快そうに笑った。

「そうか、気に入った。良いだろう、ミリィ」

「…………」

「俺が、お前をその『悪役令嬢』とやらから必ず守ってやろう。お前は死なせやしないし、傷ひとつだってつけさせない」

父の宣言は、これ以上ないほど頼もしいものだった。

ミリィは思わず口角を緩め、しかし声色だけは冷静に「はい」と答える。

それがまた愉快だったのだろう。カイルは、まるで小説の中の悪役のようににやりと笑ってみせた。

「お前はその『危機』とやらの回避に持てる力を注げば良い。それで良いな？」

頷くミリィの笑顔も、また悪役に相応《ふさわ》しいほどに仄暗《ほのぐら》い。

父の前でもう何年も見せていなかった表情を浮かべ、ミリィは丁寧に礼をした。艶やかな黒髪がしなだれ、肩口から落ちる。

「ええ、もちろん。私がいれば大公家を終わらせたりしませんわ」

「ああ。……お前の言った通りだ。娘は可愛いものだな？」

——かくして。

ミリィは望んだ通り、父であるカイル・アステアラを『飼う』ことに成功した。

この奇妙な協力関係が続く限り、ミリィは身の安全を得ることができる。ついでにカイルの行動も把握することで、大公家の滅亡まで阻止する算段だった。

（……お父様には、杖をひと振りするだけで人を殺せるような魔法の腕と力がある。番犬として飼

うなら、これ以上に頼もしい人はいないでしょう）

あとはしっかり首輪を付けて、リードを握ってやるだけだ。

ミリィは笑った。カイルも似たような顔で笑っている。

「ああ、そうですわお父様。それに先んじて一つお耳に入れたいお話があるのですが、よろしくて？」

愛のない、しかしその力はあまりにも強大で、世界で最も恐れるべき父娘。

まさしく『ラスボス』と言うべき二人は、この日を境に、少し歪《いびつ》な親子の形を紡ぎ始めた。

エピローグ

終幕ティーパーティー事件

「グレイ伯爵家のアンジェリーナさん、無期限の休学ですって？」

ふと耳に入ったそんな声に、廊下を歩いていたミリィはぴくりと顔を上げた。

「ええ、聞いたわ。ティーパーティーで起きた事件の首謀者だって……」

「毒を盛れってビッケル嬢を脅していたんでしょう？　公女様をあれだけ犯人扱いしておいて結局これって……見損なったわ」

見やると、何やら上級生らしい二人組が集まってこそこそとそんな話をしている。

ミリィは早々に聞き耳を立てるのをやめ、目的地に向かう足を早めた。こんなところで立ち止まっている場合じゃない。

（……事件からもう二週間も経つのに、まだアンジェリーナの話をする人がいるのね）

階段を上りながら思うのはそんなことである。確かに今グランドールで一番ホットな話題とはいえ、このぶんだとあと一か月はアンジェリーナの話を聞くことになるだろう。今から気が滅入ってしまう。

――まあとはいえ、こうなると、アンジェリーナは万が一休学が明けても白い目で見られることになりそうだ。

休学の理由は公言されていないとはいえ、あの事件を知っていれば誰もがピンときてしまうし、加えてアンジェリーナの休学とティーパーティーでの事件に対し箝口令《かんこうれい》が敷かれたとなれば、もう察するなという方が難しい。

「あっ、公女様！　ご機嫌よう」

社交界でも評判を取り戻すのに苦労しそうだ。そう階段を上り切ったところで、突然女子生徒が話しかけてきた。知らない顔だ。

「あ……うん。ご機嫌よう」

「本日は素晴らしいお天気ですわね。公女様はどちらへ？」

「あ、えっと、ティールームの方に……」

「まあ、お茶会ですか？　公女様とご一緒できる方が羨ましいですわ」

「そうかな……。えっと、それじゃあこれで」

丁寧に礼をする女子生徒に会釈を返し、ミリィは小さく息をつく。……まだ慣れない。

これはミリィの困りごとの一つだった。アンジェリーナが休学の罰を受けてから、やたら話しかけられることが増えたのである。

ミリィの悪評を吹聴していたアンジェリーナが事件の首謀者だったことで、反対にミリィの評判が上がっているのだとニコラスは言うが、それにしても唐突にも程がある。嬉《うれ》しくないことはないが、どう対応していいのかわからないのだ。

（……ティールームってここよね？）

そうなると気疲れもするもので、誰にも話しかけられぬよう早足で道を急ぐと、ミリィは程なくして目的のティールームに到着した。

ティールームはその通り、生徒が自由にお茶を飲んだりお茶会を開いたりするための部屋だ。言うまでもなく巻き戻り前のミリィには縁がなく、こうしてこの部屋を訪れるのは初めてである。

ミリィは僅かに緊張を滲《にじ》ませながら扉を叩《たた》くと、意を決して中に足を踏み入れた。

「あっ、ミリィさん！」

すると、何やらわたわたと準備を行っていた女子生徒――シエラが、手を大きく振って出迎えてくれる。

相変わらず可愛《かわい》らしい笑顔だ。ミリィは口元が緩むのを感じつつ、小さく片手を振り返した。

「リズベルさーん！　ほら、ミリィさんがいらっしゃいましたよ！」

「えっ、も、もう……!?　困ったわ、まだ準備も何も終わってないのに……！」

シエラと同じく慌ただしそうに準備を行っていたリズベルも相変わらず元気そうで、二人ともあの事件のことなんて忘れているかのように朗らかな笑顔を浮かべている。

「ふふ、大丈夫。私も手伝うわ。何をすれば良いの？　クロスはこれを敷くのかしら」

それがやっぱり嬉しくて、ミリィはやったこともないお茶会の準備を手伝いながら思わず笑った。浮かれてうっかりテーブルクロスの端を引きちぎってしまったが、まあこれも味だろう。

今日この日、ミリィたちは、散々なことになってしまったティーパーティーのやり直しをしようという名目で集まっている。

それもこれもあの事件のことが全て丸く収まったからこそできることだった。アンジェリーナが無期限の休学となり、シエラが学園に復帰し、リズベルの心労も癒え、そしてミリィも色々なことを片付け、ようやっとこうして落ち着くことができるのだ。

特に、毒を飲んだシエラが数日で戻ってこられたのは僥倖《ぎょうこう》と言っていいだろう。

毒による身体への影響もなく、むしろ今回のことをきっかけに友人が増えたとかで、ミリィはその話を聞いて寂しいような、嬉しいような複雑な気持ちになった。

それに、アンジェリーナを休学という軽い罰に収めたニコラスは、シエラの家に相応の詫《わ》び金を支払ったらしい。

詳しい金額は知らないが、シエラが学園復帰初日に目を白黒させながらニコラスの元へ行っていたあたり、かなりの額なのだろう。シエラは返金を申し出たというが、ニコラスは断固として拒否したそうだ。

「ふーっ、やっと終わった……！　お茶会の準備って結構大変なんですね」

二人がミリィの到着前にあらかた終えてくれていたのもあって、準備自体は五分とかからずに終わった。

「でもいいんですかね？　こんな調度品の色もバラバラで統一性ない感じにしちゃって……」

「うふふ、いいのよ。作法なんて守るだけ無駄ですもの。ね、公女様？」

「うん。ルールは破るものってうちのお父様も言っていたわ」

「それはちょっと毛色が違う気もしますけど……」

大きな丸テーブルを囲うように置かれた四脚の椅子のうち一つに腰掛け、シエラやリズベルもそれに続く。

空いている一脚は、まだここにいない彼女のためのものだ。そろそろ来るはずだが……と時計を見やると、そこでちょうどよくティールームの扉が開いた。

「ごっ、ごめんなさいっ！　おおお遅れましたぁっ……」

そう言って息を切らしながら頭を下げたのは、どこかびくびくした様子の女子生徒——ブリマ・ビッケル。

事件の実行犯として二週間の停学を受け、そしてついに本日学園に復帰した彼女は、目にも止まらぬ速さでシエラの足元に土下座した。

「うわあああっ⁉　どどどどうしたんですか⁉」

「すみませんっ！　すみませんすみませんっ！　髪を切ったのも毒を飲ませちゃったのもすみません！　し、死んで詫びますぅううっ！」

「えええええ⁉　きっ、気にしてないですよ、顔上げてください！」

シエラが真っ青な顔で戸惑いの声を上げ、しかしブリマは床にめり込む勢いで額を擦り付ける。

その絵面が面白くて思わず笑い声を上げると、シエラが「笑ってる場合じゃないですよ！」と更に青い顔で言った。確かにそうだ。

「ふふっ……ごめんなさい、ついおかしくて。ブリマ、今日は一日中そんな感じだったのよ。私も土下座されたし、謝っていないと落ち着かないんですって」

「はっ……！　ガ、ガルシア様もごめんなさい！　私如《ごと》きのせいで一瞬でも疑われる羽目になってしまってごめんなさい……！」

「あらあら、大丈夫なのよ。私はあの時公女様に助けてもらえたし……」

リズベルが困ったように笑い、「ですよね？」とミリィに同意を求める。

だがミリィは首を横に振った。

「そんな立派なものじゃないわ。むしろ、うちのお父様がガルシア子爵家にやったことを考えると私の方が謝らなくちゃいけないくらいだし……」

「まあ、うふふ。その話はこの間でおしまいにしましたでしょう？　うちの弟が公女様に無礼な発言をしたのとでおあいこですわ」

そう言って天女のような微笑《ほほえ》みを浮かべるリズベルは、確かにこう見ると彼に似ている。

（アイクの生まれがガルシア子爵家で、リズベルとは血の繋《つな》がった姉弟って……未《いま》だにちょっと信じられないけれど）

でも、そう聞けば確かに髪や顔がそっくりだと思えるのだから不思議だ。そんな彼女たち姉弟を引き離したのは自分の父親なのだが……と思わず唇を引き結ぶと、リズベルがまたふふっと笑う。

「もう、そんな顔なさらないで。確かに大公閣下のことは憎くないと言えば嘘《うそ》になりますけど……でも閣下と公女様は親子なだけで、全くの別人ですもの。それにね？　アイクも公女様のこと、ちょっとだけ考え直しているみたいなんですよ」

「……そうなの？」

「ええ。この間、公女様がどれだけすごい人かっていうのを一時間ほど語ってやりましたから」

そうお茶目に笑うと、リズベルは思いの外の怪力でよいしょっとブリマを持ち上げ、空いている椅子に座らせた。

それから両手をパチリと叩くと、朗らかに声を張り上げて言う。

「さあ、みんな揃《そろ》ったことだし始めましょう？　公女様がとっておきのケーキを用意してくださったの」

◇◇◇

四人のティーパーティーは、その後きっかり一時間、ミリィの生徒会会議が始まる直前まで行われた。

本当なら二時間でも三時間でもずっと続けていたかったのだが、かといって大事な生徒会の会議をサボるわけにもいかない。後片付けをしてくれるという三人に礼を言い、ミリィはティールームを出た。

「公女様！」

その矢先、曲がり角を曲がろうとしたあたりで突然呼び止められる。

振り返ると、ブリマが覚束《おぼつか》ない足取りでばたばたと走ってくるのが見えた。

「ブリマ？　……どうしたの？」

「あっ、いえ、そのっ……お、お礼、言ってなかったので」

「お礼？」

何か礼を言われるようなことをしただろうか。

首を傾げると、ブリマはあちらこちらに視線を彷徨《さまよ》わせながら辛うじて言葉を紡いだ。

「そ、そうです。色々……き、今日誘ってくれたのも、こうしてシエラさんに謝る機会をくれたのも……」

「ああ、そういうこと。いいのよ別に、大したことじゃないし——」

「た、大したことです……！　すっごく大してますっ！」

ミリィの言葉を、ブリマは食い気味に訂正する。

「そ、それにっ、私なんて本当は学園を退学になるはずで……停学で済んだのはっ、きっと公女様が何かしてくださったからですよね……？」

緊張からかブリマの身体はぶるぶると震え、しかし瞳だけは真っ直ぐミリィを見て離さない。

(……前までは目もまともに合わせてくれなかったのに)

なんとまあ喜ばしいことだ。ミリィは口元を緩めて頷《うなず》いた。

「確かにあなたの処分が軽くなるよう尽力はしたけど……でも実際に色々やったのはお父様よ。私はお父様に頼んだだけ」

「……！」

ブリマは大きな目をぐっと見開き、ぽかんと口を開けた。

今回ブリマは、ニコラスによれば退学は免れないであろうというところにいたらしい。

いくら脅されていただけとはいえ、それでも実行犯は実行犯だ。だがそこにミリィの頼みを受けたカイルが横入りし、学園長に無理やり話をつける形で停学処分をもぎ取ったのだという。

これは、カイルと協力関係を締結したあの時、ミリィがカイルに頼んだことだった。

ミリィとしては、ブリマが不当な処分を受けるのは避けたかったし、事実被害者のシエラも無事で、かつシエラもブリマの減刑を望んでいる。

となれば行動を起こさない理由がなく、ミリィはこうして父親の権力を存分に利用したのだった。

それも、きちんと父親に利がある形でだ。

「じ、じゃあ……！　わ、私の家のお金のことも、公女様が言ってくれたんですか……⁉」

ブリマは一歩足を踏み出し、瞳をゆらゆらと揺らめかせながら尋ねた。

今回のことで、グレイ伯爵家はビッケル男爵家に相当お怒りの手紙を送ったらしい。

なんでもアンジェリーナが停学の理由をブリマに嵌《は》められたからだと説明したようで、手紙にはもう男爵領で取れた木綿を買い取らない旨も記されていたそうだ。グレイ伯爵家に木綿を売ったお金で生活を凌《しの》いでいた男爵家には、当然ながら痛い話である。

「つ……ついこの間、大公閣下が突然うちまで来て言ったんです。『早急にグレイと縁を切って木綿の売りつけ先を俺に乗り換えるなら、俺が全部どうにかしてやる』……って」

「……そうなの？」

「そうですよ！　わ、私の退学のこともそうですし、必要なら雑貨屋事業の費用も援助するって言ってくれて……！　そ、それで、今度うちの雑貨屋が増築することになりました。まだ趣味の範囲なんですけど、でも、あの、親はすごく喜んでてっ！」

熱を入れて話すブリマの言葉に、ミリィはぽかんと口を開いた。

意外だったのだ。確かに男爵領の木綿を買い取るという話自体は父からざっくりと聞いてはいたが、その過程でカイルが直接男爵家にまで出向いていたということは、全くの初耳だったのである。

あの無駄を嫌うカイル・アステアラがそこまでしたとなると、父はミリィが思う以上に男爵家を高く買っていたのだろう。ミリィの提案は思った以上に良い結果を生んだらしい。

（『木綿はこの先数年で確実に需要が高まる』……とは言っていたけど、まさかあの人それを見越したのかしら）

思えば確かに、時が巻き戻る前の世界では、今から二年ほど後に北部の国を突然の寒波が襲って、防寒具とその原料である木綿の輸出需要が跳ね上がったことがあった。

政治や経済には全くの無関心であるミリィは今の今まで忘れていたくらいだが、あのカイルであれば、そんな自然災害をある程度予測していてもおかしくない。商談にはどこまでも鋭い人だ、とミリィは思わず嘆息した。

「その話は……確かに私が言い始めたことではあるけれど、大半はお父様が勝手にやったことよ。以前からあなたの領で取れる木綿に目をつけていたんですって」

「そ、そうなんですか……？」

「ええ。でもグレイ伯爵家がいたし……横入りしようにも伯爵家は『反大公派』でしょう？　面倒ごとも厄介だってことで機会を窺《うかが》っていたら、偶然こんなことになっただけ。私があなたに感謝されることじゃないわ。ブリマの家がすごかっただけだもの」

事実、ミリィは木綿の需要がどうこうなんて話は全く知らなかったわけで、ただ単に『あの家は好かん』とまで言っていたグレイ伯爵家傘下の家を大公派に引き込むことができるかもしれませんよ、というニュアンスで提案しただけだ。

それがうまいこと転がってこんなことになってしまった。全く貴族社会というのは難しい話である。

「そ、そっか……そうなんだ」

「うん。……確かにお父様はあんな人だけれど、あれでも大公派の家には義理を通す人だから安心して。それでも何かされるようなら、私に言えばお父様を平手打ちしてあげる」

「ふふ……。ありがとうございます」

ブリマは小さく笑い、腰を丁寧に曲げて礼を言う。

彼女の笑顔は初めて見るが、シエラに負けず劣らずの可憐《かれん》な笑みだ。これからはこんな笑顔がもっと見られるのだろう、と思うと嬉しくて、ミリィも頬を緩めた。

「わ、私……ついこの間まで、公女様のことも大公閣下のことも怖い人だと思っていました。ゲーム……じゃなかった。えっと、あの……か、勝手なイメージですけど」

「……私はともかくお父様はその認識で合っていると思うけど」

「それはそうかもですけど……でも、やっぱり私にとってはお二人とも良い人です。理由はどうあれ私と大好きな家族を助けてくれたから、私にとっては良い人」

そう照れくさそうに言うと、ブリマは「それでは！」ともう一度腰を曲げ、ティールームの方へと駆けて行く。

その後ろ姿が扉の先に消えていくまで、ミリィはその場にじっと立ち尽くしていた。

これで『良い人』と言われるのは三度目だ。一度目はギルバート、二度目はシエラ、そしてブリマ。

（……邪悪な『ラスボス』を目指す身としては、きっと喜ぶべき評価じゃないんでしょうけど）

でも、ああやって感謝の言葉を口にされると、どうしても喜ばしくなってしまう。今日だけは良いだろう、と誰に言うでもない言い訳をし、ミリィは再び生徒会室までの道を歩き始めた。

事件が起きてからというもの多忙に追われていたため、こうしてミリィが生徒会室まで足を運ぶのは事件後初めてだ。

ルキウスやギルバートとは顔を合わせていたが他の三人とは久々の再会になるわけで、話すことを考えておいた方が良いだろう。まずはとにかくお礼だ。

（ニコラスとエドガーには先生方がブリマを見つけるまでの時間稼ぎをしてくれたお礼を言わなきゃだし……。あれ、そうなると何かお菓子とか持ってくるべきだったかしら。……ルキウスはまたどうせ『何で一人で犯人を捕まえにいこうとしたんだ』とか『せめて俺に声をかけてくれれば』とか言うかな。もうそろそろ耳にタコができそうだわ）

あとはそうだ、アイクのことも考えなくてはいけない。彼に関してのことはまだ何も解決していないのだ。

アイクとはあの生徒会室で言い合った日以来、言葉を交わすどころか顔を合わせてすらいない。

偶然にも姉であるリズベルとは仲良くなったがそれだけで、大公家に深い恨みを持つ彼との関係を修復する手段はまだ見つかっていないと言っていいだろう。何せアイクが欲しているのはカイルからの謝罪だ。

（……でも、あのお父様が素直に謝るはずなんてないし）

リズベル曰《いわ》く、アイクはミリィのことを考え直しているとの話だが、根が深いだけにこの問題が早々に解決するとは思えない。

きっともう少し時間をかけないといけないはずだ。そう浮かない気持ちで廊下を進んでいたその時。

「おっ、公女様。例のティーパーティーは終わったんですか？」

声をかけられ、ミリィは顔を上げた。ルキウスだ。

「うん、とっても楽しかったわ。こういう華々しい会は女子だけの特権よね、羨ましい？」

「……結構前から思ってましたけど、公女様って何かと人を煽《あお》りがちですよね」

「？　……煽りがちってなに？　可愛いってこと？」

「……もうそれで良いです」

なぜかため息を吐かれてしまった。全く心外である。

「おい、二人とも何をしているんだ。もうそろそろ定刻だぞ」

と、そんなことを話していると、今度はギルバートが駆け足でやってきた。しきりに懐中時計を確認する彼に、ルキウスが文句を垂れる。

「いや、そんなんギルバート様もギリギリじゃないですか。人のこと言えませんよ」

「何だと⁉　馬鹿言うな、俺にはちゃんとした理由があるんだ！　さっきまで先生に授業の質問をしていて――」

「あら、それなら私にだってティーパーティーって理由があるわ。一緒にしないでくれるかしら」

「えっ、ティーパーティーって『ちゃんとした理由』に該当するんですか……？」

「するわよ！　あれには友人と親交を深めるという絶大な効果があって……」

「ああもういい！　いい？　さっさと行くぞ二人とも、走れ！」

そう言うや否やギルバートが駆け出し、ルキウスが「あっずりぃ！」と慌てて続く。

ミリィはその後ろ姿に堪えきれず吹き出し、そうして二人を習うようにしてたっと駆け出した。教師に見つかれば走るなと怒られてしまいそうだが、その時は王族の幼なじみに言い訳でもしてもらおう。

（…………よかったな、生徒会に入って）

風を切って走りながら、ふと思うのはそんなことである。入学式のあの日、生徒会に入ることを決断していなければ、こうして廊下を走ることもなかったに違いない。

シエラやリズベルと仲良くなることも、ニコラスと約束をすることも、そしてブリマを救うことも――父と協力関係を結ぶこともなかっただろう。そう考えると恐ろしくなる。だって、もうミリィには彼ら彼女らがいない生活が想像できないのだ。

今、ミリィはこれまでの人生で一番充実している。

できることならずっとこの生活を続けていたいし、知り合った友人たちと笑っていたい。

でもミリィは知っていた。きっとこの先、ミリィにはこれ以上の試練も、そして苦しみもやってくるのだ。

時が巻き戻ったがゆえに悩むこともあるかもしれない。でも、それでも、何だか漠然と大丈夫だと思えてくるのだから不思議だ。

（……まずは、アイクと話をするところから）

そうして一歩ずつ進んで、目指すべき『ラスボス』像に近付いていけば良い。

ミリィは顔を上げると、前を走る二つの背中に向かって声を張り上げた。

「ねえっ、ちょっと待って二人とも……！　私、嘘みたいに体力がないの！」

あとがき

初めまして、鷹目堂と申します。この度は本書を手に取っていただき誠にありがとうございます！

本作は私のデビュー作であり、『小説家になろう』様にて掲載している作品になります。

書き始めた当初はまさか本になるとは思っておりませんでしたので、これを書いている今も夢見心地です。書いている間もずっとふわふわしていました。


また今回出版させていただくにあたって、本文を大幅に加筆修正しています！

シーンの増加はもちろん、なんとキャラクターまで増やさせていただいております。加筆作業中はずっと楽しくて、特にＷｅｂ版にないグレたミリィを書いている間は笑顔が止まりませんでした。

ミリィが好き勝手やる様を考えるのは嘘みたいに楽しいです。

その弊害（？）としてキャラ数がかなり多くなってしまいましたが、いかがでしたでしょうか。

メインとなる生徒会だけでも六人ものキャラが登場するので把握が大変だったかもしれません。

でもとりあえずは六人の中で比較的胡散臭い二人が上級生、とだけ覚えておけば大丈夫です。より覚えやすい豆知識として、ミリィは未だにルキウスとニコラスの名前がごっちゃになるのでたまに勢いで誤魔化しているという裏設定があります。


より把握が面倒になる豆知識を書いたところで最後になりますが、今回の書籍化にあたってお世話になった方々に謝辞を述べさせていただきます。

無知な私をフォローしてくださった担当編集者様、おかげでここまで辿り着くことができました！　これからの創作活動において有用すぎるアドバイスをたくさんいただいてしまって、何かしら支払わなくて大丈夫かと心配しているくらいです。

素敵なイラストを描いてくださった眠介先生、まさか読者としてずっと見ていた方に担当していただけるとは思わず、連絡をいただいた時からずっと信じられない気持ちでいっぱいです。強くてかわいいミリィの理想形を体現してくださって本当にありがとうございます！

また拙作を手に取ってくださった読者の皆様、私の趣味全開なお話を本にすることができたのは間違いなく皆様のおかげです。

たくさんの応援が力になっております。それではまたどうか、皆様にお会いできる機会があれば何卒よろしくお願い致します！

鷹目堂

DRE NOVELS

『自称・悪役令嬢』に殺されたラスボスのやり直し

～ぼっちな冷徹公女は、第二の人生でリア充を目指します～

2024年9月10日　初版第一刷発行

著者　鷹目堂
発行者　宮崎誠司
発行所　株式会社ドリコム
〒141-6019　東京都品川区大崎2-1-1
TEL　050-3101-9968
発売元　株式会社星雲社（共同出版社・流通責任出版社）
〒112-0005　東京都文京区水道1-3-30
TEL　03-3868-3275
担当編集　石田泰武
装丁　AFTERGLOW
印刷所　TOPPANクロレ株式会社

本書の内容の無断複製（コピー、スキャン、デジタル化等）、無断複製物の譲渡および配信等の行為はかたくお断りいたします。

定価はカバーに表示してあります。

落丁乱丁本の場合は株式会社ドリコムまでご連絡ください。送料は小社負担でお取り替えします。

© 2024 Takamedou
Illustration by Nemusuke
Printed in Japan
ISBN978-4-434-34436-7

ファンレター、作品のご感想をお待ちしております。

右の二次元コードから専用フォームにアクセスし、作品と宛先を入力の上、コメントをお寄せ下さい。
※アクセスの際に発生する通信費等はご負担ください。

いつでも誰かの
“期待を超える”

DRECOM MEDIA

DRE NOVELS　DRE COMICS　DRE STUDIOS　DRE PICTURES

株式会社ドリコムは、世界を舞台とする
総合エンターテインメント企業を目指すために、

出版・映像ブランド「ドリコムメディア」を
立ち上げました。

「ドリコムメディア」は、4つのレーベル
「DRE《ドリ》ノベルス」(ライトノベル)・「DRE《ドリ》コミックス」(コミック)
「DRE《ドリ》 STUDIOS《スタジオ》」(webtoon)・「DRE《ドリ》 PICTURES《ピクチャーズ》」(メディアミックス)による、
オリジナル作品の創出と全方位でのメディアミックスを展開し、
「作品価値の最大化」をプロデュースします。